OTRAS OBRAS DEL AUTOR
EN ALFAGUARA:

CUENTOS DEL REINO SECRETO
EL CALDERO DE ORO
EL VIAJERO PERDIDO
LAS CRONICAS MESTIZAS
CUENTOS DEL BARRIO DEL REFUGIO

La orilla oscura

José María Merino

La orilla oscura

ALFAGUARA

PQ
6663
.E73
O7
1995

1985, JOSE MARIA MERINO

DE ESTA EDICION:

ALFAGUARA

1985, EDICIONES ALFAGUARA, S. A.
1986, ALTEA, TAURUS, ALFAGURA, S. A.
1995, SANTILLANA, S. A.
JUAN BRAVO, 38
28006 MADRID
TELEFONO (91) 322 47 00
TELEFAX   (91) 322 47 71

• Aguilar, Altea, Taurus, Alfaguara S. A.
Beazley 3860. 1437 Buenos Aires
• Aguilar, Altea, Taurus, Alfaguara S. A. de C. V.
Avda. Universidad, 767, Col. del Valle,
México, D.F. C. P. 03100

I.S.B.N.: 84-204-2172-3
DEPOSITO LEGAL: M. 6.024-1995

© ILUSTRACION DE LA CUBIERTA:
JUAN RAMON ALONSO

Impreso en España

PRIMERA EDICION: ENERO 1985
SEGUNDA EDICION: ABRIL 1985
TERCERA EDICION: SEPTIEMBRE 1986
CUARTA EDICION: NOVIEMBRE 1988
QUINTA EDICION: JUNIO 1990
SEXTA EDICION: MARZO 1995

*This edition is distributed in the United States
by Vintage Books, a division of Random House, Inc.,
New York, and in Canada by Random House of Canada
Limited, Toronto.*

Todos los derechos reservados.
Esta publicación no puede ser
reproducida, ni en todo ni en parte,
ni registrada en o transmitida por,
un sistema de recuperación
de información, en ninguna forma
ni por ningún medio, sea mecánico,
fotoquímico, electrónico, magnético,
electroóptico, por fotocopia,
o cualquier otro, sin el permiso previo
por escrito de la editorial.

La orilla oscura

LA MAQUETA DE LA COLECCION
Y EL DISEÑO DE LA CUBIERTA
ESTUVIERON A CARGO DE
ENRIC SATUE ®

*Para Sabino Ordás,
maestro y amigo*

INDICE

I.	En el museo	15
II.	El retrato	57
III.	La orilla oscura	97
IV.	Narración del piloto	133
V.	Continúa la narración del piloto.	175
VI.	Al final de la tarde	207
VII.	La historia de Nonia	245
VIII.	El dios lagarto	291
IX.	El regreso	321

I. En el museo

Leves fulgores en una penumbra, todas sus visiones se desvanecieron: el vano de la puerta, a un lado del descansillo, que daba acceso a un claro en la selva; el pasillo que se alejaba más allá de la cómoda, bajo dos cuadros oscuros, entreverado por una senda que flanqueaban matorrales voluminosos y troncos gigantescos; un resplandor al fondo, derramándose entre las arrugas de una cortina parda, que coincidía con la claridad esparcida en un espacio sin vegetación, donde el espeso follaje mantenía, sin embargo, el poder de su sombra. Vibraba en el aire un tictac de reloj que era a la vez, desmenuzado por el eco su ritmo simétrico, un susurro de aleteos, el retumbo de un largo graznido, el vago resonar de algún manantial.

«Porque quizá estás soñando aunque ves que estás despierto», pensó. Abrió entonces los ojos y descubrió el día. Un momento antes, los párpados aún cerrados, la noche que había disuelto aquellas imágenes se extendía del otro lado; pero parecía que el simple gesto de separarlos había servido, también, para abrir las esclusas de la luz, propiciando su avenida repentina: y la luz lo anegaba ya todo, salpicaba las superficies, restallaba en las molduras, se arremolinaba alrededor de la mesita hasta convertirla en un islote macizo. Así, casi todos los objetos quedaban de pronto definidos con una presencia tan rotunda, que era inimaginable pensar en un pasado en que la oscuridad los ocultaba, o en un futuro en que, extinguida otra vez la claridad, desaparecerían nuevamente.

Era la mañana y, como cada jornada en aquella latitud, el día había llegado súbitamente, sin amanecer, y podía suponerse que alguien había encendido la luz con el simple accionar de un interruptor; la condición lechosa de aquella luz primeriza, un cierto cerco grisáceo que amortiguaba su reverbero, la sutil suciedad que la empañaba, le hicieron persistir en aquella idea, e imaginar decididamente que acaso no se tratase del sol fluyendo en el espacio planetario hasta llenar la calle y alcanzar la ventana y verterse en la habitación, sino del resplandor de una lámpara lejana que comenzaba a iluminar las naves recién abiertas de alguna construcción. Se trataría, pues, de luz artificial irradiando en el interior de un habitáculo. Pensó luego que, si aquella plaza que se abría al pie de la ventana era sólo alguna parte de un local cubierto, sin duda éste habría de tener gigantescas proporciones, distancias inmensas: acaso mucho más allá, en el exterior de muros lejanos, enormes también, fuese de noche todavía; acaso trascurriese una noche mucho más larga y densa que las de su habitual conocimiento, una noche a la medida de tan extensos contornos.

Imaginó que la luz de pronto encendida era la señal que antecedía a los trajines propios de alguna actividad cotidiana, y tuvo la sospecha de que aquel lugar inmenso era realmente un misterioso almacén, un extraño museo donde se custodiaban seres y objetos de diversa procedencia. Y pensó que quizá él mismo formaba parte de aquellas mercaderías, que su habitación no era sino el envase que le conservaba.

Por fin, aquella imaginación del inmenso almacén quieto en la noche, que había iluminado de pronto una bombilla blanquecina, le sugirió una nueva idea de su propia dimensión, y tuvo la certeza temerosa de que, si lo comparaba con las medidas de aquellos ámbitos exteriores, su propio tamaño resultaba diminuto. Comprendió entonces que el hotel entero era apenas un cajón mediano arrinconado en una balda; que, destinados a un tráfico ignoto, encerrados en cajitas similares a aquella habitación, otros seres parecidos, minúsculos y débiles, permanecían guardados como él en la misma estantería de las colosales naves.

Apilado en un inmensurable almacén. O clasificado según desconocidas ordenaciones en algún misterioso museo. La noción de museo, que por un lado le parecía aclarar sutilmente determinados aspectos de sus intuiciones, le devolvió, sin embargo, a la incipiente vigilia: apartó el embozo con un estirón de piernas y se forzó a creer que su estremecimiento era ficticio, que se trataba de figuraciones prendidas aún en las asperezas del sueño, inocuas al fin, afirmándose en la seguridad de que su amenaza no era posible. Se había dejado llevar por ellas, en la titubeante lógica de la duermevela, pero no era un ser minúsculo: sin duda su tamaño se adecuaba proporcionadamente a la estatura y aspecto de los demás habitantes y al espacio todo que les rodeaba.

Comprendió que sus visitas obsesivas al museo de la ciudad, mediante oscuros recursos de la conciencia aún adormecida, habían sido causantes de esa sugerencia en la atroz transformación. «Nunca volveré a ese museo», decidió. «No volveré nunca, nunca», murmuró, moviendo con fuerza los labios, para marcar con énfasis los propósitos de su pensamiento.

Se quedó inmóvil, con los ojos fijos en el exterior. Pero, todavía mecido por el singular aturdimiento, especuló que aquella luz acaso no era tal, sino solamente el color de alguna materia sólida; porque la claridad acumulada tras los cristales ofrecía una densidad peculiar, hecha, más que de luz y espacio y masas de nubes, de cosa maciza y próxima, apretujada dentro de algún lienzo grisáceo, un enorme paquete caído del cielo que hubiese quedado atrapado entre las hojas verdioscuras y las flores rojas de los flamboyanes que se alzaban en el centro de la plaza y que, vistos desde el lecho, asomando apenas sus copas sobre el borde inferior de los cristales, perdida la perspectiva, tenían el aspecto de matojos nutridos; como si, en vez de coronar la dilatada altura de los troncos, surgiesen de la tierra pocos centímetros más abajo.

Así, su sospecha de que la luz era artificial, de que la plaza era un gran lugar techado, de que él mismo era un ser diminuto, fue interferida por la tranquila contemplación de aquel fardo desplomado contra la ventana, hasta desembocar en la fantasía de encontrarse en algún lugar soterraño: las copas de los flamboyanes serían simples malezas surgiendo de la superficie de la tierra, al ras del alféizar, y este segundo piso se convertía en la parte más alta de algún sótano. Pero ya estaba fuera de cualquier ensoñación, y aquellas ilusiones eran sólo fruto de una pereza fantasiosa: la luz seguía acumulándose, vertiéndose desde el exterior como una masa fina, y los sonidos daban testimonio firme de la realidad, triunfante al cabo sobre cualquier quimera, lejos de todos los decorados de su pesadilla; y el leve tictac que, en las últimas imágenes del sueño, se había convertido en el eco de un péndulo que era también la resonancia de cacareos y gruñidos y corrientes en una floresta selvática, venía ahora a permanecer en la mesita, acotado por los ruidos de la mañana: el ascensor que vibraba en su recorrido, tras el leve carraspeo de la arrancada; el murmullo que anunciaba el ronquido, cada vez más cercano, de los aspiradores; el sonido de pisadas que se alejaban, tras chasquidos de picaporte. Sin duda, el hotel iniciaba una jornada más, mientras él permanecía en su cama, prevenido a responder al teléfono que sonaría de un momento a otro para informarle de que ya era su hora de levantarse.

En aquel momento comenzó a oír un gemido apagado, al otro lado del tabique de sucesivas tablas rojizas, bruñidas; el sonido, aún indescifrable, tenía una cualidad insólita, como libre de horarios y programas, y le hizo recordar que no sonaría el teléfono, porque era sábado y no le esperaba nadie en la universidad. La conciencia de la vacación y de la holganza coincidieron con aquellos sonidos de la habitación contigua, que al principio simulaban la queja de algún niño que llorase durmiendo pero que luego fueron creciendo y matizándose lentamente, hasta representar lo opuesto a un lloro, como una risa ahogada, cada vez más aguda, que al cabo dejaría también de parecerlo para transformarse en la señal de otros sentimientos, diferentes tanto de la risa como del buen humor. Los gemidos se hicieron más frenéticos y derivaron en palabras ininteligibles, en exclamaciones que tenían aire propiciatorio, de ruego o demanda, en vocablos súbitos, entrecortados, que por fin dieron paso al silencio.

Sospechó entonces, cuando ya no los oía, que no se tratase de murmullos amorosos, sino de gemidos exhalados en otro trance: como si realmente estuviese perdido en mitad de una selva agobiante, aquella selva extraña de su sueño, cerca del cubil donde una fiera acababa de devorar a su presa. Pero dominando la desazón, se incorporó, recogió su reloj y comprobó la hora y el día en el pequeño visor rectangular.

Era sábado. Procuró recuperar cuidadosamente esa idea y rechazar cualquier otra fantasía. Con la mirada en el techo, repasó el tiempo que quedaba atrás, sorprendido al comprobar que habían transcurrido ya más de quince días y que apenas quedaban otros quince para la clausura del seminario: concluidas con ello totalmente las tareas de su curso académico y terminado otro año más de su vida en aquella ribera del océano, se dirigiría por fin al país natal, en la otra orilla, para iniciar sus vacaciones anuales.

«No volveré al museo», volvió a repetirse, regodeándose en su decisión. «Nunca, nunca más.»

Despierto ya, pero arropado por la modorra deleitosa, dejaba de nuevo el reloj en la mesita y calculaba la hora que sería en aquel momento allá lejos, en la ciudad del tiempo juvenil. Presente en su ensueño la figura del planeta, con los signos geográficos de un globo terráqueo escolar, iba intentando seguir el camino exacto por los meridianos y los paralelos que le conduciría al lugar de donde este mismo alba procedía, en un viaje retroactivo a través de las fracciones de hora y de las posibles posiciones del sol, que le produjo de pronto una perplejidad mareante ante el irremediable barullo de cómputos, incapaz de restar el tiempo debido hasta encontrar en él la cola diurna y brillante de esta misma madrugada, tan lejana y, sin embargo, tan simultánea, donde, sin duda, permanecían, envueltos ahora en el marasmo de la sobremesa, los objetos y los rincones de la casa paterna.

Y al evocar la casa paterna, comprendió que, en aquella ensoñación desvanecida con el despertar, la de verse convertido en un ser diminuto, la suave pulsación de su reloj y los ruidos iniciales del hotel, que le habían sugerido los ecos de algún lugar enorme, encubrieron, sin embargo, una referencia mucho más concreta: y supo que aquel ser diminuto en que había creído convertirse se correspondía exactamente con alguno de los soldaditos de plomo o de baquelita que descansaban, metidos en cajas o envueltos en pedazos de papel, en el fondo de una estantería del armario de su propio cuarto infantil, detrás de la caja de pinturas. Era perfectamente consciente de que en alguno de aquellos cuerpecillos, en su pasividad y su escondite, había estado el signo verdadero de la metamorfosis intuida. Quizá, precisamente, en la figura de alguno de aquellos soldados españoles antiguos, de bragas acuchilladas, casco con alto penacho y peto brillante, que sostenían sobre el hombro un mosquete desproporcionado y levantaban en la otra mano la horquilla. Y comprendió, también, que el globo terráqueo de sus cálculos imposibles no era la gran esfera pétrea de ese museo al que se juraba no regresar jamás, sino la pequeña esfera de escayola, varias veces rota y reconstruida con pegamento, donde figuraban los países en colores estridentes, marcando las postrimerías de un esplendor colonial que en la actualidad había desaparecido ya de todos los mapas.

Sonrió: pese a los años transcurridos, su madre guardaba en el armario, cuidadosamente ordenados, los objetos de cuando él era estudiante y muchos de sus juguetes de niño. Plumieres y vagones de hojalata, peonzas y caleidoscopios, brújulas y bigoteras. Con su imaginación, estuvo de nuevo allí, reconociendo los lugares del hábito juvenil; primero la puerta de entrada, con aquella mirilla que era una ventanita ovalada de cristal, y luego el pasillo de los tres recovecos, hasta llegar a la sala del fondo, de donde fluía siempre un resplandor, el del sol cuando era mediodía o el de la lámpara de pie, en el atardecer.

Si estuviese ya de vuelta, acaso tendría la sospecha de que no regresaba de lejanos países, tras muchos años de ausencia interferida sólo por breves visitas veraniegas, sino que era aún el mismo muchacho de aquel tiempo lejano, que había salido de casa esa mañana, camino del colegio, y volvía después de cumplir una rutina similar en todo a la de cientos de días enhebrados en ristras a través del pasado colegial; y por un momento su memoria, en la que permanecía de pronto entero e inmutable el muchacho que había sido, le sujetó en aquella sugestión. Pero, sacudiendo la querencia maquinal, reconoció al fin aquel lugar lejano entre la claridad de un despertar que lo presentaba todo distinto: así, desmoronados definitivamente sus cálculos horarios, por unos instantes revoloteó en su mente vacía la inquietud ante la imposible coincidencia de dos tiempos, este alba aquí, y el presente, y allí la sobremesa, y el pasado, como acechanza de algo que, colmado de peligros, se disimulaba tras la pura geografía.

Salió del lecho entonces y se acercó a la ventana. Afuera estaba la calle. No los inmensos ámbitos de un museo fantástico ni el ras de la tierra, sino la calle, llena de gente. A aquella distancia todos los rasgos se unificaban y la muchedumbre ofrecía un aspecto similar, sin que el colorido diverso de las ropas lograse diferenciar el porte individual de los lentos deambuladores.

La visión de los paseantes le incitó al movimiento: sin duda, debería aprovechar los días de asueto, realizar por fin alguna de aquellas excursiones que la reiterada visita al museo le había hecho posponer los dos sábados anteriores. «Nunca más volveré a ese museo», canturreó, y se tumbó de nuevo en la cama, sintiendo aquel despertar como si le hubiese sido concedido por vez primera, como si fuese para él la salida inicial de un sueño infinito en que estaba sumido desde el principio del tiempo y del que, por razones que se sabía incapaz de desentrañar, se había desprendido aquel alba tras la borrosa figuración de un pasillo doméstico que era al tiempo una senda en la espesura de una selva.

Se arregló con calma, con una parsimonia de día sin prisas, como si se preparase para oficiar alguna ceremonia que requería no sólo la selección de ropajes idóneos, sino un ritmo determinado en la propia manera de colocárselos. Y una vez vestido con aquella ropa veraniega y cómoda, tras guardar documentos y dinero, recolectó los prospectos que daban referencia de los grandes volcanes, de las playas de arena blanca, de los asentamientos coloniales, de los vallecitos recoletos en torno a los que se enardecían las grandes masas vegetales. Porque aquel sábado dejaría por fin la ciudad y se enfrentaría con alguno de los paisajes desconocidos. Era temprano y todas las agencias y los puntos de salida quedaban cerca del hotel. Desayunó con el desusado apetito de las semanas anteriores y salió a la calle con la tranquilidad subsiguiente a las decisiones irrevocables.

El descubrimiento del museo había sucedido al final de la primera semana de su trabajo.

Ocupado los días iniciales en distintas reuniones con los demás profesores, mientras esbozaba las futuras tareas, no había tenido tiempo ni ánimo para recorrer otras calles que las que le conducían a la universidad, ni para contemplar con detenimiento otros lugares que la vieja aula donde servía de mesa para el trabajo colectivo que él dirigía un gran pupitre desvencijado, en torno al que se dispersaban varias sillas de tijera.

Pasaba la mañana en el aula, hacía un alto de poco más de una hora para comer en alguno de los pequeños restaurantes cercanos y continuaba por la tarde su labor, hasta que el crepúsculo vespertino, instantáneo como el alba, llenaba de oscuridad los jardines del *campus.*

Una de aquellas tardes, al dejar la universidad, se metió en un cine y se quedó dormido en la butaca. Los demás días volvía directamente al hotel, se duchaba y, tras un breve callejeo por los alrededores, absorto por el puro aburrimiento en los escaparates y los letreros, cenaba con calma y regresaba para acostarse tras tomar una copa en el bar que atendía un barman negro, flaco, de mano certera.

Aquel viernes primero de su estancia percibió cómo sus colegas, perdida la habitual parsimonia, se dispersaban con rapidez hacia los ocios del fin de la semana.

—Procure descansar, doctor —le decían.

Era una afabilidad prolija, que parecía dirigirse a un convaleciente. Acaso sus esfuerzos de la semana les habían parecido desmesurados.

—Olvídenos, váyase lejos, disfrute.

—Verá qué lindas son aquellas playas.

Alguno se demoraba todavía unos instantes charlando con él, como con pesar de dejarle tan solo.

—Le acerco a su hotel.

—No, márchese, por favor. No se preocupe.

—No es ninguna molestia. Está en mi camino.

—Se lo agradezco. Es que quiero dar un paseo.

Se quedó por fin solo, intentando recordar alguna tarea que, todavía, fuese preciso llevar a cabo antes del asueto. No acostumbraba a desempeñar trabajos lejos de sus aulas cotidianas, y se sentía sujeto de un sentimiento del deber a la vez eufórico y coercitivo, de regusto misionero. Pero nada quedaba pendiente y podía repasar en el hotel todos los extremos de la labor del siguiente lunes. Tenía, pues, por delante un tiempo de plena vacación, para aproximarse sin otras obligaciones al mundo que tantas resonancias míticas despertaba en su ánimo y que tan luminoso le pareció al entreverlo, desde la asepsia norteña, en las ilustraciones geográficas que le había facilitado la biblioteca.

Era el mediodía y el claustro estaba resplandeciente de sol. En el centro del patio, una vieja fuente seca, de piedra oscura, afianzaba sus volúmenes contra el reverbero de tanta claridad. Cruzó el patio buscando la sombra de los arcos. Sus pisadas retumbaban en el silencio del corredor y él asumía la soledad con placer, contemplando detenidamente los blancos muros en que se abrían aquellas claraboyas sucesivas, de formas mixtilíneas. Las grandes puertas, cerradas ya, habían transformado su apariencia habitual y pareciera que las aulas que normalmente franqueaban se hubiesen constituido ahora en otros recintos.

Tan vacío de pronto, en aquel entorno construido por mano humana, donde los planos horizontales y las molduras rectas, quebradas, semicirculares, parecían enaltecer sólo esplendores geométricos, aparecía, sin embargo, el reverso apropiado de lo que no se mostraba: la sombra luminosa, estancada bajo los arcos, donde flotaba el aroma sutil de una primavera permanente recordando la cordillera enorme, los ríos torrenciales, la interminable selva. Frente al sol encendido sobre los volúmenes arquitectónicos aspiró con lentitud, como si con el aire que entraba en sus pulmones penetrase, también, aquella confusión de lugares contrapuestos. Aquella mañana le asaltó por primera vez la sospecha, velozmente esfumada, de que las cosas que le rodeaban tenían una naturaleza distinta de su aspecto y se mostraban sujetas al espacio y a la hora por un mero simulacro de coherencia.

Regresó al hotel andando. Pero después de comer, prendido en la abulia de aquella jornada sin deberes, permaneció en su habitación, tumbado sobre la cama y con el pensamiento enredado en una pereza amarillenta donde se mezclaban, junto a sus propósitos de turismo y pacífica aventura, los proyectos de aprovechar también estos días para poner orden en las fichas y notas sobre las peculiaridades del realismo literario castellano, un compromiso que le aguardaba desde la cartera, con los demás documentos. Sin embargo, abdicando de todos los planes, se quedó adormecido; sólo cuando el día se apagaba, con aquella brusquedad sin crepúsculo, paseó por las calles más cercanas, antes de meterse en el cine. Y por la noche, de vuelta a su habitación, sorprendido de constatar el modo irrazonable con que había desperdiciado aquel asueto, hizo el propósito de madrugar al día siguiente para conocer lo más relevante de la ciudad.

Y así había sucedido: el despertar con igual sensación de negrura y luz repentinas, sucesivas, en sus ojos; acaso con la misma imagen del pasillo de una vivienda urbana que era igualmente el corazón de una selva intrincada; acaso con las mismas sospechas de ser una figurilla diminuta guardada en algún enigmático lugar; con la misma memoria emborronada de un hogar lejano. Luego, los sonidos del hotel le devolvieron la certeza de la realidad, victoriosa al fin de las oscuras ensoñaciones.

Había desayunado con apetito y se fue a la calle, dispuesto a encontrar lo que, sin duda, permanecía bajo su información sobre este mundo: todo lo que se nutría de relatos escuchados en la infancia, con historias de indianos, ilustraciones de los calendarios, postales conservadas entre los pañuelos, paisajes y rostros del cine; el conjunto de imágenes en que se mezclaban cocoteros y volcanes, la jungla refulgente y las muchachas de gruesas trenzas.

Se había ido a la calle, había descubierto una mañana luminosa, también sin atisbos de techo, abierta a un cielo verdadero, y se zambulló en el bullicio contemplado desde la ventana. Numerosos puestecillos presentaban en las aceras su mercancía: frutos de aspecto cerúleo, como barnizados; montones de piñas fragmentadas en rajas olorosas; masas ocres, acaso dulces, junto a retorcidos caramelos pardos. Algún vendedor ofrecía grandes pomelos, tras pelarlos cuidadosamente en un artefacto que, sujetándolos por los opuestos polos y mediante la acción de una manivela y una pequeña cuchilla, iba arrancando la amarilla epidermis en una larguísima espiral. Almejas cubiertas por algas finas, negras, onduladas como vello púbico; helados y zumos; semillas de diversas formas y colores. La oferta alimentaria se reproducía en cualquier espacio que pudiese admitir los endebles tenderetes. Frente a las iglesias había puestos que ofrecían palomillas, estampas, oraciones, junto a las cajas de los limpiabotas y los grandes baldes donde flotaban, como huevos extraños en un amnios misterioso, bizcochos orondos y rojizos. La presencia de los frutos, los moluscos, los dulces y los objetos era tan cercana y resplandeciente que parecía que se tratase de seres vivos, que le observaban latiendo desde las esterillas y los recipientes. Ante su rotundidad y su brillo, los vendedores y los transeúntes eran una comparsa exánime, movida sólo por puros resortes mecánicos.

Durante las primeras horas, asumió con lenta avidez aquella impresión de vida en los objetos abigarrados. En su paseo, aparecían a veces monumentos rodeados de grandes árboles, como señales que remitían claramente a modelos y formas ultramarinas de edificios religiosos y nobles; pero en lugar de contemplar las iglesias y las casonas con un sentimiento de identificación, las encontraba de pronto mucho más ajenas que aquellas viviendas de tejados de cinc y puertas de colores, como si su sensibilidad se estuviese transformando, incorporada plenamente a aquella ambigüedad y confusión de seres inertes y de objetos vivos, bajo la luz tan limpia.

Sería también el mediodía mientras atravesaba un oscuro mercado en que las frutas que había visto en la calle, multiplicadas hasta lo innumerable y alternando sus macizos volúmenes con grandes masas sucesivas de legumbres multicolores, tenían la misma presencia opalina y rotunda que los grandes ojos de ciertas ilustraciones, como miradas encendidas en grutas o penumbras. En los puestos se amontonaban pollos pelados de ominosa palidez o se mostraban peces de largos cuerpos, moluscos verdosos, crustáceos oscuros. Las carnicerías ofrecían una mercancía desmenuzada en vísceras y sangrientas piltrafas que colgaban como hinchados gallardetes o se desmadejaban en los mostradores. Pero todas las piezas parecían acurrucarse y esperar.

Las tiendas de alimentación se intercalaban con otras que ostentaban cueros, zapatos, instrumentos domésticos y campesinos. A menudo, inmersos en la multiplicidad de las tiendecitas como súbitos remansos, encontraba pequeños bares, rincones tabernarios donde se ofrecían al cliente raciones de arroz con fríjoles, inescrutables envoltorios oblongos de hojas negruzcas alrededor de alguna masa aceitosa; ensaladillas que amalgamaban el rojo tomate y el pálido repollo. En alguno de aquellos restaurantes diminutos, tortas finas y blancas como grandes hostias cocían lentamente, como apretando a propósito su débil cuerpo y resollando sobre latas y piedras convexas, al calor de hornillos humildes y fuegos elementales, destinadas a servir de cucuruchos para multicolores salsas, espesos mejunjes que eran como sangres misteriosas.

«Todo esto me mira», pensó. «Todo me contempla, me ve pasar». Era un juego, otra fantasía, pero se encontró observando con énfasis los corazones y las bananas, respondiendo con guiños de su mirada a los mensajes, también mudos, de las cosas esparcidas por los mostradores.

Un olor plural, dulce y ácido, espeso y sutil, ocupaba allí el mismo papel que la luz y el bullicio en las calles. Era un olor que él nunca había percibido antes, donde matices de lo rancio, imprecisos hedores, alientos acres, conseguían una caracterización peculiar. Y, sin embargo, él los reconocía como pertenecientes a algún hondísimo lugar paralelo de sus sueños, de sus recuerdos o de sus premoniciones, como fantasmas redivivos de otros olores que seguían empapando los mercados y las calles de una memoria lejanísima, anterior incluso a su propia existencia, frente a la mirada opaca de otros peces y los cadáveres vigilantes de otros pollos también pelados, cerúleos, con la cabeza colgante que remataba, sobre los plumones sanguinolentos, la lengüecilla escupida del pico, y también en la frontera de otros puestos de frutas, verduras, quincalla. Olores de los pulpos bullendo en la caldera ferial, de los churros y las flores de sartén entre los aceites renegridos. Una algarabía de romerías y caballitos. Todos los olores pasados y futuros renacían así en aquel olor como si fuesen la sustancia vital de algo que, manifestándose más pujante en la cercanía de tales efluvios, nunca dejaría de rodearle. Por fin, cuando salió al violento claroscuro, abandonando la olorosa penumbra, tuvo el claro sentimiento de haber cruzado el vestíbulo que daba paso a un territorio invisible a sus ojos, donde se encontraba la morada de algún indescifrable habitante.

Contempló calmosamente la larga calle. El cielo estaba muy azul. Casi al final de la cuesta, en lo más alto, la hilera de casas quedaba interrumpida por una voluminosa masa ocre. A pesar de la distancia, era posible percibir el perfil de una gran muralla rematada por los bultos cilíndricos de dos torreones. Comenzó a caminar hacia allá lejos, asumiendo con aprensión la luz violenta y el calor, como si el poderío del sol pudiera fulminarle en cualquier momento entre los olores y los contraluces de aquella mañana.

Era una fortaleza en forma de castillo. Los torreones y las murallas estaban rematados por sucesivas almenas picudas. El edificio parecía muy bien conservado y, aunque no se podía ignorar su origen —lucía el viejo escudo en el dintel— su apariencia remozada le daba un aire de anacronismo pintoresco, como si hubiese sido levantado, más que en los años lejanos de la conquista, en el tiempo contemporáneo de las aceras y las casitas.

Enfrente del castillo, en la sombra de un ensanchamiento de la calle que constituía una breve plazuela, un grupo de curiosos rodeaba a un equilibrista que, sujetando en cada mano un fuerte taco de madera, subía con los pies en alto los peldaños de una escalera de tijera colocada sobre un alto estrado. Se quedó observándole, sin adivinar claramente la finalidad de aquellos esfuerzos. El hombre, de fuertes brazos, torso poderoso y cabeza barbuda, mostraba un aspecto étnico extraño al común de los espectadores que le rodeaban. Por fin llegó al extremo de los escalones y se sentó sobre la meseta superior. Luego, dando una lenta voltereta, quedó colgado de las corvas, con la cabeza hacia abajo y los brazos extendidos, y dejó caer los tacos de madera. Un muchacho que oficiaba de inhábil ayudante le alargó un acordeón y el equilibrista, sin alterar su complicada postura, comenzó a interpretar una larga melodía.

Tenía un rostro severo, de ojos brillantes y labios apretados. El recordó entonces las facciones de algún rostro familiar, que se disimularían bajo las enredadas y nutridas guedejas y aquella barba desmesurada. Boca abajo, era sin embargo difícil identificar exactamente aquel rostro. Su intuición era tan fuerte, que se acercó unos pasos, apartándose de la gente. Desde su extraña posición, el equilibrista, que había cerrado los ojos, tocaba abstraído en su melodía. El muchacho que solicitaba el óbolo le habló tímidamente.

—Qué quiere, señor.

Comprendió entonces que había actuado bajo el impulso de una ilusión engañosa. Los espectadores le contemplaban con curiosidad. Tras un breve titubeo, volvió la espalda y se alejó apresuradamente. Cruzó la calzada y buscó, como un refugio, el cobijo del portalón, donde se remansaba la sombra, suave como vaho, acotando una frescura silenciosa.

Más allá, el patio del castillo recuperaba el espacio abierto, mostrando al sol abundante vegetación florida en torno a la panza luminosa de una gran superficie cubierta de hierba. Bajo la sombra de la portalada, sentado en una sillita, le contemplaba un hombre de aspecto endeble, rostro moreno y anguloso, bigote cano y pelo espeso y lacio, vestido con ropas claras y ajadas. Pese a lo insignificante de su figura, le singularizaba el calzado, unas botas grandes, castrenses, que parecían desproporcionadas, tanto en su brillo como en su sólida apariencia, al hombrecillo que sostenían.

Leyó el cartel. No había nadie en la taquilla y el aspecto general era de soledad.

—¿No está abierto? —preguntó.
—Cómo no —repuso el hombre.
Una correa negra, con gran placa adosada, le cruzaba el pecho. Señaló la ventanilla y luego meneó la mano en un gesto de apaciguamiento.
—No se preocupe, ahora llegarán —añadió—. Ahorita.
El le ofreció un cigarrillo y comenzaron a conversar. Al cabo, el hombre le informaba, gárrulo, sobre el castillo: sus peripecias pasadas y sus circunstancias actuales. El deje cantarín de su habla, en que se interponía un suave croar de erres, le añadía a la narración un complemento que, siendo espontáneo, conseguía sin embargo matizarla con brillos fabulosos. A menudo, oscurecía los finales de las frases hasta hacerlos bellamente ininteligibles, como si las palabras del idioma común se transformasen de pronto para aparentar otra lengua y no fuese cierto que aquella era el habla natural del hombre, sino una simulación, el exagerado disfraz de algún tonillo con que le estaba embaucando.

Apartó la vista, pero siguió escuchando la lenta explicación. En aquella fortaleza, agente en su día de la colonización y de la policía territorial, instrumento decisivo para dirimir las reyertas y desacuerdos entre los propios colonizadores, se había establecido el museo nacional: el hombre relataba todas las vicisitudes de la instalación con particular prosopopeya, deteniéndose en nimias anécdotas, citando con respetuosa entonación a los próceres fundadores.

—Sólo la albañilería se llevó ocho millones. La carpintería, más de tres.

Enumeraba con minuciosidad los gastos más importantes, las donaciones más espectaculares.

—El papá del señor presidente cedió los muebles de su casa, que provenían de la independencia. Y su señora esposa, la santa Rosa de pelo natural. Y un piano muy antiguo, que había llegado en carreta desde la costa atlántica, antes del ferrocarril.

Los fondos del museo estaban distribuidos en tres zonas: una, al parecer la más extensa, correspondía al arte religioso colonial; las otras comprendían, por una parte, objetos y referencias del mundo precolombino y, por otra, los datos de la nación desde su independencia, en el primer cuarto del siglo anterior.

Concluido el cigarrillo, el guarda tiró la colilla al suelo, la pisó con lento restregar y se sentó de nuevo, recobrando su postura estática.

—Yo quedo aquí, a su orden —dijo, tras un breve silencio.

Una señorita ocupaba ya su lugar en la taquilla. El se acercó, pagó su entrada y, tras cruzar la otra parte del amplio zaguán sombrío, se detuvo ante la claridad reverberante del patio, que se extendía a la derecha con amplitud, cerrado en tres de sus lados por un largo corredor cubierto, cuyo tejadillo sostenían sólidas columnas de madera. Al fondo, un grupo de árboles ocultaba el torreón del ángulo derecho. La hierba se desplegaba por todo el patio. A un lado de la pradera, delante de los árboles, la imagen de una bola de piedra le sobresaltó por su enorme volumen, su inmovilidad —que, por la forma del objeto, parecía premonitoria de un inminente rodar— y el contraste de su áspera superficie, gris oscura en el hemisferio superior y amarillenta en el inferior, con el follaje luminoso y las flores rosadas que trepaban por algunas columnas. Había en aquella extensión una luz familiar, reconocida de pronto con el tono y el brillo de alguna iluminación doméstica, acaso la de la galería en las horas de la media mañana, los domingos, cuando sobre la mesa camilla permanecían los restos del desayuno consumido con cierta solemnidad festiva. Aquella similitud tan insólita le hizo entrecerrar los ojos en un gesto de sorpresa. Luego, cruzó el patio.

La zona del museo que conservaba el arte religioso se dispersaba por los locales del sótano. Se llegaba allí bajando dos tramos de escaleras estrechas, separados por un descansillo cuadrado. Las salas estaban iluminadas por grandes claraboyas cenitales que filtraban la luz diurna y por puntos de luz que, desde el suelo o en los ángulos, arrojaban sobre los objetos y las figuras blancores estridentes, inmediatos. En algunos lugares, los tabiques que separaban los distintos habitáculos presentaban huecos de formas diferentes. Estos huecos estaban abiertos a diversas alturas y dejaban atisbar las imágenes desde puntos poco habituales, como ventanas imposibles que, sin fines lógicos, quebraban la normal opacidad del resto de la pared. Así, la visión conseguía ángulos extraños, que parecían hechos para sorprender las actitudes de las figuras en su perspectiva más inerme, como si de aquel modo se permitiese al visitante equilibrar la sensación de acecho que le invadía al recorrer las estancias solitarias y resonantes.

De distinto tamaño y aspecto, se alineaban, se agrupaban, se enfrentaban o se daban la espalda. Algunas mantenían el niño en los brazos, otras desorbitaban grandes ojos vidriosos entreabriendo una boca de insondable oquedad tras los dientes de madera. Había santos que, al sostener objetos en sus manos, conseguían una misteriosa apariencia viva, como si aquellos crucifijos, las plumas plateadas, los bordones, temblasen sobre la vibración de un pulso. Había imágenes de mirada extasiada, o con los pelos tiesos sobre la frente, como el halo natural de su gloria, o con las punteras de su calzado puestas al contrario, en un extraño signo de interiorización y beatitud. Varias figuras de oscura tez y flacas carnes, con una calavera junto a las rodillas, se postraban en ademán mortificado. Santas grandes, de rostro blanco y brillante, sostenían en amplias palanganas los símbolos de su virtud y de su martirio: inmóviles globos oculares, pechos exactamente rebanados.

Al principio, la visión del conjunto no le permitió tomar precisa conciencia de cada una de las figuras. Pero pocos instantes después, el ademán inconfundible de un san Marcelo con la espada en una mano y grandes ropajes le devolvió la imagen que, en igual actitud y con el mismo tamaño y policromía, presidiera sus misas infantiles en aquella ciudad del otro lado del mar. Observó con mayor detenimiento las otras figuras y su sorpresa se hizo abrumadora: imágenes entrevistas en las iglesias familiares, o sobre algún altarcillo casero, o en el misal materno, que conservaba cuidadosamente entre sus hojas los recordatorios de multitud de primeras comuniones y de óbitos, en que se reproducían, estaban todas aquí, rodeándole con la firme seguridad de una existencia real: el san Diego negro y el dulce nombre niño, carigordo, vestido de blanco, flanqueaban a María dormida, a María muerta en su ataúd de cristal, envuelta en gasas y rodeada de flores de papel y tela, con un rosario entre las manos pálidas, finas, lánguidas, y un brillo sutil bajo los párpados vencidos. Alrededor estaban las pequeñas urnas con figuras de tres palmos y un gran belén con imágenes rechonchas ante aquel forillo que tanto le sorprendía de niño, pues representaba un paisaje fluvial.

A veces, los cartellillos que indicaban la identidad de las figuras señalaban también sus patronatos, y él se encontraba reconociendo todas aquellas advocaciones que su abuela tan bien conocía: el santo de las parturientas, de los músicos, de los zapateros, de los mudos. Giró de pronto sin apercibirse de que otra urna se interponía ante su paso y estuvo a punto de caer sobre el gran corpachón de un san Pedro apóstol, también yacente, vestido de obispo, que mostraba, en las manos cruzadas sobre el pecho, grandes heridas resecas. Aquella imagen misma había adornado, desde una curiosa fotografía colgada entre los cromos litográficos, una pared de la capilla del colegio. Su traspiés resonó en las estancias como un restallido. Pensó que el rostro del san Pedro, como el de los demás, además de mantener los rasgos de aquellas otras imágenes ya conocidas anteriormente por él, presentaba el confuso recuerdo de otras gesticulaciones, rostros vivos perdidos en el pasado.

Fue entonces cuando sospechó claramente que tras la apariencia verdadera de todo lo que le rodeaba, en el tiempo y en la geografía, podían estar envolviéndole los firmes enredos de un sueño. Dio un paso atrás y contempló las figuras y los objetos preso de una emoción verdadera, sintiendo la sangre en las sienes como un pequeño apretón sucesivo.

Contemplaba cómo se dispersaban bajo la doble y contrapuesta iluminación, rodeadas por otras muestras de devociones y ritos: cristos crucificados, yacentes, azotados, en cuyos cuerpos las heridas parecían escribir signos incógnitos; dolorosas de lágrimas a la vez fluyentes e inmóviles; figuras de santos y sayones detenidas en grandes visajes. Y, entre ellas, palios oscuros de viejo terciopelo, tafetanes que habían tocado el santísimo sudario, piedras de ara, arcones de madera para las dalmáticas, casullas, estolas, manípulos, capas pluviales, velos sacramentales que aparecían descoloridos y en hilachas, contrastando vivamente con la firmeza de las pilas bautismales, de las navetas para el incienso, las jarras, las patenas, las custodias.

La sensación de reconocer las actitudes, las formas, los rasgos, los objetos, iba acompasándose al sonoro crepitar de su paseo. «Como si estuviese otra vez allí», pensó, y la referencia sintetizaba un único lugar en que se reunían los santos domésticos, las imágenes del colegio, los altares de la parroquia. Aceptó pues que, por alguna rara casualidad insoslayable, toda la vieja iconografía estaba depositada a su alrededor, desalojada de sus cobijos habituales, amontonada sin la disposición y rango que la había ordenado y enaltecido en las repisas, en los altares, en las páginas o en las estampas de su recuerdo.

Para alejar la sospecha de estar inmerso en algún sueño extraño, se obligó a pensar que se trataba de muñecones construidos con los mismos criterios que los gigantes y cabezudos, reunidos por azar en una macabra promiscuidad. Quiso creer que, tras tanto hieratismo, había una secreta caricatura. Así también, en los tiempos de la infancia, sospechó muchas veces que las imágenes ante las que la gente se arrodillaba con tanta seriedad en los rostros no fuesen sino figuras para una risa que, quién sabe por qué razones, estaba proscrita, trastocada en severa solemnidad. Entonces se le ocurría, en pensamientos que le turbaban hasta el susto, que la idea misma de cielo era, precisamente, la de acompañar en aquella inmovilidad silenciosa, durante toda la eternidad, a los sagrados personajes de que las imágenes eran solamente un trasunto. Acaso el cielo era también un retablo polvoriento. Y estos pensamien-

tos, que en aquellos tiempos infantiles, en días de
ejercicios espirituales, eran rechazados con un súbito
sentimiento de horror, volvieron a él como si estuviese otra vez viviendo aquellos años, debatiéndose
entre los absurdos desvaríos de alguna duermevela
febril.

Luego, fueron brotando otras ideas más grotescas: pues ahora podía contemplar las imágenes
de su niñez en una apariencia que se había mantenido secreta. A través de los ventanucos y las claraboyas, los escorzos traseros de las cabezonas, de los
codos, de los torsos, carecían de todo aire religioso
y parecían más bien partes de una escena que, al
no verse sino desde aquellos ángulos difíciles, en
tan exigua perspectiva, sugerían misteriosas reuniones —visibles sólo en el punto de aquel cogote, de
aquellas orejonas de madera, de aquella cintura que
ceñía un gran cíngulo— en que las débiles luces
iluminarían acciones nefandas, turbios rituales, pertenecientes acaso al sarcasmo de algún inenarrable
sacrilegio.

Todas aquellas impresiones se veían firmemente corroboradas por los oscuros y enormes muebles
sobre los que, sin mantener el orden sacrificial, se
alineaban los copones, los cálices, los libros, las vinajeras, las palmatorias, los hisopos. Sacados de su
entorno habitual, los santos objetos adquirían un
aspecto ambiguo, más allá de lo litúrgico, también
quirúrgico y gastronómico. Y en los tejidos de los
gruesos brocados se alargaban los hilos formando garabatos que, antípodas de lo sagrado, parecían adornos especialmente trabajados para el esplendor de nocturnos y parsimoniosos carnavales.

La contrapuesta iluminación de las claraboyas y las lámparas, interrumpida por los bultos de
las imágenes, generaba en torno a éstas halos som-

bríos de diferente espesor. Se detuvo entre un obispo y un sayón y escrutó aquel silencio en que venían a sumirse los últimos ecos de la calle. Flotaba en la estancia el olor de la cal reciente de los muros, la emanación de los barnices de los paramentos, los efluvios prendidos en las túnicas y las capas, en las viejas maderas.

De pronto, el sayón movió los ojos, abrió la boca en una sonrisa careada. El tuvo un gran sobresalto, al punto dominado: era el guardián.

—Ya se cerró, señor —dijo—. Dos horitas y luego puede regresar, si gusta.

La sonrisa del hombre se había transmutado en un gesto un poco perplejo, como extrañado de su sobresalto, y comprendió que debía llevar algún tiempo observándole. El musitó una disculpa, ya en actitud de marchar y, ante la ostentosa tolerancia del hombre, le entregó una propina.

Cuando salió a la calle se encontró hambriento y cansado, y tuvo una fugaz intuición que, de pronto pavorosa, derivó al fin en una breve carcajada: las figuras aquellas se habían quedado quietas cuando él entró, y permanecieron así durante toda su visita, pero ahora, de nuevo solas, recuperaban acaso su libertad y sus movimientos. El propio guardián no era sino una de ellas, aquel mismo sayón bigotudo, que mantenía su fiel apariencia de vida. Eran suposiciones disparatadas, pero coherentes con aquel ejército de imágenes que llegaba desde su pasado. Comió cerca de allí y se demoró en su mesa tomando café, mientras esperaba la apertura vespertina.

Cuando fue la hora, regresó al castillo, bajó de nuevo al sótano y volvió a recorrer las salas entre las figuras yacentes, orantes, crispadas, que mantenían, junto a la inmóvil culminación de los dolores y los éxtasis que pretendían simbolizar, el claro recuerdo del sitio de donde procedían, convertido ya en un rincón concreto e inmutable de su memoria.

Se familiarizó con ellas, con su posición y el lugar que ocupaban, y permanecía él también quieto, casi sin respirar, esperando equivocar la mirada de los otros visitantes, de los escasos curiosos que, con retumbar de pasos y un merodeo lento en que acaso se ocultaban algunas de las imprecisas sospechas que a él mismo le habían suscitado tantas muecas congeladas, atravesaban las salas.

Por fin concluyó la jornada. Salió de la fortaleza confuso y mareado. El guardián ya no estaba, y también su sillita había desaparecido. Fue andando lentamente hacia el hotel. Desde los árboles invisibles descendía un aroma dulce, pero él se sentía triste, como si todo lo sombrío de su infancia, los huecos y las sombras y los miedos, hubiese resucitado.

Se sentía preso de una extraña excitación. Y aunque la costumbre de la soledad le había habituado también al silencio, sintió la necesidad de saber que, por encima de aquellas imágenes que de modo tan estridente parecían mostrar el triunfo de ciertos ensueños, la realidad se mantenía incólume, como un puerto seguro frente a las aguas oscuras y agitadas. Sin embargo, no tenía nadie con quien hablar. El otro lado del océano, la casa paterna, rememorada con la luz de la niñez, pertenecía también al dominio de los sueños.

Se había sentado en la cama y hojeaba una de esas biblias que determinadas sociedades facilitan a los hoteles, buscando ayudar piadosamente a los clientes en sus momentos de hastío. Recordó entonces el país de donde procedía aquel libro encuadernado en resistentes tapas negras, el país en una de cuyas universidades él desempeñaba regularmente sus tareas profesorales y, en el mismo instante, pensó en Sus. Y en un impulso, sin considerar el tiempo transcurrido desde su separación, la telefoneó, recordando el número con toda precisión, como si estuviese marcado en el interior de sus ojos.

En el aparato vibraron los pequeños zumbidos, leves ecos de los sucesivos contactos hasta la lejana comunicación. Al cabo, un chasquido dio paso a la voz: era sin duda la de aquel argentino, experto en lepidópteros, que consolaba a Sus en los últimos meses de su relación y que luego se había casado con ella. Al fondo se oía una música de piano. Entonces fue consciente de que aquella voz, y Sus, aunque formasen parte de la realidad, significaban también un pasado que no podía recuperarse. Preguntó por ella.

—¿Quién le llama?

El tono del hombre era hostil. Tras el desconcertado titubeo inicial, le había reconocido. Se identificó. El otro guardó silencio un instante.

—Ella no está —dijo, secamente.

—¿No está? —repuso, alzando la voz—. Se oye bastante mal. ¿A qué hora llegará?

La música había dejado de sonar.

—Ella está de viaje. No volverá en quince días. ¿Puedo saber qué querés?

No supo qué decir.

—En realidad, nada concreto. Hablar con ella, simplemente.

—Mirá, ella está muy bien. Hace justo tres años que te fuiste y está muy bien, mejor cada día. Dejala en paz.

Se sintió avergonzado y a la vez furioso. Cuando iba a contestar, el otro interrumpió la comunicación. Una conexión le permitió escuchar un fragmento de conversación oscuro, en un idioma desconocido. Luego, aquella conversación desapareció también, y sólo se mantuvo la pequeña resonancia aguda que indicaba el corte. Se tumbó sobre la cama, sin desnudarse, y se quedó contemplando el grueso bulbo blanco que colgaba del techo, como el extremo posterior de un gran gusano de luz. En vez de dar testimonio de la vigilia, aquella conversación parecía inscrita también en el argumento de una pesadilla.

Durante la segunda semana, consiguió borrar el recuerdo de aquel encuentro disparatado, absorbiéndose con afán en los trabajos del seminario. Así, apenas hizo planes para los días de descanso. Cuando llegó el viernes y sus colegas se alejaron apresuradamente, él, repitiendo los gestos de aquel día, se demoró otra vez en la paz geométrica del claustro soleado y regresó paseando al hotel, preso de la misma abulia placentera, que no le abandonó ya en toda la tarde. Al día siguiente, se levantó también pronto y salió en busca de una agencia de viajes, para concertar la excursión del fin de la semana. Pero de nuevo se dejó ir en los vaivenes de un desordenado callejeo que venía determinado por la voluntad de evadirse del sol enardecido y por el propio trazado de las calles, cuadriculadas en bloques orientados según el sentido exacto de los cuatro puntos cardinales. Le sobresaltó el restallido del sol en la gran mole de la portalada, plantada de pronto frente a él como si hubiese sido depositada en el instante precedente.

El guardián, que le contemplaba desde el borde de la sombra, sentado en su sillita, se puso de pie e inclinó el torso en un leve saludo. El se acercó también, aceptando con desconfianza aquel reconocimiento, pero agradecido de antemano a la hermosa sombra donde podía protegerse del violento calor.

—Buen día, señor —dijo el guardián—. Qué gusto verle otra vez por acá.

El inclinó los hombros.

—¿No encontró el otro día lo que buscaba?

—No buscaba nada —repuso él, con rapidez—. Pasaba por aquí, como hoy.

Su extrañeza se convirtió al fin en un leve suspiro. La luz, el calor, le habían hecho considerar las salas donde se dispersaba toda la imaginería de su recuerdo como un hecho confuso, que acaso no había significado aquella exacta y misteriosa reproducción.

—¿No va a entrar?

Encogió los hombros otra vez. El vivo recuerdo de las salas donde se guardaba aquel conjunto imposible de figuras despertó en él una curiosidad borrosa. Dio unos pasos, adentrándose en el gran portal. «No, no voy a entrar», pensó.

Bajo la mañana rutilante, la ciudad se extendía cuesta abajo como un largo puente sobre algún abismo que, latente bajo aquella visión, estuviese disimulado por la presencia de las pequeñas viviendas, de los anuncios, del movimiento de vehículos y personas. El hombre de la sillita le ofrecía su conversación prolija. Las cimas de las montañas estaban cubiertas de nubes.

—Los volcanes —señaló el hombre, alzando un brazo.

El miraba aquella cadena de volcanes dormidos. Sin duda en aquellos grandes picos, en aquellas quebradas, en los valles sucesivos que se escalonaban desde las cumbres, latía en esos mismos momentos el más puro corazón de aquellas tierras:

imaginó entonces una vegetación nunca conocida entre la que volarían pájaros extraños, persiguiendo insectos de sorprendente apariencia; flores multicolores y enormes se enredarían entre los matorrales y los troncos de los árboles; salvajes torrentes se deslizarían monte abajo, crepitando en la quietud sombría de las vaguadas. «Qué más da» —pensó—. «Todavía quedan muchos días.»

Aunque atraído poderosamente por aquella naturaleza profusa, permanecía de pie frente al guardián que le explicaba, con pintoresco énfasis, cómo aquellos volcanes, en su despertar, vomitaban un temporal de ceniza. El hombre iba describiendo que la ceniza cubría lentamente las calzadas y los tejados de los pueblos más cercanos, hasta que las mismas ramas de los árboles acababan venciéndose por el peso.

—Se cierran todas las rendijas, las mujeres cocinan con las cacerolas bien tapadas, pero la ceniza entra en todas partes, despacito. Y todo queda gris: las calles, las casas, las alcobas, los muebles. Todo se vuelve gris, entre tanta polvoriza.

El imaginó entonces la ceniza de los braseros de la infancia, dulcemente inerte en las mañanas sobre los rescoldos mortecinos, y la ceniza sobre la chapa de la cocina formando un velo de suavísima textura, cuando se limpiaban las escorias. Confundió tiempos y figuraciones y, por un momento, creyó que el guardián le estaba hablando de algo perfectamente reconocible como parte de su propia experiencia. La estufa repleta de ceniza en aquel destartalado estudio de Sus, en España. La ceniza final sobre los ladrillos de la barbacoa, bajo los arces rojos, en el tiempo feliz con Sus, recién llegados, juntos, a la universidad donde él trabajaba.

—¿No pasa? —preguntó al fin el guardián.

El estaba quieto allí, en el regazo de aquella sombra que recogía también el frescor de la hierba. Los cristales de la taquilla reflejaban en el suelo un arabesco acuático.

—Apenas vio lo que hay —insistió el guardián—. Le queda mucho por conocer.

Fumaba con fuerza el cigarrillo que él le había dado, y la brasa avanzaba visiblemente a cada aspiración. El, renunciando entonces a su excursión, se decidió y echó a andar.

Cruzó el patio siguiendo la sombra del corredor, dirigiéndose a la sala donde se mostraban los objetos anteriores a la conquista. Las primeras vitrinas iban ofreciendo, con ayuda de largas explicaciones escritas, abundantes restos extraídos de enterramientos que sólo a un observador muy interesado podían sugerirle otra cosa que un deterioro cristalizado a lo largo de un extensísimo espacio de ruina. Luego, y conforme iba avanzando por la gran sala, los objetos se diversificaron, las cerámicas se ofrecieron enteras y brillantes, como pintadas por manos recientísimas, y las figuras de barro, las vasijas, los incensarios y todos los cacharros, las urnas y las ollas, los grandes collares, las joyas de oro que representaban arácnidos y águilas, hombres y ranas, aves y felinos, las pequeñas piezas escultóricas de piedra gris, inmóviles en sus gestos absortos, animalescos, o en sus muecas horriblemente humanas, le rodearon como un ejército minúsculo, vibrante todavía.

Había también tambores, morteros, gigantescas piezas trípodes cuyo significado ceremonial, ya indescifrable, estaba representado por cada una de las tres patas, rostros crispados, figuras desgarradas, aves que sostenían con el pico un moribundo con las manos atadas a la espalda. Predominaba en todo un aire solemne y mortuorio y las máscaras similares a calaveras o las figuras atormentadas servían también de ornamento a los objetos domésticos.

Los objetos pertenecían a una cultura extraña, lejana, que además había desaparecido totalmente del mundo. Y, sin embargo, él tuvo la misma sensación que aquel día pasado, cuando había reconocido en las figuras todas las imágenes piadosas de su niñez. La sorpresa de entonces se transformaba ahora en una sensación de estupor temeroso. Por un lado, y por una extravagante alucinación que invertía el sentido del tiempo, le parecía ver extendidos ante él, provenientes del futuro, los cascotes, los cántaros, los huesos resecos, los pequeños detritus cotidianos, los restos de un tiempo vivo; por otro, se sentía naturalmente vinculado a ellos, como si alguna vez hubiese conocido, por el uso, la función real de los braseros, los metates y los grandes vasos, y hubiese presidido, con el pleno conocimiento de un protagonista, los sahumerios y los sacrificios. Sobre aquella oscura comunión prevaleció al fin el cansancio, y la luz de la sala era lechosa y levemente opaca, como la luz de las mañanas de invierno en la cocina familiar, tan escasa, un gran coágulo tenue entre los azulejos, envolviéndole mientras tomaba apresuradamente el café con leche migado, rodeado por otros cacharros, otras potas, otros instrumentos que serían de incomprensible significado para el contemplador de un lejano futuro.

Estaba angustiado. «Pero qué me pasa», pensó. «Algo debe haberme sentado mal», se dijo. Sacudió los brazos y salió al patio.

La luz cálida y brillante, bastante sesgada, iluminaba la gran esfera pétrea, resaltando su condición oscura, apagada, fría. De nuevo le llegó a la imaginación el globo terráqueo de sus tiempos infantiles y otra vez se representó los meridianos y los paralelos que troceaban la masa multicolor de los países. Varias horas le separaban del instante mismo en que las gentes de su país se asomaban al filo del atardecer. Más allá, la noche iría avanzando hacia la misma tarde que huía. Y en este vertiginoso juego de luces y sombras, en oscuras y tranquilas estancias de innumerables lugares, se amontonarían objetos y signos que, pese a la diferencia de antigüedad y de nobleza eran en todo similares a éstos. Y le pareció que, sin conocerlos, los había visto y usado todos. Una sensación sutil, más propia del sueño, le hizo sentirse de pronto simultáneo y espectral visitante de infinitos museos, recorriendo sala tras sala que eran al tiempo pasillos domésticos y espacios entre extrañas espesuras vegetales, extasiándose ante centenares de vitrinas que guardaban objetos de civilizaciones que, siendo todas ajenas, pertenecían plenamente a su intimidad. «Algo en la comida», pensó. «La comida», murmuró. Como ante un conjuro, apareció el guarda. Estaba otra vez a su lado, con las manos en la espalda y los talones juntos. Al parecer, aceptaba ya sin extrañeza cualquiera de sus extravagancias.

—Ya me iba —dijo él.

El hombre desenlazó sus manos.

—Pero aún no vio lo más interesante.

—Estoy cansado.

—Lo más interesante, los tesoros cívicos. No puede irse sin verlos, señor.

Volvió a sospechar que seguía inmerso en un sueño profundo, que escondía su incongruencia bajo una sutil apariencia de orden. Dio un paso atrás y miró al guardián con mayor atención.

—Los tesoros cívicos —repitió el hombre—.

Las cinco banderas. El jobo de la muerte de Cañas. La pluma de Magón.

Se quedó mirándole sin contestar y el guardián sostuvo su mirada y sólo la desvió para atender a una mujer de poca estatura que se le había acercado y murmuraba humildemente algunas palabras.

—Dispense —dijo el guardián, y se volvió a la mujer—. ¿Qué hubo?

Ella hablaba rápidamente, en voz muy baja y alarmada. Cuando terminó, el guardián fruncía el ceño. Habló también en voz baja, pero muy enérgica, sacudiendo firmemente la mano derecha.

—Que no vuelvan a juntarse —dijo—. Dígaselo a él. Adviértaselo. Que mire que no se junten, que no se lo voy a pasar.

Se desprendía de él un gesto patente de decisión, de poder. Era evidente que no hablaba como el celador de un museo, sino acaso como un padre que ejercía una autoridad despótica. La mujer se alejó con la mirada baja. Aquel atisbo de cierta violencia doméstica había añadido malestar a su desazón. Comenzó a alejarse otra vez pero el guardián se volvió a él.

—Dispense —repitió—. Es mucha la familia, mucha la responsabilidad. A veces, hay que castigar.

La palabra sonó extrañamente en sus oídos, como si significase otra cosa. Se había detenido. El guardián se aproximó y le dio unas palmaditas.

—Pero pase usted, pase —continuó—. Cómo se va a marchar sin verlo todo. Vamos.

Accedió por fin, sin oponer más resistencia, intentando que su rápido asentimiento, que era una especie de derrota, no le impidiese borrar inmediatamente de su imaginación aquella sospecha en una autoridad suprema, que no se podía soslayar. Pensó débilmente que ya era tarde para otros entretenimientos. Además, sentía su indecisión sin pena alguna, como una leve hipnosis.

Como si, al conseguir su asentimiento, el guardián hubiese ejecutado una tarea concreta, le saludó gravemente y se alejó, retornando a la sombra de la portalada. El le contempló hasta verle sentarse en la sillita y luego se dirigió despacio hacia una sala donde varias mujerucas limpiaban el polvo de los muebles y arrastraban pesados escobones por el suelo de cerámica roja.

En aquella zona se mostraban, con solemne ostentación, las principales señas de la identidad nacional. En la pared del fondo de una sala amplia, que debió servir de refectorio en tiempos de la fortaleza, se desplegaban las banderas y los escudos que habían representado sucesivamente al país desde su independencia, en el primer cuarto del anterior siglo. Luego, a lo largo de las galerías, una colección diversa fijaba como arquetipos distintos objetos, algunos muy modestos. La necesidad de asentar las bases de una fe patriótica había obligado a los constructores del museo a escudriñar y exponer la mayor parte de las referencias teóricas, artísticas o industriales que pudiesen apoyar su designio, y que jalonaban los años tiernos del estado.

Allí se exponían varios recuerdos personales de la esposa del primer presidente, bordadora al parecer de la bandera prístina. Un anillo donado por un nieto suyo —cuyo nombre figuraba con énfasis tipográfico—, una cajita de música, un grueso mechón ondulado de su pelo tras el cristal de un marquito dorado, una miniatura sin gracia pintada por ella misma en la concha de un gran molusco. Sobre un piano —el mismo piano en que se interpretó por vez primera el himno nacional— estaba colocado el busto de la abuela del compositor: una figura de madera policromada, de tosca factura. Aquella imagen, que carecía de la pericia escultórica de las contempladas el sábado anterior, ofrecía sin embargo una burlona vivacidad, resultado acaso de los ojos de vidrio y de las pestañas simuladas con crines. El autor, cuya memoria se enaltecía en un letrero, había realizado también, a puro cuchillo, otro busto de cabeza varonil, frente muy escasa y gran nariz, cubierto por la figuración de un guardapolvos amarronado.

Con atención meticulosa y primoroso cuidado se habían recogido aquellas muestras. Las monedas iniciales, los vales y bonos utilizados de antiguo para remunerar los trabajos de los ingenios y trapiches, ruedas carcomidas de las viejas carretas, fusiles de chispa, sables y espadones. Sobre un estrado cubierto de oscuro paño estaba colocado un enorme tocón de árbol, similar al gran tajo de alguna carnicería: era el tronco junto al que fueron fusilados un lejano y famoso general y uno de los primeros presidentes. Muy cerca, en una pequeña vitrina colgada del muro, entre retratos conmemorativos y panfletos contemporáneos del suceso, se mostraba el mechero de pedernal que aquel general había usado cuando vivo y que, como postrer y extraña ofrenda, había regalado, antes de morir, al capitán que dirigía el pelotón de su fusilamiento.

La suave hipnosis había derivado ahora en un sopor que le hacía moverse sin esfuerzo ni ruido, como si estuviese soñándose viajero en aquellas salas, ya no espectralmente repetido en miles de museos sino inmóvil en el único lugar: pues sabía con rotunda certeza que todos aquellos objetos le pertenecían, y aunque también estaba seguro de no haberlos visto nunca anteriormente, una simple mirada le bastaba para reconocerlos y rememorar instantáneamente todas sus vicisitudes, su historia, como si fuesen los objetos domésticos de aquel hogar primero, dispersos ante él con la misma entrañable sumisión de los bibelots, los cacharritos, los recuerdos de Gijón o los pequeños canónigos de madera con un paraguas —chove en Santiago— que su madre colocaba cuidadosamente en las estanterías. Y pensó por fin que no eran otros, que no eran distintos. Se sucedían escupideras, documentos apolillados, viejos bandos pardos que proclamaban noticias incomprensibles de tan antiguas, retratos de presidentes, embajadores, presbíteros y licenciados, medallones de cristal que guardaban filigranas y flores secas, dibujos de orquídeas y de veleros, las palas y las llanas que inauguraron la primera vía férrea, que asentaron la piedra inicial del banco estatal, bastones, jícaras, relojes. Un rayo de sol hacía resaltar el polvo de los cordajes de un buquecillo que reproducía la nave fundadora de la armada. Y sin embargo, eran exactamente aquellas jarritas, los ceniceros, las danzarinas de porcelana, la dorna con remos de mondadientes, un perro de bronce, la fotografía de la abuela rodeada de patos. Una metamorfosis puramente óptica modificaba la apariencia, pero no la naturaleza.

Se sentó en los escalones que separaban dos salas de la galería y reflexionó, con una confusa intuición de sueño y soledad, en aquel reconocimiento de toda la amalgama de objetos como algo evidentemente personal, ceñido a su memoria con el implacable apego de las cosas que se han vivido. Así, se encontró pensando que aquella gran sala era realmente el rincón paterno, aunque transmutado por la influencia de acontecimientos decisivos. Era como si el mundo y su vida hubiesen transcurrido definitivamente y, bajo el cuidado de un celador oficioso y autoritario, se conservase todo disecado, archivado, vacío, con un fin insospechable. Era una sensación mortecina, de fría inmovilidad. Sintió entonces una añoranza imprecisa, como la nostalgia de alguna placidez plena perdida para siempre y, al mismo tiempo, supo que aquella placidez no había existido nunca, que los recuerdos tan intensos de luz y vida verdadera eran sólo la imagen de un deseo desesperado. Siempre había permanecido, vigil o sonámbulo, recorriendo las salas oscuras de aquel museo.

Abandonó entonces la sala y salió al patio, al portal, a la calle. Comió en un restaurante con forzada voracidad y luego buscó una librería y compró varias novelas policíacas. Aquella noche salió a tomar una copa, encontró una joven ramera de ojos achinados y se la llevó al hotel.

Media hora más tarde quedó solo. Tenía otra vez a Sus en el pensamiento y un sentimiento de alarma le contuvo: aquellos repentinos impulsos de comunicación con Sus eran la señal manifiesta de que algo raro le estaba sucediendo. Pensó otra vez que podía ser la comida o la bebida, algún elemento tóxico que le perturbase el ánimo hasta el punto de llevarle a todas las alucinaciones pasadas y a esta ridícula evocación. Intentó, no sin esfuerzo, recordar el rostro de Sus, los rasgos contraídos de su rostro en la pelea final que había culminado casi un lustro de agobiante convivencia.

«Algo me está sentando mal, sin duda», pensó. «Si esto sigue así, voy a que me vea un médico». Y sin embargo, físicamente no sentía síntoma alguno de malestar. Abrió una botella de whisky y bebió y leyó hasta muy de madrugada. Luego durmió un sueño cansino, se levantó tarde, y durante el resto de la jornada apenas hizo otra cosa que pasear una y otra vez por las calles del centro de la ciudad, recorriendo aquel circuito como si, tras un número desconocido de vueltas, el círculo se fuese a romper, permitiendo que sus pasos se encaminasen en la dirección verdadera, con un rumbo donde todo sueño fuese imposible.

II. El retrato

Este sábado, las cosas deberían suceder de otra manera. Mientras desayunaba, había hojeado una vez más los prospectos donde, reproducidas con fotografías de brillantes colores y descritas con prosa ditirámbica, se mostraban las playas de coral, los volcanes brumosos, las nobles piedras arqueológicas. Decidió dejar su trabajo sobre las peculiaridades de la tradición realista para las vacaciones en el solar paterno, salió a la calle y se encaminó a una agencia, pero un muchacho de ademanes soñolientos le informó que, a pesar de lo temprano de la hora, todos los programas del día estaban ya en marcha. Tras unos instantes de perplejidad, comprometió para el siguiente día una excursión y se dedicó a deambular por la ciudad una vez más.

El trazado de las calles le llevaba siempre en el sentido de los puntos cardinales y sus pensamientos se acompasaban de algún modo a aquellos virajes alternativos. Comprendió que las pequeñas caminatas de los días anteriores le habían familiarizado con el aspecto general de ciertas esquinas, de algunos lugares, de determinados edificios. Muchos perfiles urbanos empezaban a acomodarse a su mirada. Encontró este principio de hábito con cierto sentimiento de alerta, pues bajo la apariencia multicolor de la ciudad parecían asomar, más íntimamente que los contrastes físicos, las señales cotidianas, esclarecedoras de un mundo habitual. Así, cada vez más intensamente, resultaba como si él permaneciese en aquella ciudad lejana donde estaba la casa familiar. Embebido en esta sugestión, fue considerando aquellos años de su vida en que la recorría dando por indiscutible la pureza de su cielo, la finura y sanidad del aire, la belleza de sus monumentos, enredado en una constelación de cometidos, obligaciones, recuerdos, flujos y reflujos de afecto, como si el mundo de las relaciones respondiese a las mismas leyes insoslayables que hacían hermosa la catedral o bienoliente la brisa vespertina. Pero ahora, la misteriosa coincidencia con esta ciudad ajena le hacía modificar aquella aceptación, nunca discutida, suscitándole la visión de que ambas realidades eran una sola y unificaban sus sombras distintas y contradictorias. Lejos de cualquier visión benéfica, imaginó que todos aquellos monumentos estaban amenazados de decrepitud. Al mismo tiempo, concibió que sus relaciones más cercanas, y muy especialmente las que le unían a sus padres, eran un mero sistema de protocolos y formas sin sustancia ni calor, rituales que, como las drogas, alucinaban la percepción verdadera alterando todas las significaciones. Pues de igual modo que su relación con Sus, estos lazos no significaban sino los aspavientos de una comedia que también debía terminar, perdiéndose los últimos ecos del texto en el silencio espeso y negro, como en la muda oscuridad de un teatro inmenso, tenebroso y vacío.

«He aquí una mañana melancólica», pensó. Se sorprendía de tanta amargura. Sin duda el alejamiento físico matizaba la lejanía sentimental, pero juzgó desatinadas aquellas elucubraciones. Una frialdad tan perfecta, un desapego tan exacto parecían sólo imaginarios, y otra vez tuvo la sospecha, ya casi rutinaria, de estar preso de un sueño poderosamente verosímil. Al fin, la deriva de su paseo le hizo desembocar en la avenida que subía desde los lejanos mercados, y se dejó ir bajo la sombra acogedora. Había en la calle una pulsación solitaria y callada de día festivo y un número escaso de automóviles recorría la calzada.

Por fin, quedó quieto ante la portada blanca de la fortaleza. El reverbero era tan intenso que se sentía arrastrado en su efluvio, y por un instante se contempló a sí mismo allá abajo, en mitad de la calle, entre la fuerte luz, frente al claroscuro en que reposaba la figura inconfundible del guardián, cuyas botas brillaban como dos caparazones húmedos y pulidos. Se observó avanzar lentamente, un paso tras otro, hasta alcanzar la altura del hombre sentado. Se vio abriendo los labios para saludarle, y al otro contestándole. Se encontró entonces sentado en un poyo cercano a la sillita del guardián.

—Ya veo que volvió. Le ha gustado el musco.

El quitó importancia a su visita.

—Quise hacer una excursión, pero aquí madrugan mucho. Luego, di un paseo.

—¿Una excursión? ¿A la costa oriental?

El se encogió de hombros. Le contó que estaba haciendo planes para conocer otras partes del país. Descubrió que hablaba en voz bastante baja, casi susurrante, como cuando era muchacho y se confesaba ante la negrura de olorosos y crujientes confesonarios.

—Fíjese —dijo el guardián, bajando también la voz—. Yo sólo hice un viaje en toda mi vida. Cuando vine a la capital, de joven. Nunca más viajé.

Hizo un gesto de orgullosa suficiencia.

—Estoy aquí, veo pasar la gente y es como si yo también estuviese andando de un lado para otro. Hablo con ellos y me cuentan cómo son los lugares.

Su habla prolija tenía ritmo endecasílabo. El le oía como desde la debilidad de esa lasitud que sucede a las fiebres. Apoyó la cabeza en la pared y le miró con los ojos entrecerrados por el fulgor. El guardián hablaba de las distintas zonas del país con la libertad de una ignorancia feliz.

—Están los llanos —decía— a lo largo de los dos océanos. Calor, bananos, negritos. Usted sabe.

«¿Lo sé?» —pensó él—. «¿Ciertamente lo conozco?» Pues las palabras del guardián le habían traído a la mente, con intenso chisporroteo, una sucesión de vivas y ricas imágenes. El hombre gesticulaba con los brazos, apoyando sus palabras con gestos ampulosos.

—Y las pampas, allá, hacia el oeste. Guitarras, bailes lindos. Pero calor también. Mosquitos.

Pisoteó el suelo con breves punterazos.

—El valle central es otra cosa, señor. Siempre primavera. La cuna de la independencia.

Acompasó el aliento y metió las manos en los bolsillos. Ahora describía el valle central, el altiplano que separaba y, al mismo tiempo, hacía accesibles los gigantescos picos y las tierras limítrofes, encharcadas en pantanos ominosos. En su descripción se mezclaban de modo casual y absurdo las minas de oro con los bosques madereros, las ganaderías con las conserveras de atún.

—Yo conozco a las personas —exclamó al fin, sentándose otra vez—. Yo sabía que usted apreciaría esto. Un volcán es igualito a otro volcán. Dicen que el mar es siempre lo mismo. Los árboles, más o menos, todos parejos. Pero en un museo, cada cosa no tiene semejante.

Quedaron luego en silencio y él se encontró contagiado por la plena seguridad de aquella pacífica ignorancia, y como absuelto totalmente de sus misteriosos encuentros, los días anteriores, cuando el museo había desparramado ante él las referencias de su propia vida, en una síntesis imposible, pero llena de verosimilitud. De nuevo la pereza le sujetaba como otra fuerza de gravedad. Se alzó al fin, se separó, recorrió el patio soleado, oloroso a hierba y a flores, y se quedó contemplando al guardián a cierta distancia, desde un punto donde la figura del hombre perdía precisión y recuperaba su oscuro aspecto de imagen inanimada.

—Yo ya lo he visto todo —exclamó, con voz fuerte—. Me voy.

El guardián no contestó nada, y él echó a andar.

Fue entonces cuando vio aquella puerta: la hoja grande, oscura, abierta, interrumpía la perspectiva uniforme del corredor, bajo los soportales. La puerta daba paso a otra sala que, adosada al gran salón de las banderas, no tenía sin embargo comunicación directa con él. Se detuvo y observó la penumbra interior a través del vano.

Desde el fondo de la sala un hombre alto, inmóvil, le contemplaba fijamente. Su cuerpo estaba difuminado en la sombra de la estancia, pero su cabeza se recortaba claramente contra el fondo. Había en la forma de mirarle una insistencia tan evidente que, tras un titubeo, se sintió obligado a acercarse a aquella figura, como si en la fijeza de la mirada hubiese una llamada, una advertencia, un peculiar saludo. Sólo cuando el ancho del corredor le separaba de la entrada, comprendió que se trataba de un cuadro, que él había juzgado erróneamente una figura viva. Se aproximó a la puerta de la salita y, mientras continuaba acercándose, la figura pintada provocó en él una viva sorpresa. Y cuando cruzó la puerta y sólo le separaron unos pasos, su sorpresa se había convertido en verdadera estupefacción: ya no se trataba de la sugestión de una identidad conocida, aunque disimulada en su tamaño o en su forma por la ambigüedad de otra apariencia. Aquel rostro, envuelto en un aura rojiza por el reflejo del sol, presentaba unas facciones directamente reconocibles y cercanas. Penetró en la sala y llegó junto al cuadro.

El retrato ocupaba el centro de la pared, entre un armario oscuro de cuarterones macizos y un escritorio voluminoso, que hacía las veces de mostrador para la exposición de numerosos documentos antiguos. Su posición guardaba una inopinada simetría con los muebles de la pared frontera: grandes sillas y dos mesas rectangulares sobre las que se dispersaban las diversas piezas, ya muy abolladas, de una escribanía, y una vitrina horizontal llena de condecoraciones.

En el centro de la sala, destinado al reposo de los visitantes, había un banco de madera. Se sentó y permaneció largo rato rumiando su asombro. Si volvía la cabeza, era posible contemplar desde aquel punto, en la lejanía luminosa, el lomo azulado de los montes. El reverbero del sol en el patio llegaba a través del corredor y, tras teñirse de un incierto tono púrpura en las baldosas del suelo, envolvía la estancia de un resplandor a la vez dorado y sanguinolento.

El retrato tenía un marco ancho, negro, abundante en molduras. Representaba un hombre de edad mediana, con amplias entradas sobre la frente, cejas espesas y ojos negros y fijos. El artista había reseñado con minucioso detenimiento las canas del cabello, los pabellones de las orejas, las sombras de los pómulos, las arrugas de la frente. Empeñado en ofrecer un gesto de serenidad severa, se esmeró, sin duda, en la representación de los labios, pero su afán apenas había conseguido perfilar un rictus esquemático, una mueca borrosa que degradaba la seriedad para convertirla en amargura. El rostro relumbraba con blancura ahuesada, resaltando sobre el cortinón apuntado al fondo y el ropaje oscuro, una levita desproporcionada al volumen lógico de los hombros y una gran chalina de color azul.

La figura, presentada de medio cuerpo, sostenía en la mano derecha un libro de tapas marrones; la posición del dedo índice, oculto entre las páginas, había dificultado el escorzo, hasta ofrecer un resultado que dejaba patente la impericia del artífice. El respaldo amarillento de una silla ocultaba el otro brazo, la otra mano. Sobre el respaldo, el autor había estampado el nombre del personaje y, debajo, su propia firma, junto al día, mes y año en que diera remate a la obra.

Permaneció absorto largo rato. Aunque realizado con mejor voluntad que estilo, el retrato ofrecía un rostro de similitud absoluta con el rostro paterno. Aquellas ropas antiguas, en lugar de interponerse a la evidencia de la identidad, ofrecían un contraste extrañamente verosímil. Mientras él verificaba meticulosamente aquel asombroso parecido, a lo lejos, con ritmo pausado, repicó varias veces una campana, destacando vivamente contra el sólido remanso de silencio demorado tan cerca, en el patio, en los corredores, en la sala.

Salió al patio y se acercó al portal. Unos loros alborotaban entre el follaje del corredor.
—No se fue, por fin —dijo el guardián.
Hablaba con sigilo, como informándole de una actuación ajena. El le alargó un cigarrillo y señaló la sala del retrato.
—He visto un retrato —dijo.
—Hay muchos retratos, señor.
—Ahí, en una habitación pequeña. Un retrato que está solo, en medio de la pared del fondo. Hay también mesas, libros.
—La sala del tórculo.
El guardián seguía hablando en voz baja, pero a él le pareció que en sus ojos se encendía la viveza de una risa disfrazada.
—Me gustaría saber algo del personaje.
—¿Del que está allí pintado?
El guardián se puso en pie con lentitud.
—Venga conmigo —exclamó.
Echó a andar despacio en dirección a las oficinas, por un pasillo amplio que se alejaba más allá de las taquillas.
—En todas las pinturas figuran gentes importantes. Varones eméritos. Damas benefactoras. Su desvelo protegió la niñez de la patria.
Andaba con pasos casi solemnes, y él tuvo la sensación de que no hacía de simple guía, sino que le facilitaba, por una decisión que sólo él podía tomar, el acceso a alguna comunicación importante y secreta. Cuando llegaron a una oficina apartada, llena de trastos, donde dos hombres y una muchacha tomaban café, le pareció encontrar en las miradas de aquéllos una especial sumisión ante el guardián, similar a la de la mujer que se había acercado a él el sábado anterior. El hombre más joven hablaba lentamente, moviendo la mirada a lo largo

de las paredes, como si leyese en ellas el texto de sus palabras. Le informó de que aquel retrato correspondía, al parecer, a uno de los fundadores de la nación. Poco más podía decirle. Le enseñó un catálogo bastante mal impreso.

—¿No conoce el catálogo?

El negó con la cabeza.

—El autor es profesor de la universidad. El le puede informar con toda exactitud.

Regresó al lugar en que se encontraba el retrato y quedó allí sentado, sumido en honda estupefacción.

Aunque el apellido del hombre del retrato no coincidía con ninguno de los suyos, recordó haber oído, en los filandones del pueblo originario, la historia de un lejano ascendiente que, abandonando las labores campesinas, había emigrado al otro lado del mar. Según alguna narración imprecisa, aquel hombre habría jugado un papel relevante en las luchas independentistas. Junto a la humildad del escaño, en los anocheceres del invierno, las vagas referencias al ilustre pariente adquirían el eco inevitable de los cuentos maravillosos, porque los rastros se habían perdido hacía mucho tiempo y, salvo aquel recuerdo incierto de su fama, no quedaba en la casa ninguna otra noticia del emigrante ni de una posible estirpe ultramarina engendrada por él.

Nuevamente surgió en su pensamiento, con mucha fuerza, la sospecha de que todo aquello no era verdad, sino fruto de la imaginación traviesa que se había apoderado de su mente durante el tiempo de algún sueño profundo.

El guardián vino a avisarle de que cerraban, y él recuperó el sentido.

—Adiós —dijo—. Muy agradecido por todo.

Estrechó su mano y le regaló una cajetilla.

El hombre se mostraba afable, pero distante, como si la relación entre ellos quedase cumplida, sin posibilidades de futuro. Le acompañó hasta la acera.

—A su orden, señor —dijo, y se quedó mirándole mientras se alejaba.

Al día siguiente realizó, por fin, una de aquellas excursiones, tantas veces preteridas. Tras atravesar primero una ciudad bulliciosa, llena de viejas ruinas coloniales, y ascender lentamente la falda interminable de una montaña, mientras recorría los polvorientos cráteres de un volcán gigantesco, pensaba en el retrato. En la absoluta similitud de los rasgos con los del rostro paterno encontraba una coincidencia demasiado perfecta para no ser sospechosa de alguna anomalía, que culminaba de modo estridente aquella extraña sucesión de encuentros con ámbitos y objetos reconocibles también como propios.

Por un momento, había intentado obligarse a pensar que acaso él confundía en su mente las facciones evocadas, obligándolas a una semejanza que no era, sin embargo, tan exacta. Pero entre los objetos que llevaba en su cartera, mantenía algunas fotografías; y en una de ellas, realizada una nochevieja lejana, el padre, con los brazos cruzados sobre la mesa, entre turrones y botellas, le contemplaba con la misma inmóvil seriedad, con la precisa similitud de aquel retrato, en uno de sus gestos característicos: el rostro inmóvil, la mirada fija, los labios a punto de lanzar una exclamación que al cabo se resolvería en un silbido suave.

Arriba, el sol resplandecía intensamente, pero una espesa niebla se fue apoderando del valle, cubriendo la profundidad donde antes brillaba, diminuta, una ciudad. Praderíos verdes, grandes extensiones de flores amarillas, servían de frontera a la niebla. Desde algún punto del cráter, según decían, era posible contemplar los dos océanos que ceñían el país. Sin embargo, las nubes lo iban ocultando todo. Nubes amarronadas, rápidas, que provenían de las dos vertientes y se mezclaban con ímpetu. Y por un momento las nubes arremolinadas dibujaron también en el aire un esbozo de aquellas facciones que el retrato le había traído a la memoria.

Cuando regresó al hotel, llamó de nuevo a Sus. La voz del argentino resonó al otro lado del hilo. Le había reconocido al instante, y hablaba a gritos.

—Sus no está. Pero aunque estuviera, no le pasaría tu llamada.

Le recordó mucho más claramente que a la propia Sus: un tipo con mucho pelo, gafas cuadradas y bigote rojizo, bastante más joven que ellos dos. Trabajaba como ayudante en algún departamento de química y era ferviente admirador de las mariposas. Estuvo a punto de gritarle también, pero guardó silencio y el otro, tras un instante y un resoplido, interrumpió la comunicación. Entonces, él imaginó que aquel resoplido era el zumbido de un gran insecto, que el rostro recordado había sido sustituido por una gran cabeza peluda, de ojos facetados, en cuyo extremo anterior se enrollaba espiralmente una larga trompa viscosa. Esta idea culminaba el impulso de su desolación, que rompía por fin sobre su ánimo, dejándolo anegado y liso como el arenal de una playa.

—Provenía de la península. Se sabe que residió primeramente en Veracruz y en la ciudad de México, y que pasó luego a la capitanía general de Guatemala. Vino por fin aquí, estableció una herrería y, más tarde, fundó un semanario.

Dicho esto, el autor del catálogo cerró los labios y guardó la pausa que, acompañada de una mirada enfática, servía de colofón al prólogo solemne. Era un hombrecillo enteco, de rasgos levemente negroides, pelo muy oscuro y liso tras la ancha frente y gafas de montura dorada.

—Era un periódico muy simple, una hoja doble donde se daba noticia de los mercados, consecuencia siempre retrasada de la llegada de la flota. Tiene usted que haberlo visto en el museo.

Tomaba su vaso de café a cucharaditas, en gestos breves, suaves como los de un gato.

—Naturalmente, también se reseñaban los natalicios, los matrimonios, los óbitos. Ya usted sabe, el santoral, el calendario, las fases de la luna, los destinos civiles y militares.

El afirmó con la cabeza.

—Nunca intervino en asuntos públicos hasta la independencia. Casó con la viuda de un teniente patriota, una dama muy bella. Ello debió servirle de acicate y convirtió sus nobles afanes cívicos en fervoroso patriotismo.

Tenía grandes manos, que movía con delicadeza, abanicando los dedos como si recogiese el aire para verterlo lentamente cerca del rostro.

—Gastó todo su caudal en la lucha contra el imperio de Iturbide. El periódico dejó de ser aquella reseña de la vida ciudadana para convertirse en un continuo manifiesto político que luego apoyaría firmemente las provincias unidas, hasta el nacimiento de la república federal.

Al hilo de aquellas referencias, agrupadas en períodos históricos, el profesor iba enumerando las peripecias del personaje. Historias tan concretas como si perteneciesen a una crónica, en las que, sin embargo, se percibía aquella voluntad mitificadora capaz de enaltecer hasta las vitrinas del museo nacional los rizos morenos de alguna dama antigua.

—Un día le quemaron los talleres, pero volvió a editarlo otra vez. Convirtió la herrería en la primera fábrica de machetes. Un hombre muy tenaz.

El aspecto físico del personaje era descrito con particular cuidado, como si el profesor lo estuviese recordando desde su propia experiencia personal.

—La figura esbelta, el gesto reposado, la voz grave. Su mirada era profunda y vivaz, el porte muy elegante. Tomaba rapé con ademanes distinguidos.

El escuchaba con atención el suave decir del hombrecillo parsimonioso que, tras frotar los dedos índice y pulgar de la mano derecha sobre el dorso de la izquierda, escenificó el gesto que atribuía a su admirado personaje.

—Provenía de una estirpe hidalga, con casa solariega en las montañas y un lema que proclamaba «luche y aluche», dando testimonio de un arrojo que ya le había precedido en sus ancestros.

Aceptaba con asombro aquellas apariencias que magnificaban los orígenes del héroe. Sin objetar nada, se imaginaba el pueblo de sus mayores, una sucesión de tapias cárdenas y muros grises y tejas oscuras, perdido entre dos colinas, en el lomo de un monte que, en lo alto, tras la oscura vegetación, descarnaba sus blancuras calizas. A mediana distancia, sólo el extremo superior de la espadaña, asomando entre las laderas, daba señal del lugar. Ya cuando él era niño hacía muchos años que no quedaba allí ningún vestigio de las glorias pasadas; ni castillos, ni casonas. Imaginaba, también, la figura del antepasado y, considerando el parecido con su propio padre, se le hacía difícil suponer aquella silueta estilizada que soñaba su interlocutor, y más bien pensaba en un cuerpo ancho, de piernas no muy largas, unas manos gruesas y peludas, una gran cabeza sobre cuyo bulbo raquídeo se hundiría la marca montañesa señalando las lejanas progenies.

El pequeño profesor seguía desgranando el anecdotario particular de los sucesos.

—También perseguido, con el corazón henchido de amargura, falleció el mismo año en que fue fusilado Morazán. En el lecho de muerte pronunció aquellas palabras grabadas hoy con letras de oro en la asamblea nacional, que el poeta Víquez declaró nuestro gran salmo civil.

La familia ha comenzado a ocupar puestos importantes en la política y en la milicia y va procreando sus propios héroes: un hijo del prócer muere en la batalla Santa Rosa, lanzándose intrépidamente contra el establo erizado de los fusiles que empuñaban los filibusteros de Walker.

—La batalla duró catorce minutos. Nuestro

héroe recibió la descarga en el noveno, según testimonio del capitán Delgado. Expiró apenas cinco minutos después. Cuentan que una mariposa espejito, como simbolizando el beso de la patria agradecida, se mantuvo posada sobre sus labios hasta la puesta del sol.

Aunque la familia va siendo poseedora de importantes plantaciones de café, se alinea generalmente con los movimientos liberales y anticlericales. Junto a los héroes y los tribunos, florecen una poetisa y un pintor de orquídeas. A finales del siglo, la baja de los precios del café es motivo inicial del declive de la estirpe. Sin embargo, en los primeros años del nuevo siglo, un nieto del primer prócer marcará líneas importantes para la educación nacional y la agricultura, en un tiempo de especial regularidad constitucional.

—Con el primer cuarto de siglo, la estrella del linaje declina portentosamente: accidentes mortales, enfermedades incurables, desapariciones dramáticas, van quitando la vida a los principales vástagos. Pareciera que una maldición fue la causa fundamental de acontecimientos tan desoladores.

Si, él escuchaba con gusto la meticulosa exposición, tan alejada en sus modos y expresiones de las formas y términos utilizados habitualmente en el seminario. El profesor comunicaba claramente su conocimiento, con énfasis un poco teatral pero sin desnudarlo de la propia emoción, y él lo contemplaba con gusto, como si asistiese al desarrollo de un espectáculo grato. Las largas reuniones en que el grupo se enredaba en las marañas de un confuso vocabulario quedaban redimidas de pronto por esta charla. Así, se postergaban y oscurecían aquellas definiciones reducidas a siglas e índices, los glosarios robados a las ciencias exactas, los documentos con organigramas y tablas de doble entrada: todo lo que, tras su entusiasmo de las primeras semanas, le estaba haciendo maliciar los artificios de alguna escondida falacia, como si los motivos de su misión, convocada por un organismo internacional, no buscasen realmente los objetivos señalados, el estudio y replanteamiento de los programas de lengua de la facultad, sino un puro embrollo de conceptos vagos que, confusamente transferidos de tecnologías lejanas, no tenían en su campo posibilidad de un desarrollo fructífero y sólo servirían, a la postre, para designios desconocidos, añadiendo a su desconcierto por la ambigua duplicidad que le parecía encontrar en el paisaje urbano y en sus visitas al museo, un motivo más de sospecha en el engaño de un ensueño, poderoso como alguna especie de encantamiento.

—Puede decirse que, cuando se subleva Tinoco, la familia había desaparecido completamente de la gobernación de la república.

Estaban conversando en el bar de la universidad, un local construido con materiales prefabricados, rodeado de espesa vegetación y por cuyos grandes ventanales fluía el aire con intermitente brusquedad, trayendo el húmedo testimonio de súbitos aguaceros. Él consideró con leve compasión aquel oscurecimiento de la estirpe, como si hubiese en ello algo propio. Maravillado, comparaba este lejano e inimaginado fulgor prócer con la vida terruñera y labriega de su inmediato linaje, que solamente a través de la persona de su padre había conseguido separarse de la labranza y advenir a la cultura urbana. Recordó que, según contaban las confusas leyendas escuchadas en su niñez, aquel antepasado, extraordinariamente hábil para las letras y los números, había sido secretario de un sacerdote paisano que llegó con el tiempo a ocupar la sede hispalense.

El profesor se secaba cuidadosamente los oscuros labios con una servilleta de papel.

—Eso sería cuando la primera guerra mundial —añadió—. La familia desapareció de la vida civil, y también de la milicia.

Se le quedó observando directamente, con una leve sonrisa en que había cierto énfasis. Su mirada tenía una evidente fijeza, la inmovilidad de un vago desconsuelo. El comprendió entonces que su ávida curiosidad, planteada sin más preámbulos ni justificaciones, había rozado los límites de la cortesía ordinaria entre aquellas gentes de voz mesurada y trato ceremonioso. El profesor había concluido su exposición, que sin duda no consideraba suficientemente compensada por las razones del interés ajeno ni por los circunloquios que, al menos, debieron haberlas sustituido.

—Debo disculparme por haberle asaltado así —dijo entonces—. Tenía un gran interés, un interés personal.

El profesor se apresuró a levantar las manos e inclinar la cabeza en un gesto de entrega y humildad, como abrumado por aquellas palabras, como obligándolas, bien que mansamente, a ser innecesarias. Pero, sin duda, su vanidad, ya que no su curiosidad, comenzaba a satisfacerse.

—Mi interés carece de orígenes científicos, doctor. Le explicaré.

—Por Dios, no se preocupe. No quiero ser impertinente.

—Claro que se lo voy a explicar. Es una historia curiosa.

Confesó entonces su minucioso recorrido del museo, aunque sin hacer referencia a otros hallazgos que el retrato. Le contó su sorpresa ante aquel cuadro que le planteaba una similitud tan exacta con el rostro de su padre, y cómo luego había venido a él el recuerdo confuso de un antiguo pariente emigrado. El hombrecillo juntó las manos y le felicitó por un hallazgo que debía resultarle tan honroso como gratificante.

—Después de una vida dedicada a las tareas investigadoras, un encuentro como éste es más que un premio académico —decía.

Parecía verdaderamente feliz de saber todo aquello y de conocer a un descendiente del prohombre. Le había agarrado una mano y le miraba a los ojos, como si fuese a expresarle algún afecto íntimo, tan rotundo como una pasión. El se sentía incómodo. El profesor habló entonces con voz neutra:

—También nos queda a nosotros un descendiente —dijo.

Era la hora de proseguir sus tareas respectivas y él, soltando la mano que le sujetaba, se puso de pie. El profesor se levantó también. Seguía mirándole con una intensidad que parecía hacer innecesario el uso de las palabras.

—¿Un descendiente?

El profesor agarró uno de sus brazos con ambas manos y acercó la cabeza, en evidente gesto de confidencia. Receloso, él comprendió entonces que aquellas miradas fijas, oscuramente significativas, las sonrisas enigmáticas, ocultaban el conocimiento de otra coincidencia.

—Desde que le vi a usted le sacaba un parecido —murmuró el hombrecillo—. Ahora, conociendo la cosa, le aseguro que no pueden negar el aire de familia.

El se mantuvo quieto, con la mirada fija en los ojos del profesor, y luego echó a andar sin decir nada. Salieron del bar y, mientras se aproximaban al edificio, bajo el voladizo que enlazaba los pabellones, el profesor le explicó, con su habla cadenciosa que marcaba el ritmo del paseo, que el último vástago del remoto héroe civil, el postrero representante de la estirpe, era un modesto empresario que tenía su residencia en la capital.

Había recibido aquella noticia como se recibe la constatación de algo que se barrunta, aunque haya estado oculto tras la veladura de un olvido. Aquel encuentro con la imagen paterna le había sugerido de inmediato la idea de que el paralelismo no terminaba sólo en la simetría de ambos rostros.

Y nuevamente tuvo miedo. Una intuición temerosa se había despertado dentro de él, como si aquel pariente que duplicaba la descendencia actual del hombre del retrato supusiese una realidad que, secreta hasta entonces, pudiese reportarle, con su develamiento, algún peligro inimaginable. Se quedó callado. Luego, como si sus palabras naciesen de la actitud de alguien que, simétrico y paralelo, se albergaba dentro de sí mismo, se sintió obligado a decir, con afable solicitud:

—Doctor, me interesaría enormemente conocer a ese hombre. No sé si usted podrá facilitármelo.

Era patente la satisfacción del profesor. Le brillaban los ojos.

—Estoy a sus órdenes. Me sentiré muy dichoso de serle útil.

Le entregó las señas al día siguiente, anotadas con letra menuda y regular en el dorso de una tarjeta.

—Me pondré en contacto con él, si usted lo desea.

—No —repuso.

Comprendió que había sido excesivamente tajante.

—No, perdone, prefiero hacerlo yo mismo.

En la expresión del otro había una vaga contrariedad.

—Se lo agradezco mucho. Le agradezco de veras todas las molestias que le he causado.

Estrechaba aquella gran mano con impaciencia.

—Dentro de unos días estaré allí. Voy a pasar un tiempo en casa de mis padres, antes de regresar a los Estados Unidos. Ya me acordaré de remitirle fotografías de aquel pueblo, tal como está ahora.

—Y si es posible, alguna de la casa natal —pidió el profesor.

Dejó de apretarle por fin con sus dedos cañudos y se alejó por el pasillo con lento paso y el gesto circunspecto de pensador itinerante, las manos a la espalda y la frente un poco abatida.

Cuando concluyó la jornada, ya de vuelta al hotel, comunicó con aquel teléfono. Una voz un poco ronca, como adormecida, le contestó. Repitió el nombre escrito en la tarjeta.

—Yo soy —dijo su interlocutor, tras un titubeo.

El dudó también un instante. La sensación temerosa renacía con fuerza en su ánimo y una misteriosa voluntad le tentaba a colgar el aparato y olvidarse de aquel hombre.

—Bien —dijo—. Ya sé que resulta pasmoso, pero el caso es que usted y yo somos parientes.

Al otro lado, el desconocido manifestaba su extrañeza con silencios y carraspeos, como si también él estuviese invadido de alguna medrosa aprensión, y a punto de cortar el diálogo.

—Ha sido una sorpresa muy grande —insistía él—. Estar tan lejos de la casa de uno y encontrar ese rostro, las facciones tantas veces contempladas, y precisamente en un lugar como aquél, en un retrato de tanta antigüedad.

Mientras hablaba con palabras de traza cordial, descubría que, a pesar de sus miedos, necesitaba encontrarse con aquel hombre, aunque no para exaltar emoción familiar alguna, sino para indagar la sospecha que, oscuramente, también con la vaga intuición de los sueños, había cruzado su pensamiento: pues acaso el retrato del antepasado no representaba un rostro verdadero, sino una máscara a cuyo secreto sólo el rostro de carne y hueso del supuesto descendiente podría añadir algún dato fidedigno capaz de facilitar otras pistas, nuevos indicios sobre el imposible parecido.

—Hablé con un profesor de la universidad y me contó la historia de la familia. El me facilitó también sus señas.

Por fin, su interlocutor se fue animando.

—Yo también tendré gusto en saludarle, cómo no. Así, de primeras, me quedé sorprendido. Tiene que excusarme.

Recordaba con precisión el nombre del pueblo primigenio.

—Una tía me contaba muchas cosas del tatarabuelo. Aún tengo en casa papeles suyos.

Su inicial reserva fue convirtiéndose en locuacidad. Su voz tenía un timbre especialmente próximo, aunque acaso encubría, también, alguna sospecha. No obstante, la charla fue afectuosa y, tras enhebrar todavía varias explicaciones, llegó a hacerse retórica, y se dijeron que eran los extremos de una misma rama, y que significaban los testimonios vivos de una vieja estirpe a un lado y al otro del océano, y se citaron, por fin, dos fechas más tarde, en un bar de la plaza central.

Durante el tiempo que medió hasta el momento de la cita, él sentía que su curiosidad se iba incrementando, como si aquel encuentro pudiese determinar la comprensión de algunas claves ignotas de sí mismo. La noche de la víspera, reflexionó en su trabajo de las semanas pasadas y, como si saliese de un brumoso espejismo que antes no le permitía entender el verdadero sentido de las cosas, fue consciente de que no era satisfactorio. Por la mañana, decidió hablar de ello con la vicerrectora que coordinaba su actividad. Cuando estuvo con ella, le dijo que aquellos procedimientos de evaluación deberían posponerse hasta realizar una sencilla y sincera meditación sobre duplicaciones, carencias y contenidos sin calidad. Ella le miraba en silencio, turbada por aquella aproximación sin eufemismos. Pasaba entre sus manos las páginas del librito de que era autora, instrumento principal del trabajo, y brilló en sus ojos una luz insegura. Pero se recuperó con rapidez: aquella asistencia tenía como objetivo, precisamente, la aplicación del modelo, que ya había sido experimentado en acciones anteriores.

—Yo comprendo que se sienta un poco fatigado, doctor —añadió luego—. Acaso está llevando la tarea a ritmo un poquito acelerado.

Se despidió y regresó al aula, donde el equipo se había dispersado en pequeños grupos. Aquel intenso espacio de lucidez se disolvía de nuevo en el suave contraluz. Contempló brevemente la estancia y, aunque faltaban todavía un par de horas para concluir, dijo que no se encontraba bien, se excusó y recogió sus papeles.

Las lluvias de los últimos días habían sido sustituidas por un sol sin celajes y hacía calor, pero regresó dando una larga caminata, sudoroso, aceptando aquella molestia tan vivamente sentida como una medicina para su desconcierto.

Comió apresuradamente, llegó al lugar de la cita con bastante antelación, tomó varias tazas de café y hojeó con insistencia el periódico, sin encontrar una sola noticia que no le pareciese incongruente. En la plaza, las plantas abigarradas, de tallos porosos como cueros, daban testimonio directo del paisaje que, sin duda, proliferaba en los alrededores de la ciudad y en los valles que rodeaban las grandes cumbres; pero allí, cercadas por el paisaje urbano, parecían tan artificiales como los paramentos y los ventanales. Por la calle iban y venían las gentes, y tras los rasgos aparentemente generalizados era posible distinguir una serie de matices que hacían presente, no sólo lo autóctono y su mestizaje europeo, sino también lo africano y lo asiático, en una mezcolanza que no parecía espontánea sino organizada para producir un efecto de dispersión y desbarajuste. Imaginó entonces que tampoco eran rostros verdaderos, sino máscaras que ocultaban facciones diferentes, que acaso conservasen el color, pero no la mueca impasible ni aquella apariencia de un mirar distraído.

Con cierto retraso sobre la hora prevista, un individuo se fue acercando bajo los soportales. La mirada con que vigilaba el paso de los transeúntes quedó de pronto fija en aquel hombre: había en él algo insólito, aunque velado, que inicialmente no era capaz de descubrir. No se trataba de sus miembros, ni de su ropa, ni de su modo de aproximarse. Quizá lo extraño estuviese en sus ojos, una mirada un poco desencajada, un rictus en la boca, los labios levemente separados, como a punto de lanzar un grito, un agarrotamiento evidente que irradiaba toda su figura, dando a la aparente normalidad de su aspecto una dimensión distinta de la puramente física, como perteneciente a los dislates de una pesadilla.

Su estupor fue tan intenso que, suscitado sólo en un instante, parecía cubrir un espacio temporal mucho más dilatado. Al cabo comprendió, mientras el hombre se detenía frente a su velador y fijaba en él su mirada, que era efectivamente el individuo que estaba esperando.

El otro se sentó y guardaron silencio. Permanecían observando fijamente cada uno el rostro del otro, un lunar en el pómulo izquierdo, los cañones de la nariz llenos de fosca pilosidad, una leve cicatriz a un lado de la barbilla, el pelo encrespándose tras la frente. Ambos habían puesto sus manos sobre el velador y contemplaron los ensanchamientos entre las falanges, la forma de las uñas, el dibujo de las líneas en las palmas.

Fue él el primero en hablar, haciendo un esfuerzo por romper aquella absorta fascinación.

—¿No conoces el retrato?

El otro sacudió la cabeza y luego la inclinó, bajando los ojos, como avergonzado.

—No conozco el museo.

Guardaron silencio. Luego, el otro dijo una palabra que, al principio, él no comprendió: aquella palabra resonaba en su memoria sin encontrar ecos, como un concepto indescifrable, nunca oído anteriormente. El otro, sin pestañear, repitió la palabra, y entonces él comprendió que era el nombre del pueblo originario. Y cuando fue consciente del significado, comenzó a hablar atropelladamente, de modo que las palabras y el diálogo pudiesen sujetarles a la normalidad de las cosas: el café que se enfriaba en la mesa, el muchachito que se ofrecía para limpiar los zapatos, los autos que pasaban por la calzada, los grandes pájaros que graznaban entre las ramas de los árboles.

—Es un pueblo muy pequeño —dijo—. Principalmente ganadero. Pasa por él un río de aguas frías y limpias. Un río que llevó oro, hace muchos siglos.

—Mi papá estuvo a punto de ir a conocerlo. Pero hubo la guerra civil, y luego la otra.

—Tiene una pequeña iglesia, junto a un cementerio de tapias altas. Una fuente con siete caños. Un puente con barandas de hierro. Y otro más pequeño, que dicen que levantaron los romanos.

Efectivamente, su parlamento le conseguía mantener apartado de aquel rostro que le miraba desde el otro lado del velador.

—Se quedó con las ganas, el pobre viejo.

El timbre de la voz tenía una opaca resonancia familiar.

—Dicen que, hace también muchos años, hubo un castillo que guardaba la entrada del valle. Pero allí no queda ya sino un montón de cantos desparramados.

El otro apuró de un golpe la bebida que había pedido y encargó otra. El pidió también una bebida alcohólica.

—Lo de mi papá fue una ilusión que no pudo conseguir.

Siguieron hablando mucho tiempo. Primero se refirieron a sus familias. Luego describieron el mutuo trabajo, se quejaron de la inflación. Clavados los ojos en la mirada del otro, al cabo su diálogo fue transformándose en un balbuceo sin sentido, ya que apenas se escuchaban y su comunicación se ejercía plenamente con aquella ávida contemplación mutua, con aquel escrutinio lleno de oscuras premoniciones.

Sucesivas rondas de bebida marcaban ciertos lapsos entre sus silencios y sus monólogos, como transiciones que desembocaban en una situación igual a la anterior. Las libaciones fueron abundantes y se despidieron después de varias horas, cuando el bar empezaba a llenarse de turistas.

—Tenés que venir a mi casa, a conocer a Alicia y a los muchachos —dijo al cabo el otro.

Hablaba de un modo forzado, sin calor ni convicción.

—Iré encantado —repuso él—. Otro día.

—Sí, otro día. Yo te avisaré. Te llamo al hotel.

—Espero tu aviso —dijo, con voz agónica.

De pronto, tras la última mirada, intensa como un fogonazo, el otro se acercó a él, rodeando el pequeño espacio circular que antes les separaba. Habló con voz baja y empavorecida.

—Anoche tuve un sueño. Volvía muy tarde a mi casa. No había otra luz que la de la luna, y un silencio de muerte. La puerta estaba abierta y se oía la respiración de los durmientes, una respiración jadeante, como el aliento final. Entré en mi alcoba y vi en la cama dos cuerpos: Alicia, dormida, y a su lado un hombre, también dormido. Era igual que yo, pero no era yo. Supe que yo ya no tenía casa, ni mujer, ni familia y me puse a llorar como un niño.

Estuvo a punto de responder con una frase dura, como si, con el relato de aquel sueño, el otro intentase imputarle alguna responsabilidad. Pero no hubo lugar. El otro se alejaba ya rápidamente, cruzaba el último soportal, desaparecía en la calle. Era de noche y el follaje había conseguido recuperar los intensos aromas de su naturaleza selvática y la fuente afirmaba su gorgoteo en la negrura hasta convertirlo en el eco de un torrente.

Sumido en vacilantes especulaciones, dirigió sus pasos al hotel. La confusión de aquel encuentro se hacía aún más singular merced a la influencia inmediata de la bebida. Propicias al paseo, las calles vacías presentaban una acogedora serenidad.

Sin que mediase una decisión concreta de su parte, su caminata se orientó lentamente en dirección opuesta a la que debería seguir. Y, desconocedor de los lugares que atravesaba, los iba recorriendo, sin embargo, con una secreta seguridad, como si se ajustase a un rumbo que estaba marcado y asumido debajo de la conciencia.

El paseo fue largo. Dejó la zona colonial y atravesó otra donde restos de verduras y frutas, papeles rotos y basuras, daban testimonio del reciente mercado. Concluida la jornada, gentes de apariencia humilde se encaminaban huidizamente a sus hogares. Tanto el lugar como las personas le eran absolutamente desconocidos, pero él sabía interpretar sin dudas las luces y los movimientos, como si se tratase de barrios que había recorrido toda la vida.

Tras cruzar una avenida oscura, penetró en

una zona de viviendas aisladas. La mampostería y la teja habían sido sustituidas por materiales más livianos y modernos. Llegó ante una casita blanca cuya fachada estaba cubierta por un largo porche sostenido con delgadas columnas metálicas. Dos niños se balanceaban en una hamaca. El se detuvo y les contempló: al cabo de unos instantes, los niños se apercibieron de su presencia y, saltando al suelo, vinieron corriendo a su encuentro, llamándole. Una muchacha negra salió a la puerta, al oírles.

—Demoró mucho, ñor —dijo—. Mi señora se inquietaba.

Una mujer de facciones suaves salió después.

—Qué pasó. No estuviste en lo de Chepe.

Aturdido, atónito, él se comprendió de pronto formando parte de aquella familia.

—Hablamos, hablamos —contestó, evasivamente.

—¿Cómo es? —preguntó la mujer.

El se sorprendió recordando aquel rostro ya sin sobresalto, con toda tranquilidad.

—Bueno —repuso— pues así, simpático.

—¿Mayor?

—Bueno —dijo— será como yo.

Los niños le contaban atropelladamente las menudas novedades del día. Subió los escalones del porche, se acercó a la puerta. Por un momento estuvo a punto de retroceder, de volver las espaldas y huir. Luego se dejó llevar, como si en efecto todo fuese solamente un sueño.

Recorrió los pasillos, observó los muebles sin ningún sentimiento de novedad. También aquella casa le asumía sin extrañeza, como si nunca hubiera dejado de pertenecer a ella. Cenaron enseguida: una sucesión de alimentos que, pese a lo desacostumbrado, aceptó con naturalidad, también como un viejo hábito. El contestaba a las preguntas sin saber lo que decía, dejándose llevar por el automatismo nacido al parecer de una larga costumbre. Después de cenar, se sentó en la veranda, junto a la mujer, y siguieron hablando, en un diálogo que fluía con viveza, ajeno a su preocupación, sin que se viese obligado a esforzarse en mantenerlo. Los niños, sentados en el suelo, jugaban una partida de damas.

Se sentía misteriosamente tranquilo, cómodo, como quien ha recuperado la salud y la suerte, y de pronto la idea del sueño se transformó en su contraria: que por fin había salido de un sueño, uno de esos sueños tan ominosos, tan agobiantes, que cualquier vigilia se acepta como una liberación. Todavía en su mente se entrecruzaban pensamientos dúplices, desconcertantes. Pero cuando se acostó, apenas recordaba quién era.

Por fin, una luz cuyo origen no era posible desentrañar explotó en el centro de sus pensamientos, deshaciéndose con brillante chisporroteo y dejándole sólo un vacío resonante: y cuando abrió los ojos le pareció que no emergía de un sueño, sino de alguna otra vigilia nocturna, de alguna agobiante duermevela; que no dejaba atrás el decorado y los monigotes de una pesadilla, sino algo propio de la plena realidad, algo de lo que ahora, aunque había desaparecido, quedaban los atisbos: recuerdos que, muy abajo, pugnaban por asomar entre miles de fragmentos de memoria desmenuzada, triturada, deshecha, como fotogramas aislados y borrosos sin precedente ni desenlace; rostros fugitivos, objetos en un espacio interior, el sol sobre una avenida; sombras contra las ventanas, miembros de cuerpos humanos y animales, brillos en las hojas.

Pareciera que un olvido hondo, negro, le hubiese empujado hacia los abismos de una ignorancia tan pura y poderosa como la postración de una enfermedad muy grave, y se incorporaba al despertar haciendo un gran esfuerzo, como si intentase salir de una fosa acuática. Filamentos, algas, pequeños insectos, descendían lentamente en la penumbra. Algunos brillos simulaban ojos de seres vivos que acecharan su presa. El silencio tenía resonancias de torrente e inundaba la alcoba en un derrame vertical, una caída que venía desde muy arriba, por encima del techo.

Salía del despertar, se arrancaba de aquel sueño profundo, de aquel olvido, como un recién nacido que abandonase el vientre de la madre, prendido todavía en girones y mucosidades palpitantes. La luz de la mañana se desparramaba por la alcoba, entre cuajarones de sombra, condensando apenas unas natas luminosas en el rostro sin facciones del televisor.

Entonces vio otro rostro inmóvil, asomando junto a la puerta. Como si lo contemplase por primera vez después de mucho tiempo, se quedó mirándolo con sorpresa. La muchacha sonreía, esperando acaso algún signo.

—¿Ya despertó? —dijo—. Estaba privado.

El suspiró con fuerza, estiró los brazos en un largo ademán de bostezo, recogió su reloj de la mesita y comprobó que eran casi las diez y media. La negrita traía un pocillo de café en una bandeja.

—Qué pasó —preguntó él.

—Tomaría mucho ayer —comentó la muchacha—. No hubo modo de despertarlo, hoy en la mañana. La señora se llevó los niños.

El revolvía el azúcar sin dejar de mirarla, todavía desconcertado por aquella violenta desgarradura de su despertar. Luego, y como si formulase el conjuro capaz de devolver a todas las actitudes la segura protección del velo cotidiano, en la certeza de repetir gestos rituales, extendió una mano hacia la muchacha:

—Ya que no está, vení —exclamó—. Te voy a llevar al pecado.

De igual manera que otras mañanas en que su esposa había salido y él despertaba solo, la negrita huyó riendo entre reproches burlones. Tras aquella broma habitual, eficaz como un ensalmo, él bebió su café sintiéndose mucho mejor, recuperando lentamente el equilibrio del despertar.

Como si las hubiese recogido tras un esfuerzo inusitado de la memoria, llegaron a su pensamiento algunas de las obligaciones del día. Una deuda impagada, que debería tenerle muy preocupado, fue recordada de pronto con indiferencia. Era como si estuviese enumerando unas tareas de las que no era responsable, como si el hombre que había despertado esta mañana no fuese el mismo, sino un sustituto que, aunque memorizaba fielmente todos los datos necesarios, los reparaba con la frialdad de saberlos ajenos.

A su torpeza física se unía, pues, esa actitud de desapego. Por un lado, salía de un sueño que parecía haber sucedido en la intoxicación de algún bebedizo; o como si, viajero que atravesase alguna espesura, él se hubiese detenido a descansar bajo unas matas de flores adormideras y el efluvio de las grandes trompetas amarillas hubiese acabado hundiendo su razón en una inmersión interminable. Por otro, se sentía indiferente a cuantos problemas deberían normalmente preocuparle, como si, en efecto, sólo le afectasen de modo subsidiario, en ausencia de quien realmente debería sufrirlos y afrontarlos.

Cuando empezaba a vestirse, la criadita entró a recoger la bandeja. Se sintió irritado por aquellos melindres, el expreso ademán de apartar la mirada, la apariencia de turbación que era solamente un pretexto para suscitar los requiebros.

—Ya no me friegue más —exclamó.

Se arregló deprisa y salió al fin de la casa bastante malhumorado.

Una primera visita al banco aumentó las razones de su irritación. Telefoneó al moroso y le recriminó una vez más aquellas dilaciones que a él le llevaban a una situación difícil. Sin embargo, no lo hacía con esa seguridad del hombre que defiende su derecho, inexpugnable y tajante, sino con la misma actitud de estar recitando algún papel aprendido para la ocasión. Su malhumor persistía con la continuidad de una neuralgia. Salió rápidamente del banco, entró de nuevo en su auto y lo condujo fuera de la ciudad, trepando monte arriba hasta llegar a la plantación.

A la luz del mediodía, la ciudad se extendía abajo, inmóvil como una pintura. Sobre la silueta de los montes, al otro lado del valle, se iban desenredando grandes nubes blancas. Contempló este paisaje con asombro, como si lo encontrase ante sus ojos por primera vez. Así había sucedido también una hora antes, cuando salió de casa y se enfrentó, desde la sombra del porche, con el violento resplandor desparramado sobre la calle. Y, sin embargo, no había motivo para el estupor: reconocía fielmente el paisaje, las calles de la ciudad cruzándose con las avenidas en el trazado de un dibujo regular y preciso, los volúmenes que señalaban los edificios principales (el teatro nacional, la catedral, el museo), los cementerios y los parques que se abrían como grandes manchas verdes.

Su irritación se convirtió en amargura. Gran parte de la ciudad extendida a sus pies había sido cafetal unos años antes, y la familia había sido la mayor propietaria de aquellos terrenos. Ahora, sus dominios quedaban limitados a una pequeña plantación y cualquier deuda mediana ponía en peligro el equilibrio de su vida.

En el monte había un silencio plácido, interrumpido solamente por el leve murmullo del torrente. Las hojas rugosas brillaban al sol como recién barnizadas y las cerecillas eran pequeñas heridas entre los matorrales, en el claroscuro de las sombras. Se acercó despacio al cobertizo. El perro llegó hasta él meneando el rabo con frenesí servil. Aquellas zalemas humildes eran la delicia de sus hijos, y las agradeció en nombre de ellos, acariciando, por un momento, la cabeza del animal. En el caluroso momento, el aroma vegetal se armonizaba con el silencio, consiguiendo una plenitud en que todo cambio parecía imposible. Tres colibríes se demoraron sobre su cabeza, frente a las flores que cubrían el muro.

Protegido por la sombra del cobertizo, junto al secadero, contempló de nuevo la ciudad. A esta distancia, era imposible percibir el movimiento de las gentes y de los autos, y la claridad de los edificios, la oscura mancha de calles y plazas, perdían su inicial apariencia de pintura para adquirir el contorno, a la vez preciso y difuso, de una gran tarjeta postal. Se sospechó en otra parte, viendo la postal de esta ciudad lejana, una ilustración cercana a sus ojos y que él sostenía entre sus propias manos, que él contemplaba ajeno a cualquier preocupación, a cualquier resquemor. Se sintió cansado y deseó poder hundirse nuevamente en un sueño espeso y profundo.

El viejo Aquileo subía renqueando la cuesta, con un largo palo oscuro en una mano y el machete en la otra. El perro dio una carrerita y se acercó a él moviendo el rabo. El viejo resollaba por el esfuerzo de la caminata.

—Buen día, ñor —dijo al fin—. Qué gusto verle. No pensé que era usted.

—¿Ya no me conocés?

—Me pareció otro, ñor. Vi el carro llegar, pero cuando salió pensé que era otro. Me asusté.

El viejo se apresuró a accionar quitando valor a sus palabras.

—Cosas de viejo: la rareza de pensar a otro en su lugar. Es sólo por la niebla de estos ojos.

Ahora veía con claridad la desmesurada decrepitud de aquel criado. La imagen permanente de su memoria —el rostro oscuro bajo el gorro de lona, el gran bigote blanco, la ropa inmaculada— mostraba ahora arrugas, muecas desdentadas, sietes en la camisa, el pantalón maltrecho, las botas arruinadas.

La circunstancia de aquella espera y el mal sueño de la noche le mantenían a la vez nervioso y cansado. El viejo se interesaba respetuosamente por aquella inesperada visita y él respondió con un exabrupto. Luego, contemplando aquel rostro tantas veces visto sin apreciar cómo el tiempo lo iba erosionando, hizo un gesto afectuoso y apretó uno de los brazos del hombre.

—Perdoname, Aquileo, sólo vine a tomar el aire. Haciendo tiempo en tanto arreglan unas vainas. Otra vez echaremos una platicadita de esas sabrosas.

Se alejó sintiendo algo de lástima por aquel viejo solo, destartalado y renqueante. El perro le siguió unos pasos y luego volvió con el otro, manteniendo fielmente sus obligaciones territoriales. Todavía les contempló unos momentos, antes de poner el motor en marcha y sacudir la mano en un gesto de despedida.

Llevaba el auto deprisa mientras recorría de vuelta las curvas de la carretera solitaria, pero se detuvo de pronto para comer alguna cosa en el restorán que ocupaba una gran casa de madera oscura, en mitad del monte, junto a varios anuncios de cigarrillos. En el comedor no había nadie y el mesero le sirvió parsimonioso unos oscuros y disformes huevos fritos con gallopinto. Otras veces había almorzado allí, pero nunca había percibido con tanta claridad los desperfectos de la sala, la negra pátina del humo en bastidores, cortinas y escaños, la modestia roída de los muebles. El hombre que le atendía era también muy viejo y se movía con una suavidad lenta, que denotaba ocultos achaques. Era como si hubiesen pasado muchos años y todo estuviese ya cargado de edad y de polvo. Luego pensó que parecía un polvo excesivo, como el que simula en las películas extenderse por horroríficos sótanos y tenebrosas mazmorras. Tuvo la sospecha de que se tratase de un artificio y estuvo tentado de alargar un brazo para pasar la mano por las vigas y comprobar la autenticidad de aquellas vetustas apariencias. Pero no lo hizo y siguió contemplando, más cercana, la perspectiva inmóvil de la ciudad, que todavía seguía sugiriéndole una imagen fotográfica reproducida en alguna inmensa tarjeta postal.

Sin embargo, no era alguien ajeno que contemplaba un paisaje desconocido y exótico, puesto que en la ladera, junto a las últimas plantaciones, se elevaba el follaje de los árboles familiares: espaveles y caraos, robles y caobos. Bebió su cerveza, pagó y se alejó de nuevo velozmente, monte abajo.

Cuando llegó al banco, todo se había resuelto, por fin. Aceptó con súbita tranquilidad la sonrisa de su cliente, tras un suspiro que resolvía su tensión como las válvulas jadeantes de las locomotoras liberan la presión del vapor. El otro insistía en que tomasen algo y bebieron unos tragos. Al fin, tras aceptar sin objeciones las últimas excusas y las promesas de mejor cumplimiento en el futuro, se separaron y él se encaminó a casa. Cerraban ya las tiendas y la gente se dispersaba. Ahora conducía lentamente, como ajustándose de algún modo a la progresiva tranquilidad de las calles. Su impaciencia del día había cesado bruscamente, pero su apaciguamiento no había prevalecido sobre aquella sensación de pesadumbre que le había acompañado durante toda la jornada.

Los niños habían vuelto y hacían sus deberes escolares acompañados por el barullo musical de un radio. Su mujer y la muchacha repasaban ropa y dialogaban en voz baja, entre grandes aspavientos. Sacó una hamaca al porche y se reclinó en ella, con el periódico y una botella de cerveza. Algunos viandantes le saludaban y él apartaba las grandes hojas, les miraba brevemente, les devolvía el saludo, campechano o ceremonioso.

Todo parecía, pues, estar en orden. La noche se derramaba dulcemente sobre el barrio y, cuando llegó la hora de la comida, se sentía mucho mejor, como si aquella jornada extraña empezase de verdad a extinguirse, a desmoronarse, para desaparecer por siempre.

Sí, todo estaba en orden. Luego, cuando se acostó junto a su mujer, le pareció percibir, por primera vez desde el despertar de aquella mañana, como en los primeros días de una convalecencia, las señales de que él era el protagonista de los sucesos, sin ejecutar sustitución alguna. El cuerpo moreno, desnudo, se afirmaba a su lado como el testimonio de la realidad. Entre los hermosos senos se escurría la medalla de la virgen de los ángeles y el pequeño escapulario oloroso. El aroma exhalado del saquito de tela se mezclaba con el de la piel, creando una fragancia que no podía estar soñándose, que ascendía victoriosa sobre cualquier ensoñación. Ella le miraba sonriente.

—Qué tenés —murmuró.

El no contestó. La abrazó, acarició los grandes senos suaves, besó aquella boca ancha, vio cómo se cerraban los ojos y cerró los propios, mientras los mutuos alientos se iban haciendo más fatigosos. Buscaba con ahínco la comunicación con aquel cuerpo, como si en la intimidad de los miembros ajenos fuese a encontrar el signo definitivo del despertar, como quien se arroja desesperadamente a un río desconocido que, sin embargo, ofrece alguna vía de salvación para un acoso que se suponía irremediable.

Ella no dijo nada más. Acomodaba armónicamente el cuerpo a este frenesí suyo, como si la conjunción de los dos formase parte y siguiese las pautas de un enlace más grande, con una precisión que se encadenaba y ajustaba hasta llegar muy lejos de ambos, a través de otros contactos, de otros movimientos inmensos y secretos. Sumido en el abandono, él pensó, sin embargo, que acaso la ansiedad que llevaba sus cuerpos a tal culminación formaba parte de la única palpitación verdadera, en la que no era posible artificio, ajena a cualquier fantasía.

Quedaron por fin quietos. En el cabecero retumbaba suavemente el eco de sus latidos. Ella se puso el camisón y se acurrucó en la cama.

—Hasta mañana —suspiró.

—Hasta mañana —repuso él.

La contempló durante unos instantes. Ella había cerrado los ojos y su respiración se fue haciendo pausada.

—Anoche tuve un mal sueño —dijo él.

Cogió un cigarrillo, contra su costumbre, y comenzó a fumarlo. El humo daba volumen al resplandor de la luz de la mesita en el techo, sobre el papel pintado y el rojizo cuerpo del armario.

—Anoche un mal sueño, y hoy un mal día —añadió.

Aplastó la brasa del cigarrillo y apagó la luz.

Pero la mujer no contestaba. Sin duda dormía ya. Después de haber sentido aquella realidad de sus cuerpos acordes, la amenaza de una ensoñación melancólica aleteaba de nuevo a su alrededor, como un zopilote que merodease en torno a una carroña. Encendió otra vez, dio cuerda al despertador y volvió a apagar. El resplandor de una lejana farola marcaba en la pantalla del televisor un brillo pálido. Cerró él también los ojos, se volvió, esperó el sueño con ansia, como si fuese a librarle de alguna misteriosa atadura.

III. La orilla oscura

Pero no llegó a dormirse y, por alguna incomprensible causa, a partir de aquel día, sus noches transcurrían en la espera infructuosa del sueño, en una modorra que, sin embargo, le permitía escuchar con irritante minuciosidad todos los ruidos: la respiración de su esposa, palabras ininteligibles de los niños dormidos, los crujidos de las paredes, los gorgoteos del agua en las cañerías, los pasos de algún transeúnte y el deslizarse de los autos sobre la calzada; o sentir con aprensión cada uno de los suaves seísmos que, habitualmente, no hubieran conseguido despertarle. Escuchando los maullidos, los ladridos, el ronco vuelo de los aviones, alguna borrosa conversación que se acercaba y se alejaba más allá de la ventana, percibía el lento curso de cada uno de los interminables minutos de la noche.

—Pues esto era un soldado que, buscando el sitio de tantos tesoros, que llamaban El Dorado, cruzó sabanas y selvas y ríos y, al fin, se perdió con su tropa en un desierto. Sin medios para alimentarse, sin caballerías ni carretas ni criados, dicen que poco a poco fueron muriendo todos y que, por el hambre que pasaban, hubieron de comerse los unos a los otros.

Ningún remedio pudo devolverle el sueño, y

aquel insomnio le mantenía durante la jornada en una actitud de postración similar a la ocasionada por algún proceso febril. Atendía sus obligaciones, veía a sus clientes y a sus compañeros como si todo estuviese sucediendo al otro lado de un cristal empañado, tras una leve gasa que desvaía las figuras y hacía imprecisos los gestos. La sensación de estar desempeñando vicariamente unas funciones se hacía más intensa, y nuevas impresiones del mismo signo vinieron a incrementar su asombro: así, una mañana, le pareció descubrir que aquel rostro que le miraba desde el espejo, aunque muy parecido al que habitualmente reflejaba su presencia, tenía, no obstante, alguna imprevista individualidad que le separaba del suyo, y hasta llegó a sospechar, no sin temor, que el rostro tuviese autonomía, ya que por un momento le pareció verle mover los labios para decir algo, por medio de una frase inaudible que él no había pronunciado, pues tenía la boca cerrada y casi cubierta por el jabón de afeitar.

Aquellas largas noches sin dormir complicaban en su mente cierta confusión de tiempos y lugares, y daban a su talante un aspecto de tristeza y apatía que acabó siendo comentado con lástima. Abandonó su vieja costumbre de tocar la guitarra los domingos, en la veranda, tras el almuerzo, mientras los niños jugaban en la sombra y su mujer se mecía en una hamaca; dejó de salir con los amigos para tomar unos tragos o celebrar algún encuentro oculto con muchachas alegres; los amigos le amonestaban por su abandono y su mujer intentaba en vano conseguir que durmiese, mediante tisanas, oraciones y escapularios. Tampoco las medicinas prescritas le ayudaban.

—Hasta que aquel soldado quedó solo, con la ropa rota, descalzo y lleno de mataduras. Aprovechaba para comer cuanto podía encontrar, hierbas y moscas, boñiga y huevos. Comió serpientes y ratas, zopilotes y murciélagos. Si el sol quemaba, se refugiaba en la sombra; si hacía mucho frío, hacía hoyos en el suelo y se tapaba con tierra. Aguantaba las inclemencias del tiempo y continuaba buscando la ruta que le devolviese a su casa, con su mujer y sus hijos.

En el lento rodar de aquellas horas, comenzó a verificar todos sus recuerdos como el coleccionista repasa sus estampillas, sus vitolas o sus monedas. En la verificación latía también la sensación de que repasaba alguna lección aprendida, como si realmente su vida no fuese sino la interpretación de un papel ajeno. De algún modo, el insomnio aparecía como el envés de algún oculto y misterioso olvido: y en la sospecha de esa paradoja, él repasaba su vida como si realmente no le perteneciese, y repetía sus recuerdos entre la noche silenciosa como las pautas cotidianas de su trabajo, intentando desentrañarlos para conocer su verdadero protagonista y, al tiempo, para aprender a serlo.

Así fue reconstruyendo cientos de escenas que creía perdidas para siempre. Frente a la oscuridad de la alcoba, como único espectador en la negrura mate de un cine, contemplaba en su imaginación las luces y las sombras del recuerdo. Olores y sabores, bamboleos de carretas, erupciones de volcanes. Se recuperaba niño, en la escuela, y catalogaba los juegos, las lecciones, los compañeros. Un gesto especial de una profesora, una canción aprendida para festejar alguna conmemoración. Recordaba el tiempo de clase y el tiempo de vacación, en la casa de la mamá de su madre, en la banda oeste, entre los bananales que se ceñían a las playas de arena blanquísima hecha de corales y conchas desmenuzadas, una gran casa verde, de madera, con gallinas, cabras y un caballo. Actitudes, ropas, muecas, vocablos. La luz entre las palmas, el agua entre las rocas de la parte sombría, el reseco dormitar del maíz tumbado, los secaderos de cacao pequeños como casas de enanitos. Los nidos de las oropéndolas, las grandes mariposas, las yerbas que se cerraban al sentirse tocadas, los pequeños cangrejos anaranjados que huían para ocultarse en la espesura.

—Cruzó nuevos desiertos, nuevos ríos. Otra vez selvas y sabanas y pampas. Pasó por manos de salvajes: unos le martirizaron, otros le trataron como a un enviado de los cielos. Por fin, encontró, en poder de una muchacha, una hebilla de zapato que anunciaba la cercanía de sus gentes. Ya solamente le quedaba por cruzar una tierra de volcanes.

Al principio, los recuerdos se posaban en su mente de modo desordenado, como un enjambre ávido. La sucesión inalterable de su insomnio le permitió irlos ordenando y ajustando al momento preciso, hasta reconstruir nuevamente los sucesos en la secuencia exacta en que, a su parecer, se habían producido. Repasó los años de la escuela, las lejanas vacaciones, las primeras muertes familiares, la mocedad, los abrazos que inauguraron su conocimiento de otros cuerpos.

Para confirmar algunos de sus recuerdos nocturnos, comenzó a rebuscar objetos y datos. En un pequeño altillo de la casa había algunas cajas, baúles y sombrereras donde se guardaban fotografías y restos de otros tiempos. Algunas fotografías le ofrecieron su propia imagen de niño que entrecerraba los ojos ante el fulgor de la luz, con grandes sombras alargadas bajo las cejas y los pómulos. Un niño en la orilla de una milpa, con una línea de palmas en alguna imprecisa lejanía. Un niño junto a una gran vegetación de cocoteros, cubierta la cabeza por un sombrero de paja: había llovido y el suelo estaba encharcado.

—Penetró en lugares solitarios, en largos bosques donde permanecían los troncos quemados, en valles calcinados por la lava oscura, junto a grandes farallones grises como la ceniza. Un día, desde lo alto de un cerro, contempló, casi cubiertas por la espesura, unas construcciones de piedra. Bajó hasta el lugar: se trataba de un templo abandonado.

Había fotos posteriores a aquella edad, unas del tiempo de la graduación, otras en que aparecía vestido ya con ropas adultas, en rincones urbanos. Algunas testimoniaban otras ceremonias y festividades. Fotos, escritos diversos, agendas caducas con anotaciones ya inescrutables. Rostros de viejos ya muertos, bultos de animales desaparecidos también para siempre. Todos aquellos datos pasaban a formar parte de sus ensoñaciones nocturnas, dando mayor verosimilitud a las imágenes.

Luego revisó otras cajas. Los recuerdos se hacían más antiguos y las fotos escasearon hasta desaparecer. Algún pequeño breviario, documentos con viejos inventarios, cartas que ya no era posible desdoblar sin romper. En aquellas cajas se habían ido amontonando restos de varias generaciones antecesoras de la suya. Su propio desorden los había preservado de la desaparición, porque el temor a destruir algo valioso había determinado que se mantuviesen aquellos papeles, aquellas cajitas de lata, los pequeños cortaplumas, los dedades y las cintas, esperando acaso alguna decisión que los seleccionase y ordenase definitivamente. Así, pasó de rebuscar entre sus propios recuerdos —como al acecho de un resquicio entre la aparente firmeza unívoca que los proclamaba tan suyos, tan diferenciados e intransferibles— a interesarse por aquellos restos que ya no eran recuerdo para nadie. Flores secas, documentos registrales, libelos, charreteras, aquellas antiguallas parecían mostrar reflejos y texturas de la gloria perdida.

Con el tiempo, la realidad de las horas diurnas y el esplendor evocado en las nocturnas fueron formando en su mente una contrapuesta imaginería en que se hacía difícil separar lo que realmente estaba sucediendo y lo que, sucedido ya muy lejos, era solamente recordado.

Una noche, un golpe de viento hizo golpear la ventana y, cuando se levantó a sujetarla, vio cómo escapaba pared arriba una pequeña iguana. La imagen del reptil escurridizo, iluminado por la luz de la luna, quedó fija en sus retinas durante un tiempo, y la seguía viendo en la oscuridad mientras se recordaba de pronto niño, cruzándose un día con una iguana inmóvil bajo unos matorrales y recobraba al tiempo, puro y perfecto, uno de los relatos que la tía Marcelina le contara en su niñez.

La tía Marcelina vivía con la abuela, en la banda oeste. Era muy delgadita, frágil. Nunca se casó y decían que estaba enferma. Hablaba en voz baja, dulcemente, y conocía muchas historias, unas porque las había oído y otras porque las leyera. A él le gustaban sobre todo aquellas de los españoles que habían llegado, tantos años antes, a descubrir y conquistar aquellas tierras entonces misteriosas y hostiles; pilotos y fortificadores, capitanes y clérigos, comerciantes y magistrados, los personajes eran evocados siempre de un modo vago y sus aventuras solían ser atrayentes pese a la finalidad moralizadora o glorificante de los libros en que estaban escritas. A veces, la historia de un personaje real se cruzaba, en el relato de la tía Marcelina, con la peripecia de alguno de los viejos cuentos indígenas, convirtiéndose en un relato de miedo. Estos, que le sumían en sustos gozosos, eran sus preferidos.

Se había quedado allí, junto a la ventana, tan absorto en sus recuerdos que ni percibía en los pies el agua de la botella que había derramado al levantarse. Volvió al lecho e imaginó a la tía Marcelina sentada a su lado, en la cama, relatándole el cuento con el breve susurro de su voz débil y fina.

—Era el templo de un dios lagarto, cuya figura de piedra permanecía entre la oscuridad. Cuando oyó que el soldado se acercaba, el dios lagarto despertó de su largo sueño: hacía muchos años que su culto se había extinguido. Ya nadie le rezaba, nadie le hacía ofrendas. Nadie en el mundo se acordaba de él. Creyó al principio que el soldado era alguno de sus fieles y que, con su venida, aquella larga soledad concluía y comenzarían otra vez las ceremonias y los sacrificios.

De algún modo, un lateral del televisor, la sombra de la puerta y la parte posterior de la cama, reproducían la mancha del bulto de la tía Marcelina. Su rostro estaría levemente esbozado por el pequeño blancor de la pantalla.

—El soldado, lleno de cansancio, llegó al pie de la imagen y se sentó a descansar. Había ido recogiendo los frutillos de algunos arbustos y los comía con ansia. Luego, se quedó dormido. Después de contemplarle durante largo tiempo, el dios lagarto comprendió que aquel hombre no era ninguno de sus fieles, que volvía, sino sólo un pasajero casual, que pronto se iría para siempre, dejándole otra vez solo.

Los labios de la tía Marcelina casi no se movían: parecía que rezase. Y, sin embargo, sus palabras surgían nítidas, redondas y distintas como piedrecitas recién lavadas.

—Entonces el dios lagarto decidió cambiar su

cuerpo por el del soldado dormido y utilizar el de
éste para buscar alguna comunidad donde pudiese
reencontrar sus fieles y sus ritos. Ocupó el cuerpo
del soldado, dejándole convertido en aquella imagen
de piedra, abandonó el templo y se dirigió al poblado. Llegó por fin a casa del soldado. La mujer y
los hijos le recibieron con alborozo de verle vivo
después de tanto tiempo y tantas calamidades. Pero
pronto la mujer advirtió que, aunque aquel hombre
parecía su marido, sin duda se trataba de otro ser:
pues los ojos le habían quedado de lagarto, y en lo
hondo de las niñas, cuando se quedaba absorto —lo
que le sucedía muy a menudo— se percibía un brillo
de fuegos azulados.

Ahora se detendría, separaría un momento las
manos del regazo como para sostener con ellas el leve
peso de la pausa, las entrelazaría de nuevo y segui-
ría hablando.

—La mujer del soldado buscó el consejo de
una anciana dulcera que entendía de conjuros y ésta
le dijo que, ante todo, era preciso adivinar a cuál
de los cuatro elementos pertenecía aquel ser que ocupaba el cuerpo de su marido. Con tal fin, le indicó
que debía rodear sucesivamente el lugar donde el
hombre dormía, con tierra, con ceniza, con plumas
y con agua, y contarle luego lo que sucediese.

Cerró los ojos para evocar con mayor intensidad aquella voz suave, aquel lento desenredarse del
relato. La tía Marcelina solía contarle sus cuentos a
la hora de dormir, pero no para incitarle al sueño
sino como un juguete más de aquellas vacaciones en
casa de la abuela que eran su mejor regalo de
cada año.

—La mujer hizo lo que la vieja le indicó y,
al cabo del tiempo, volvió para informarle de que
su marido se había enfurecido mucho al levantarse

y pisar con sus pies descalzos los terrones y al siguiente día las plumas, y al otro la ceniza. Pero que cuando pisó el agua que ella había derramado previamente, no hizo siquiera ademán de haber percibido la humedad.

A la misma época pertenecía, sin duda, aquella imagen suscitada al descubrir el cuerpo de la pequeña iguana huidiza. El bajaba corriendo por el sendero que llevaba al río, al poblado, y se había detenido de pronto: percibió un brillo en el suelo, algo que refulgía al sol de la media mañana. El animal, inmóvil, estaba junto a unos matorrales, con la cresta abatida sobre el lomo verde y la garganta estremecida por sucesivas palpitaciones. Tenía la cabeza levantada, como si observase algo fijamente. El se agachó, alargó una mano, tendió los dedos como para acariciar aquella garganta dorada que latía suavemente y se quedó también quieto.

—Entonces la vieja tomó un pedazo de tela, lo cosió en forma de saquito, susurró en él unas palabras misteriosas, introdujo luego un puñadito de granos y semillas, terminó de coserlo y se lo entregó a la mujer, diciéndole que, cuando cruzase con su marido alguna corriente de agua, se lo echase encima.

Eran noches plácidas, quietas, apenas turbadas por los sonidos del campo. La tía Marcelina le contaba un cuento entero, o parte de alguno. Sus palabras concluían cuando terminaban los ruidos de la cocina.

—Un día que la mujer y el hombre atravesaban el río en una canoa, para ir al mercado, la mujer le echó encima aquel saquito mágico. Y, al punto, el hombre se transformó en un gran lagarto que, asustado, se arrojó al agua y se alejó nadando hacia la orilla, hasta quedar con la cabeza inmóvil y la boca abierta, como uno más de los de su especie quietos en el arenal.

También esta noche era tranquila y ningún ruido permitía adivinar que se encontraba en la cama, junto a su mujer, debatiéndose en su insomnio con los ojos cerrados.

—¿Y qué pasó con el soldado?

—Chist —dijo la tía Marcelina, llevándose un dedo a los labios—. Duérmase ya, o mañana no le contaré el resto.

No abrió los ojos. Se pensó niño, contemplando la iguana. Imaginó que alrededor crecía aquella placidez espesa como un enorme matojo hecho de minúsculos rumores, de diminutas resonancias. Se pensó niño contemplando cómo el reflejo pálido del rostro de la tía Marcelina desaparecía de la penumbra, y la oscuridad cubría el sitio que había ocupado su cuerpo. A la vez, se pensó adulto, perdido en la selva, llegando hasta el templo misterioso de un dios lagarto. Todas las peripecias, el pequeño encuentro bajo el sol y el relato susurrado en la noche, se confundieron en una sola. E, imaginando que era él mismo quien la protagonizaba, se quedó dormido, por primera vez después de tanto tiempo.

Aquella noche durmió por fin, y tuvo un sueño intenso, tan preciso en los elementos de su desarrollo —el fin de algún viaje, un extraño encuentro— que pareciera el nuevo capítulo de alguna aventura mucho más extensa, cuya segura continuidad intuía, aunque no fuese capaz de recordar. Y cuando despertó, la verosimilitud de las quimeras soñadas le mantuvo desazonado durante largo rato, impresas aún en su recuerdo las imágenes vigorosas y multicolores.

Pero, al fin, parecía que el largo insomnio había concluido. La noche siguiente, el sueño volvió con la misma fuerza, y también la apariencia de mostrar sólo una parte de una aventura única, inacabable, que, tras la interferencia del día y la vigilia, surgía nuevamente, llena de una certera vibración de sonidos, de un vivaz fluir de olores y brillar de reflejos. Ahora, la evocación de la tía Marcelina se había borrado del todo, pero una parte de aquel cuento suyo se había convertido en la peripecia del sueño. Y así, ese día también, y los días sucesivos, tras apagar la luz evocaba sin querer aquel instante en que, niño, encontró una pequeña iguana, se dormía al punto ya, y junto al mínimo viaje del niño y su modesto hallazgo —un breve sendero, un pequeño animal— soñaba en aquel otro viaje del cuento, convertido él mismo en el guerrero perdido que encontraba un templo y, dentro de él, la imagen pétrea y estilizada de un saurio.

Y a pesar de lo obsesivo de su sueño, el hecho de haber recuperado el dormir, después de un insomnio tan largo, le devolvió la tranquilidad de una vida en que de nuevo quedaban claramente marcados los límites del sueño y los de la vigilia.

Mientras tanto, llegó el tiempo de las vacaciones. Su mujer, que durante todos aquellos meses había asistido muy preocupada a su largo insomnio y a la progresiva acritud de su carácter, le proponía que se fuesen los dos juntos a visitar los canales de la costa atlántica.

—Necesitás distraerte. Se te ve medio triste.

El se burlaba de ella.

—¿Querés pasar calor? ¿Que nos devore un lagarto?

Ella insistía. Los niños quedarían con su madre. Además, el viaje no pasaría de la semana. No había pretexto posible.

—Mirá, aquello debe ser muy aburrido. Y no esperés más cosa que morenos y víboras. Y el barro, ese suampo de los pantanos.

Sin embargo, también a él le atraía aquella zona tropical que nunca había tenido ocasión de conocer.

—Dicen que, aunque el barco navegue lento, corre una brisa muy gustosa.

—¿Y que nos martiricen los mosquitos?

Había lociones. Todos sus argumentos contrarios al viaje quedaban enseguida sin consistencia. Pero a pesar de la atracción que sentía, continuaba imaginando objeciones: los parásitos de la piel, el agua infestada de amebas, las úlceras famosas. Pues junto a su interés por conocer aquellas tierras había prendido en él una premonición confusa de mala fortuna.

—Todos han vuelto perfectamente. Y bien contentos.

Todos cuantos habían realizado el viaje alababan lo pintoresco del paisaje, la buena comida de los hoteles y el precio, que no era exagerado.

Se decidió al fin. Emprendieron la marcha al mediodía de un miércoles, en una furgoneta ruidosa que conducía un hombre grueso al que le faltaba media oreja. Compartía el vehículo otro hombre membrudo, de gran barba, vestido con ropas largas, cargado con una gruesa mochila y un acordeón, que cubría su cabeza con un sombrero de paja y que, al parecer, continuaría luego su camino en solitario, rumbo a algún lugar de la jungla. Aquel hombre había sido conocido últimamente en la ciudad por ejercer una cierta mendicidad ilustrada por medio de conciertos modestamente acrobáticos. En la parte trasera del vehículo iban las vituallas y las latas de combustible para el motor de la embarcación.

La mañana estaba entreverada de sol y nubes, y descendían del valle central por la carretera angosta y serpenteante, junto a los bosques que cubrían las laderas montuosas y los cafetales que se desperdigaban entre la sombra de los porós. En el paisaje predominaban los verdes: el verde claro, brillante, que producía la luz contra las hojas estriadas de los cafetos; los sucesivos verdes, trocados al cabo en azul cada vez más oscuro, que se iban desmenuzando hasta la lejanía vegetal, hacia el horizonte serrano en que asomaban las nubes grises. En los bordes de la carretera se amontonaban los matorrales de flores malvas, rosas, amarillas. La lejanía gris azulada contrastaba con las tierras sucesivas, negras y coloradas. Quedaban atrás las casitas de madera de colores desvaídos, verdes, rosados, amarillentos, con techos a dos aguas de un cinc oriniento. Quedaban campesinos cortando la maleza, con el machete en una mano y el palo en la otra. Se sucedían los ingenios de caña, con las plantas erizadas, enhiestas, o con ellas ya secas y tumbadas. Luego aparecieron las grandes palmeras de hojas oscuras y brillantes, con penachos rojizos que anunciaban los nuevos brotes.

Pero aunque los valles se iban alargando y las distancias parecían cumplir su desarrollo, y se podía ver el tren, siguiendo la misma dirección, cruzándose en algunas revueltas del camino, cubierto hasta en los techos de los vagones por una multitud de pasajeros, él pensaba a veces que no estaba realizando un viaje, que no se movía entre el paisaje cambiante, que no descendía del altiplano, sino que permanecía quieto, inmóvil, en algún lugar sin distancias ni minutos, y que aquel movimiento no le concernía: era real para los otros, pero para él era sólo una ilusión que se proyectaba alrededor como el ingenioso artificio de un barracón de feria.

Con la puesta del sol, la costa estuvo frente a ellos. Aquella pequeña ciudad tan famosa, de la que un poeta dijo que era un quetzal dormido, les ofrecía la posibilidad del último reposo confortable antes de su larga excursión acuática. Se instalaron en un hotel de habitaciones olorosas a madera húmeda, que se abrían a una larga balconada sobre la calle principal. El conductor charló animadamente con el piloto de la lancha que les trasladaría por los canales a partir de la mañana siguiente. El piloto era al parecer español, un hombre todavía joven, de aspecto serio.

La noche se había volcado ya sobre las cosas y una ligera opacidad emborronaba el resplandor de las estrellas. Del mar cercano, resonante en la negrura, llegaba una brisa cálida y mojada. Las calles estaban vacías, pero la especial animación de los escasos transeúntes denotaba que era noche de fiesta. Las mujeres, vestidas con aditamentos multicolores, se dirigían con sus parejas a determinadas puertas que, sin señales en el exterior, dejaban, sin embargo, salir a la calle rumores de muchedumbre y compases de melodías.

El propio lugar donde cenaron albergaba, al otro lado de una celosía de grandes resquicios romboidales, un salón en que, frente a una pista ovalada, la orquestina interpretaba músicas de ritmo vivo, marcadas por las percusiones cada vez más alborotadas de diversos instrumentos. Al poco tiempo, el espacio vacío, delante de los músicos, se fue llenando de bailarines. Y no habían transcurrido treinta minutos cuando les fue imposible contemplar a los músicos: en el salón contiguo, en aquella penumbra que hacía esplendoroso el entorno del comedor, aunque estaba iluminado sólo por débiles lámparas de colores que colgaban del techo a gran altura, una masa indescifrable de cuerpos humanos danzaba frenéticamente, siguiendo con precisión el ritmo de la melodía trepidante.

También aquella danza y aquella música eran la llave de una realidad que parecía totalmente separada y ajena, sin que ninguna unión fuese posible entre el bullicio y el sentimiento de inmovilidad y lejanía que a menudo le inquietaba. Salieron a bailar y estuvieron en la pista largo rato, mezclados con la muchedumbre. Su esposa estaba muy alegre.

—¿Cuánto tiempo hacía que no estábamos así?

—Aún hace quince días bailamos —repuso él—. Donde Amelita.

—No, pero así, tú y yo solos, como cuando andábamos de novios. ¿Te acordás?

Varias veces evocó aquellos tiempos, y a él le desagradó aquella insistencia en la memoria de un tiempo perdido. Aquella sensación de extrañeza y de ausencia que había tenido a lo largo del viaje se convertía ahora en pura desolación, y escuchaba a su mujer como si le estuviese hablando de un tiempo feliz en que él no existía, y tampoco hubiese convivido con ella en otros tiempos menos felices. No era falta de memoria, sino la conciencia de un gran espacio vacío, que se interponía detrás de él como si entonces no hubiese sido un ser de carne y hueso sino el breve chisporroteo de una imaginación ajena. «Acaso he muerto hace ya mucho tiempo» —pensó. Acaso ni siquiera era suyo aquel cuerpo que se movía de un lado a otro, siguiendo los compases de la melodía.

Al cabo, el calor y el humo hicieron sofocante aquel espacio. Tomó del brazo a su mujer y se dirigieron a la calle mientras muchas más gentes, casi todas de color, guardaban la cola de la entrada y la muchacha que hacía la taquilla, agotados ya los boletos, certificaba el abono imprimiendo cuidadosamente un tampón entintado en el dorso de una mano de cada cliente. Un olor a tabaco, sudor y alcohol fluía como el incienso de un templo.

El eco de la música se escurría en la noche. Oscurísima ahora por un gran manto de nubes que ocultaban las estrellas, olorosa a frutos rancios y orines, le trajo, sin embargo, intensos recuerdos, haciéndole reconocer de un modo directo otras noches estivales que se alineaban en su memoria y derrotando vigorosamente aquellos pensamientos anteriores de vacío, inexistencia y muerte. «Estoy vivo», pensó. Un barniz impalpable lo igualaba ya todo, y aquellas otras fiestas populares, con música también y bailes y bebidas, le venían ahora a la mente y se unían a ésta de hoy con perfecta simetría. Así, parado en medio de la calle vacía, mientras su mujer le miraba sin hablar, escuchando el eco rápido de los tamboriles y el barritar de los trombones, a la luz débil de las escasas farolas que iba embadurnando apenas de menguada claridad las alargadas fachadas de las casas, contempló la oscuridad que se cernía en lo alto como si fuese el mismo momento de alguna noche lejana. Se había torturado pensando en su inconsistencia, temeroso de que el movimiento de la vida no le alcanzase, y ahora le parecía comprender que estaba equivocado: que él era lo único real y que lo que le rodeaba era lo ficticio, lo que asumía apariencias circunstanciales, como ahora la noche, la música, el agua.

—¿No estás bien?
—Hacía demasiado calor.

Su desesperada búsqueda de recuerdos, incluso las imágenes tan próximas del baile enloquecido, los sabores y los olores, serían así solamente un engaño en que su mismo pensamiento se enmarañaba para entretener su soledad. De nuevo aquella imagen inicial del sueño volvió a su pensamiento. Bajaba corriendo, encontró la iguana, se detuvo. La iguana y él se miraban. En la infinita luminosidad sólo existían ambos, detenidos, como él bajo la noche, en esta ciudad desconocida donde latía, sin embargo, bajo la negrura brumosa, una vibración antigua. Este lugar podría, pues, ser el único lugar: envuelto en una burbuja de penumbra, atravesaba el universo.

Surgía de los portales el mismo ritmo enloquecido que marcaban los restallidos crepitantes del tamboril, pero también se oía el aislado rumor de alguna voz que, ayudada por rasgueos de guitarra, entonaba canciones melancólicas. En las esquinas, algunas busconas solitarias de hermoso rostro negro acompañaban con vaivén de cuerpo y meneos de pies aquellas melodías plurales que llegaban de todos los rincones.

Pasearon lentamente hasta llegar al final de la avenida. Más allá de un abundante grupo de troncos que simulaban las patas altísimas de misteriosos animales cuyo cuerpo se cerniese allá arriba, el mar rompía jadeante contra el malecón. También en la negrura de las aguas, y a pesar del rumor de su infatigable movimiento, había una reverberación de soledad y vacío similar a la que irradiaba la negrura brumosa del cielo.

Del lado contrario al mar, en la oscuridad que tapaban los bultos grises de las casas, se extendía la selva donde se ocultaban los templos prístinos, y comprendía que todas las emanaciones eran similares, como si en lugar de brotar fuera de él se fuesen creando, precisamente, dentro de sí mismo. Así este mundo, ahora y entonces, y las figuras del sueño, y esta ciudad, y el calor que envolvía el cuerpo como una sutil baba tibia, era algo que aparentaba suceder ahora y que, sin embargo, estaba ya sucediendo dentro de él desde las primeras lejanías de su vida.

—Quiero hablar muy en serio —dijo ella—. Te encuentro mal desde hace tiempo. No parecés la misma persona.

El la miró desconcertado. Ella le había agarrado los dos brazos y se apretaba contra él, en una cercanía afectuosa.

—Me da miedo que estés enfermo.
—¿Enfermo? Estoy bien, perfectamente bien.
—Debemos ir a ver al doctor. Que te chequeen.

Se sintió de pronto extrañamente turbado y

a su turbación se mezclaba un sabor de bilis, como si su memoria y su entendimiento, convertidos en algo sólido, en los mismos alimentos que había tomado en aquel comedor ruidoso, no pudiesen ser digeridos por su cuerpo, y éste pugnase por arrojarlos fuera. Se apartó unos pasos y vomitó, inclinado contra una pared: su memoria y su entendimiento se desparramaron por el suelo, todavía culebreantes entre los restos blanquinegros de arroz y fríjoles. Luego se encontró mucho mejor, ignorante de todo como un recién nacido.

—No me pasa nada, Alicia —exclamó—. Fue el maldito desvelo de tantos días. Pero ya pasó.

El siguiente día se anunciaba también luminoso. El punto de salida era un pequeño puerto rodeado por un montón apretado de casetas sucias, que, sin duda, estuvieron pintadas de colores estridentes y diversos, pero que habían quedado unificadas por un lustre pardo, apenas teñido del color original. A pesar de lo temprano de la hora, muchos chiquillos desnudos jugaban y gritaban en el agua del muelle, y cerca de ellos revoloteaban los pelícanos de gran pico panzudo. En el malecón, hombres oscuros se afanaban apilando los racimos sobre las cintas lentas que los iban transportando a la cubierta de un buque herrumbroso. Fluía de todo un aire de cansina lasitud y el calor pegajoso que les envolvió desde que llegaron a las orillas del mar se había convertido en una piel viscosa adherida firmemente a la verdadera.

  Olía mal, pero aspiró el olor con paradójico deleite: le sorprendía que todo encajase de modo tan exacto en misteriosos alvéolos de su alma, la luz brillante iluminando las fachadas corroídas de las viviendas, los interiores con chinchorros y cacharros, los transeúntes de pobre vestimenta y oscuros rasgos. Y volvió a sentir que, por alguna conjunción de la luz, del calor, de la densidad del espacio, penetraba en aquel mundo con esperanza intensa en alguna revelación.

Mientras se acercaban a la gran lancha, el piloto les observaba. De pronto, avanzó unos pasos y, sacando las manos de los bolsillos, miró alternativamente al hombre barbudo y a él mismo. Parecía a punto de decirles algo, pero guardó silencio. En su mirada se había helado una súbita gravedad.

—¿Busca algo? —preguntó él.

El piloto negó con la cabeza. Luego se volvió lentamente hacia la embarcación y le ayudó a colocar los bultos bajo los asientos. Hubo un instante en que sus rostros se encontraron muy cercanos, y el piloto le habló.

—Perdone —dijo—. Por un momento les confundí con otras personas. Sobre todo, al otro pasajero.

El no respondió. Sonreía bobamente, como si estuviese escuchando una explicación de algo conocido y asumido.

—Como si su imagen me resultase familiar.

Ayudó a su mujer a salvar el pequeño espacio que separaba la borda del muelle. El pasajero barbudo se había acomodado en el asiento de estribor y ellos ocupaban un lugar simétrico, en el banco de enfrente. El hombre de la barba y las grandes melenas colocaba con cuidado el acordeón entre su equipaje. El piloto le ofreció un cigarrillo, que el otro rechazó con un gesto.

—¿No nos habíamos visto antes? —preguntó el piloto.

El hombre barbudo volvió el rostro. Llevaba unas grandes gafas de pasta, muy oscuras, de lentes redondas. Negó con la cabeza y luego emitió un sonido ronco que parecía corroborar la negativa. El piloto se encogió de hombros. Apuró su cigarrillo y luego fue enrollando meticulosamente las amarras.

—Ya saben que es un viaje largo —dijo—. Nos detendremos para almorzar a mediodía, en uno de los poblados. Antes se comía a bordo, pero parece que los clientes prefieren estirar un poco las piernas.

Había puesto en marcha el ruidoso motor y la embarcación fue separándose lentamente de los entablamentos del muelle, dejando atrás los hombres atareados, los niños bulliciosos y la visión lejana del mar, en cuya dilatada superficie se sucedían las rasgaduras blancas de la marea.

Traqueteando suavemente, la barca se internaba en las aguas oscuras del canal, donde se difuminaban largas manchas ocres. A ambos lados de la lenta corriente, se fueron sucediendo los últimos bohíos, hundidos en el barro negruzco, rodeados de perros flacos y penachos de humo. Apareció luego un gran conjunto de construcciones blancas, en el centro de una esplendorosa extensión verde.

—Un hotel gringo —dijo el piloto—. Para pescadores.

Por fin, las construcciones desaparecieron, las masas de ceibas y palmeras se hicieron más espesas y las riberas que antes, limpias de vegetación, mostraban el acceso al agua desde los bohíos y los poblados, se cubrieron de una maraña vegetal.

En la mañana naciente, al brillo blanco del sol primero, iban extendiéndose las riberas, cada vez más tupidas. Su mujer se había embelesado en la contemplación del paisaje. Entre los densos ramajes se entrelazaban lianas y enredaderas. Carcomida de pronto la espesa vegetación, aparecían pequeñas playas de arena oscura. El sol rutilante se dejaba velar esporádicamente por largos espacios nubosos y el avance de la lancha hacía correr una brisa suave. Flotaban en el agua masas de plantas con flores malvas y a menudo volaban, cercanos a la orilla, pájaros amarillos y azules, o se arrojaban al agua, tras encaramarse súbitamente, los pequeños cocodrilos. Su mujer le había agarrado una mano y se la apretaba para subrayar sus comentarios ante las aves y las flores, y las mariposas de colores que revoloteaban sobre el barco y el agua. El hombre de la barba, con las anchas piernas extendidas, murmuraba también algunas palabras. A menudo, asomaban en la ribera muñones de árboles derrumbados y hundidos y, sobre ellos, detenidas en un pasmo indefinible, se mostraban grandes tortugas de prieto caparazón. Pendientes de su tallo como grandes borlas, se inclinaban sobre el agua las flores del banano. Pero también surgían a veces, en súbitos claros, pequeños caseríos con mujeres, niños y gallinas.

La lancha se cruzó con algunas barcazas renegridas, destartaladas, cargadas de animales, fardos y hombres descalzos. El aspecto de las gentes le hizo pensar en aquella costa insalubre, donde lo pintoresco del paisaje abigarrado escondía tantos peligros, insectos y serpientes de picadura mortal, enfermedades demoledoras, ofreciendo un contorno que, del todo real, era, sin embargo, similar al de ciertas pesadillas llenas de color y de verosimilitud, capaces de confundir al soñador bajo una apariencia de verdad indudable.

Pero el paisaje no conseguía dominar totalmente su atención y, con frecuencia, se encontraba con los ojos fijos en la nuca del piloto, atisbándole de un modo secreto, turbado todavía por aquella expresión inicial de vago reconocimiento en que parecía haber temor. La desazón era acaso mutua, porque varias veces su mirada se cruzó con la del hombre, que volvía ocasionalmente su cabeza para observarles, a él y al pasajero barbudo, de un modo huidizo.

El mediodía coincidió con un tiempo de sol brillante. El mar, entrevisto a veces más allá del boscaje, brillaba con reflejos verdosos. Se detuvieron en uno de los poblados de la orilla, aplanado en la inmovilidad de la hora. Durante la comida, a la sombra de un bohío de panzuda techumbre, le pareció que el piloto intentaba varias veces hablarle, aunque sin decidirse al fin. Por su parte, él sentía una misteriosa congoja, como si el piloto se propusiera comunicarle alguna noticia desagradable.

Emprendieron de nuevo la marcha. La breve brisa ocasionada por el movimiento y la sombra de la toldilla eran como un fresco milagro bajo el pegajoso calor. Las grandes masas de selva, a uno y otro lado, enmarcaban la larguísima perspectiva del canal, ancho y brillante como un espejo. El piloto, que había bebido mucho ron durante el almuerzo, continuaba sirviéndose abundantes tragos en un vaso de latón. Se había puesto a canturrear con un murmullo. Por fin, le miró directamente y, alzando la botella en la mano, le interpeló.

—¿No quiere un trago?

Aunque le había entendido perfectamente, simuló lo contrario, mientras ostentaba la bonachonería de un turista tranquilo.

—Que si no quiere un trago —repitió el piloto.

Comprendió que debía acercarse, como si hubiese llegado el momento de cumplir alguna cita. Se puso de pie, sonriente. El otro sonreía también, pero acaso su sonrisa, como su oferta, no ocultaban sino el preámbulo protocolario de un encuentro cuyos fines eran mucho más complejos que una simple invitación a tomar.

—Estará muy caliente —repuso.

—Todavía queda hielo en el termo —dijo el otro.

El le alargó el vaso y el piloto le sirvió una abundante ración. Esperaba con una curiosidad fatalista las palabras de aquel hombre.

—Hay que matar el tiempo —dijo al fin el piloto.

Le miraba otra vez con insistencia.

—Le había confundido, sin saber con quién. Algún gesto, qué sé yo. La verdad es que no se me parece a nadie conocido. A su salud.

El no quiso conocer más pormenores de aquellas ambiguas referencias. Bebió de una vez todo el contenido del vaso, sorbo a sorbo, despacio, paladeando con gusto el sabor del alcohol, a la vez frío y ardiente.

—¿Queda mucho? —preguntó luego.

—Quedar, quedan todavía seis horas. Si todo va bien.

Sentados en los bancos que se alargaban junto a la borda, su mujer y el otro pasajero observaban las aguas. Vistos desde proa, inmóviles, con sus cuerpos recortados contra la claridad exterior, parecían figuras inanimadas, imágenes polícromas puestas allí para adornar convincentemente la embarcación y el viaje, como si las aguas no fuesen reales y el ruido del motor y el suave balanceo estuviesen también simulados en el desarrollo de algún artilugio ilusionista. Así, la idea de que el movimiento, el color, aquel espacio luminoso, eran del todo ajenos y transcurrían en una distancia y en un tiempo que no podían afectarle, volvió a él con la misma viveza que durante su recorrido del día anterior, en la furgoneta.

El español sudaba. Inclinó la cabeza hacia él,

como para murmurar algo, pero luego habló en voz alta.

—De turista, este clima aún se tolera. Pero trabajar aquí es muy duro.

Sin duda llevaba poco tiempo en el país y pronunciaba con la bronca entonación originaria.

—¿Vienen del valle central? —preguntó luego.

El asintió con la cabeza. Se había vuelto a servir y movía el vaso para que la bebida se enfriara. La charla del piloto, en contra de sus premoniciones, tenía el aire de la más obvia normalidad. El piloto se aburría y quería compartir su trago y su charla. No había invitado al otro porque, como pudo comprobar de un vistazo, el hombre dormitaba, con la cabeza apoyada en uno de los pilotes de la toldilla.

—De allí somos.

—Aquello es otra cosa. Siempre primavera. Yo no estoy hecho a esta sofoquina.

Se limpió el sudor del rostro con un pañuelo muy usado.

—A mí me gusta el aire fresco, el agua fría. La nieve.

Dijo aquello con una peculiar entonación, y a él le revoloteó por la mente una confusa colección de blancas imágenes montañosas, vistas acaso en la televisión, en el cine, en los periódicos ilustrados.

—Figúrese, la nieve —repuso, y se sentó—. Yo no la he visto nunca al natural. ¿Y hace mucho que trabaja acá?

El piloto le miró con un relámpago de suspicacia en los ojos, que al instante se vio obligado a reparar con el ofrecimiento de una nueva dosis de ron.

—Sólo un poquito —dijo, insistiendo en servirle.

Dejó otra vez la botella junto a su costado.
—Suficiente —añadió—. Demasiado.
—¿Siempre aquí?
El piloto se mostró muy ufano.
—Este fue el primer barco turístico que recorrió regularmente los canales. Idea mía. Antes, sólo representaba licores. Ahora me ocupo de los dos negocios.
Volvió la cabeza otra vez.
—Pero no crea que soy el conductor. Estos días lo llevo porque operaron al muchacho. En realidad, yo soy el propietario.
—¿Y allá?
El hombre le miró entonces con ojos sombríos, como si en lugar de formular una pregunta hubiese dicho alguna frase indecorosa. Tenía las córneas enrojecidas. Ahora, él había comprendido que su recelo debía mantenerse vigente. La conversación, lejos del puro entretenimiento, ocultaba otros motivos que, sin encontrar acaso los cauces para desarrollarse, mantenían en el ánimo de ambos una velada convulsión.
—¿Allá?
—Perdone, no quería molestarle.
—No me molesta. Yo allá era fotógrafo de prensa.
Lo dijo en el mismo tono singular con que antes se había referido a su país: no parecía que le informase, sino que le recordase algo evidente, que su interlocutor debería conocer de sobra. Sin duda era más joven de lo que aparentaba, pero sus rasgos tenían la disposición de una decrepitud anticipada.
—¿En la misma capital?
El piloto, entonces, le miró con tal intensidad que sus ojos se desorbitaban. En aquella mirada había la misma expresión de extrañeza, como si sus pregun-

tas le desconcertasen por absurdas e innecesarias. Volvió luego la vista al frente, dejó el vaso de latón y agarró el pequeño volante del timón con ambas manos, como si se sujetase a él.

—¿No lo sabía usted? —murmuró—. Aquéllo ya no existe.

Quedaron ambos en silencio, mucho tiempo. El se esforzaba por encontrar entre sus recuerdos algún eco de aquellas palabras, pero sus afanes eran totalmente inútiles.

—Aquella ciudad desapareció. Yo lo vi. Yo estaba allí.

Ninguna cita se había cumplido, ningún encuentro había tenido lugar: aquel hombre tenía la mente sin duda algo extraviada por la falta de costumbre del clima y el abuso del ron. Luego pensó que era uno de esos lunáticos que, aparte de su manía obsesiva, son capaces de llevar una vida normal, conducir, atender sus asuntos. Por fin, él dejó también su vaso en la repisa y se alzó para apartarse y regresar junto a su mujer. Pero el español le miró otra vez con los ojos muy abiertos.

—No se vaya —suplicó—. ¿No quiere que se lo cuente?

El titubeó. Renacía dentro de él la congoja anterior, como si en el contenido de aquella confesión le estuviera esperando una amenaza concreta. El piloto le agarró de un brazo y le obligó a sentarse de nuevo.

—Se lo voy a contar todo —dijo.

Luego, comenzó a hablar. El, al principio, se recostó ligeramente, preparado para aprovechar cualquier pausa y regresar a su asiento, dando por concluida la conversación. Pero aquella historia era larga, y el narrador hablaba sin cesar, fijando en él sus ojos con intermitente insistencia, como previniendo su huida. Primero habló de un rey, de una conmemoración, de una sorpresa. Luego, el relato se fue extendiendo como otro sonido mecánico, hasta que la trepidación del motor resultó el eco exacto, aunque distorsionado y borroso, de sus palabras, e incluso podía pensarse que aquel sonido era el relato verdadero y las palabras del narrador sólo una parte de su resonancia.

Esto que le digo sucedió en las últimas horas de un día de otoño. Había sido una jornada normal, hasta el punto de que yo no recuerdo nada significativo antes del momento en que me encontré con ellos. Y aunque el encuentro fue sorprendente, quién podía pensar que cuatro horas después la ciudad desaparecería. Pero iré por orden. Aquella tarde, a eso de las ocho, el rey y yo estaríamos a unos seis metros de distancia. Como de aquí al motor, más o menos. Yo había llegado con retraso, y lo primero que vi fue su cabeza, sobresaliendo entre la gente. Se movió un poco, y al moverse dejó ver claramente al orador, un caballero calvo de voz clara. Yo terminé de preparar la cámara y me disponía a tirar unas fotos, haciéndome sitio. Ya le digo que había llegado tarde: todavía jadeaba por el esfuerzo de la carrera y algún colega se quejaba en voz baja de la irrupción, mientras el rey se movía y dejaba ver al orador. Y el orador hizo en ese momento una pausa, alzó la mirada, contempló al rey y a la concurrencia y se movió también un poco, medio paso a la derecha, el espacio que nos separa a usted y a mí, lo suficiente como para dejar ver el torso del homenajeado. Yo debí disparar un par de veces, sin darme cuenta todavía de quién era, pero cuando separé la cámara y alcé los ojos, fui incapaz de hacer ninguna otra foto y me quedé, como se dice, de una pieza. Porque el hombre aquel a quien el rey iba a entregar el premio no era otro que Pedro Palaz. Ahora le contaré, ahora le diré de quien se trata. Como yo había llegado con tanta prisa, y aún me quedaba otro reportaje antes de terminar el día, no me había enterado de nada ni sabía nombre alguno: sólo que el rey daría unos premios aquella misma fecha, a tal hora, allí. Y claro, me quedé mirándole estupefacto. Porque aunque habían pasado bastantes años, yo no había podido olvidar su aspecto: aquel rostro pálido, el pelo grisáceo, cortado muy al ras del cráneo, el gran bigote, negro como las plumas de un grajo, y las cejas también negras, de arco acusado y ancho, que se aupaban sobre la nariz afilada dándole un aire de lechuza. No había olvidado su aspecto pese a los años transcurridos desde que le viera por primera vez, plantado delante de la casa aquella de Trobajo con su equipaje a los pies, tan tranquilo como si fuese su casa de toda la vida, y desde que le viera por última vez, tirado entre los tiestos, en aquel otro patio, una madrugada, con aspecto de estar absolutamente muerto. Y yo le miraba sin pestañear y seguía con los ojos fijos en su rostro cuando el orador terminó de hablar y él, que era precisamente el homenajeado, se acercó al primer plano, a recoger el estuche que el rey le entregaba, y habló a su vez con la misma voz grave, mientras los colegas disparaban y yo permanecía inmóvil. El retrocedió a su lugar anterior, el rey leyó una cuartilla, y descubrí que aquélla no había sido la única sorpresa, porque entre la gente que formaba corro un poco más lejos, había otra figura también inolvidable, que culminaba la aparición absurda de Pedro Palaz: allí fruncía el ceño, los pelos desordenados sobre la frente ancha, aquel Marzán, ya le diré quien, un tipo pintoresco, un personaje cuya última imagen había visto yo colgando por el cuello de los balaustres de una escalera, figúrese, grabada también en mi memoria de ese modo horriblemente indeleble. Así fue como un tiempo pasado, ilógico como una pesadilla, retornó impetuosamente a mi memoria llenándome de miedo, y le juro que deseé volver las espaldas y huir, mientras el rey terminaba su intervención y la gente aplaudía y luego comenzaba a dispersarse entre murmullos, roces y taconeos. Todavía vi un momento la cabeza de Palaz entre la muchedumbre y, en el arranque de una decisión no razonada, en vez de retroceder me dirigí hacia él. Unos cuantos cuerpos se interponían entre nosotros y, cuando conseguía llegar hasta donde él había estado en los instantes anteriores, ya su cogote se alejaba hacia las puertas entre las demás cabezas. Un poco más atrás, el cogote de Marzán, también inconfundible porque tenía muy pronunciado el bulbo raquídeo, alzado sobre el blanco cuello, entre las salientes orejas cetrinas, se alejaba a su vez con grandes oscilaciones. El tropel de los cuerpos me impedía el avance y mis bultos se enganchaban en la muchedumbre. Tuve que detenerme y desenredar una correa de un brazo, y comprendí claramente que aquel día estaban sucediendo cosas verdaderamente extrañas: porque delante de mí, con el rostro enmarcado por una melenita corta y negra, que le daba cierto aire oriental, Nonia me miraba con impaciencia. También le voy a explicar quien era Nonia, pero al principio no la reconocí. Sólo la certeza que sobre mí había en aquellos ojos negros, me trajo su recuerdo. Estábamos así, rostro con rostro, y ella me miraba sin sorpresa, con el brazo enganchado en la correa de mi cámara, como si tampoco nos separasen tantos años sino solamente unos instantes. Yo sujeté fuertemente su brazo y la corriente humana fue fluyendo a nuestro alrededor hasta que nos quedamos solos en el salón.

—Tengo mucha prisa —dijo—. Estoy buscando a alguien.

Estaba muy guapa, arreglada como una mujer, lejos ya de sus aires juveniles, un poco desmañados.

—Pero tenemos que hablar —exclamé yo.

De pronto, el haberla recuperado de aquel modo me obligaba a retenerla, para zanjar un malentendido viejo ya de años. Seguía sujetándole el brazo y acaso apretaba excesivamente, porque ella se soltó de un tirón y me miró con severidad.

—Qué te pasa.

Eso era también raro: aquel tono normal, con un punto de reconvención que tenía la naturalidad del hábito, como si, efectivamente, todos los años de separación y silencio fuesen solamente una imaginación mía. A mí, la visión imposible de Palaz y Marzán, ya verá usted por qué digo eso, y el encontrarme de aquella forma con ella, me tenían conmocionado. No era para menos, pensará cuando se lo explique todo.

—Tengo que hablar contigo. Necesito hablar contigo —le diría yo.

—Ahora no puedo. De verdad.

Tal vez su aparente normalidad era sólo producto de la prisa, porque estaba claro que algún asunto la reclamaba con especial urgencia. El salón estaba ya vacío del todo y un ordenanza pasó delante de nosotros retirando el agua de los oradores.

—Si quieres, nos vemos más tarde —añadió.

—Ven a mi casa —le dije.

—Donde prefieras. En tu casa, si quieres. Pero ahora tengo que irme.

Me había hablado con seguridad y comenzaba a alejarse. Yo escribí mis señas en un pedazo de sobre y ella guardó el papel en el bolso.

—No antes de las diez —dijo—. Si puedo.

Se fue hacia la puerta, justo por el centro de la alfombra, con unos andares rápidos; y yo, tras un titubeo, salí también. La gente se dispersaba en la puerta de la calle, pero ya no fui capaz de distinguir los dos cogotes ni los dos rostros. Por un momento, mis ojos se cruzaron con los de Nonia, que contemplaba la multitud con ansiedad, como si también buscase algo. Yo me alejé deprisa y, cuando llegué al final de la calle, me detuve delante de un semáforo. Sólo mucho tiempo después comprendí que las señales luminosas habían lanzado su alternativo destello muchas veces, mientras yo permanecía allí delante, absorto en mi sorpresa. Pero de mi abstracción me sacó una sorpresa mayor: porque caminando con prisa, como si le preocupase también una ansiosa búsqueda, vi que una mujer cruzaba la calzada y, cuando estuvo cerca, descubrí que era otro de mis viejos fantasmas. Susana. Luego le explicaré. Sin fijarse en mí, pasó a mi lado casi corriendo. Era Susana, sin duda. A la luz de las farolas vi relumbrar sus ojos glaucos. Mi primera mujer, no sé si usted me entiende. Y yo supe que mi acercamiento a Nonia había agotado todos mis esfuerzos y la dejé irse calle arriba. En todos ellos pensaba yo luego en mi casa, en Palaz y en Marzán, en Nonia y en Susana, despatarrado en el sofá, sin quitarme la cazadora ni soltar siquiera de mis hombros las cámaras y la bolsa, panza arriba como si me hubiera caído desde lo alto, de un punto invisible, más allá del techo que de pronto alguien había colocado sobre mi cabeza. Sí, allí estaba yo, con los ojos fijos en el móvil de colorines que aleteaba débilmente, escuchando el bisbiseo del acuario en cuyo resplandor se movían las pequeñas formas, las piernas estiradas hasta tocar con las punteras los cajones del escritorio, junto a la ventana donde la luz otoñal se iba extinguiendo. Sonaba el tecleo de la máquina en el patio, tras la ventana pequeña, con el agudo rechinar que se hacía tan preciso en las horas vespertinas, cuando el invisible mecanógrafo mantenía su labor sin desfallecer, a través de las horas. El tecleo sucedía sus breves restallidos y yo, al ritmo del repiqueteo, pensaba en Nonia y en Susana, en los ojos de las dos y en sus andares, con una nostalgia que, hecha de sentimientos y de recuerdos contradictorios, tenía sin embargo muy similares resonancias. Lo que son las cosas. Luego volví a imaginarme las cabezas de ellos, arrugas, rictus, orejas, narices, y rememoré con toda precisión, con exactitud verdaderamente fotográfica, aquel día tan lejano en que, por vez primera, tuve noticias de Pedro Palaz. Ahora mismo verá usted. Pero permítame que me engrase la lengua. A su salud.

¿Le hacía señas su mujer? Comprendió que no, que solamente había espantado algún insecto que revolaba alrededor de su cabeza. El resplandor blanco era ahora estático como el de algún proyector, y fulguraba fuera, haciendo difusa la superficie del agua y las grandes masas vegetales. Contra aquel vivo resplandor, la penumbra de la toldilla se había convertido en una cámara oscura donde las formas y los colores se enaltecían y las sombras eran suaves. El pasajero de la barba, dormido ya del todo, recostado francamente en el asiento y con la cabeza encajada entre la borda y el pilote, extendía completamente sus piernas, mostrando las suelas de sus grandes botas.

El miraba a su mujer con intensidad, esperando alcanzar la mirada de ella para transmitirle una petición de auxilio; que interviniese de algún modo para interrumpir este relato cuyo caudal parecía inagotable; que le llamase a su lado. Pero ella continuaba embebida en la contemplación del canal. El piloto se había servido un dedo de licor y lo apuró de un trago. Luego, le dio una palmada en la rodilla y continuó relatándole su historia con énfasis animoso.

IV. Narración del piloto

Cuando intento pensar en lo sucedido antes de aquel día, todo se me junta en la memoria como un confuso montón de gestos y rostros y lugares, sin acciones, ni formas, ni perspectivas, en que es difícil identificar y distinguir los matices. No me estoy refiriendo al día del rey, cuando volví a encontrar a Palaz y a Marzán, a Nonia y a Susana, el día en que Madrid desapareció, sino a otro muy anterior. Es antes de aquel primer día que le digo cuando todo se confunde, y pareciera que las cosas carecen de la homogeneidad de los hechos realmente vividos: pues allí se apelmaza brumosamente un conjunto de elementos dispersos, como si fuesen trastos, esos chunches de ustedes, desperdigados e incongruentes, y no referencias de mi propia memoria. La verdad es que yo era entonces casi un chaval, cumplía los diecisiete aquel mismo mes, era un chaval aunque me encontraba aquellos días lleno de una emoción que yo pensaba adulta: pues había escrito una novela, y la había escrito con una fluidez y una seguridad que me han pasmado cuando ha resultado evidente que el hecho de escribirla iba a quedar aislado y excepcional en mi vida; yo había hecho aquella novela de un tirón, como acuciado por una frenética necesidad, y sólo me había detenido al final, cuando llevaba escritos casi trescientos folios, y me había detenido al percibir la posibilidad de desenlaces alternativos, e incluso contradictorios. Sin embargo, todo mi pasado anterior a aquel día y la propia elaboración de aquella novela, se pierden en el recuerdo, y sólo consigo imaginarlo confusamente, escuetamente, como alguno de esos breves resúmenes que preceden a cada uno de los sucesivos episodios de una historieta, en un tebeo, en un comic. Es decir, si me esfuerzo en una mirada retrospectiva, sólo me veo nítidamente en la primera viñeta de algún episodio, aunque sospecho que anteriormente se han ido desarrollando otros episodios similares. En este episodio de mi recuerdo, que comienza precisamente aquel día de que le hablo, yo estoy en el centro de la imagen y extiendo una mano. Un amigo me entrega varios papeles. Al fondo se alargan los anaqueles, cargados de botellas, del bar Castrillo. El perfil del patrón, un hombre gordo llamado Teodomiro, cierra la imagen por la izquierda, sobre el mostrador. Mi amigo me entrega los papeles con unción, como quien dona unos documentos sagrados.

—Ya verás cuando lo leas —dice.

Eran varios recortes grandes de un periódico madrileño, bastante bien conservados. Dos artículos y una biografía. La biografía estaba ilustrada con un dibujo de líneas seguramente muy finas en el original, aunque los vaivenes tipográficos las emborronaron y había también manchas en los espacios blancos. Representaba la cabeza de un hombre de gran cuello, ojos muy fijos y pelo de cepillo. Encima de la firma ponía claramente *Pour Palaz!*, lo recuerdo con precisión, y una fecha reciente. Los artículos estaban reproducidos de modo muy denso: casi ocupaban media página, a cinco columnas.

—¿Y quién es éste? —pregunté yo.

—¡Uno de Fasgar! —exclamó mi amigo, con regocijo.

Así fue como aquel día, y en aquel preciso momento a partir del que, repito, veo los sucesos de mi vida con una nitidez que, antes de entonces, es sólo sombra borrosa, conocí la existencia de Pedro Palaz. Se trataba de un paisano que, desde varios años antes, profesaba literatura en el extranjero. Sancionado en los tiempos de la agitación estudiantil, había abandonado el país; vivió en mayo de 1968 la ocupación del Colegio español de París; tras una casual vinculación como lector con una universidad norteamericana, se había establecido permanentemente en su departamento de lenguas románicas. La noticia bibliográfica estaba extraordinariamente nutrida, para su edad: el periódico decía que era autor de ensayos sobre diversos temas literarios, con especial afán por conciliar lo culto y lo popular, lo mediterráneo y lo atlántico, lo peninsular y lo ultramarino. Había escrito también algunos textos de ficción, una novela y un libro de relatos, que en la referencia se destacaban elogiosamente. Yo cogí aquellos recortes, los manoscé, me puse por fin a leerlos: el primer artículo lo leí en el mismo Castrillo, sentado en un banco. Me va a perdonar si soy un poco prolijo. Aquel artículo se refería a la narración oral y pretendía reivindicar para lo literario ese mundo narrativo que, desconocido comúnmente por quienes ejercen alguna magistratura cultural, se refugió al final, agonizante, en el ámbito modesto de las cocinas rurales, en torno al fuego y al escaño, desarrollándose en el esplendor mortecino de los últimos hilorios, esas veladas vespertinas en que se reunían las gentes de la vecindad. En el artículo, Pedro Palaz rememoraba ese tiempo descolgado del anochecer, con el invierno agazapado fuera, rugiendo en la ventisca, algo que aquí no pueden imaginarse, y hacía la evocación de aquellas horas dedicadas al contar, señalando la vitalidad y riqueza de esos modos narrativos que, para los especialistas, parecerían restringidos al primitivismo ingenuo de tiempos pretéritos. Palaz señalaba algunos puntos de aquellas veladas, y yo volvía a verme a mí mismo, fíjese, en casa de mis abuelos, a través de una rasgadura súbita en la niebla densa de aquel pasado mío sin memoria, acurrucado junto al escaño, escuchando, como si constituyese la verdadera historia del mundo, la crónica de la realidad en que los sucesos eran más definidos, cosas de la guerra, relatos de lobos, historias de envidias, de fortunas, de tesoros, de amores desdichados, accidentes y cataclismos, comprendiendo de pronto la esencia verdadera de aquellas narraciones que me fascinaban cuando niño y que, al parecer, no eran solamente una costumbre rústica, pues en ellas se mantenía la sustancia que, como se sabe, arropó al cabo la tecnología de los libros, hasta dar origen a la literatura.

—¿Has visto? ¿Has visto? —decía mi amigo.

De modo que marché a casa portando aquellos recortes como un viático y, después de cenar, seguí leyéndolos en la cama. El otro artículo era una reflexión sobre las mutuas interferencias de la literatura y de la vida. Pedro Palaz señalaba que toda su vida real estaba interpolada por las vidas leídas, y describía cómo los mundos que él había conocido en la ficción iban intercalando sus paisajes, sus olores y sus sombras, con el mundo real de su vida, el de carne y hueso: así, su memoria, convertida al fin en su propia vida, estaba construida con una mixtura tan íntima de lo vivido y de lo leído, que se consideraba ya incapaz de desmembrarlo, para colocar a un lado lo real y al otro lo ficticio. Recuerdo con nitidez un párrafo que, aparte cierta misoginia, perfilaba muy eficazmente su idea. Venía a decir que la vida no le había hecho conocer mujeres tan bellas y dulces, tan astutas o ingenuas, más perversas o ilustradas que las heroínas de tantas ficciones literarias. Lector yo devoto e indiscriminado desde niño, me sentí reflejado en aquellas consideraciones de un modo directo, como si el autor pensase en mí mientras las escribía: pues yo conocía a través de las novelas el fragor del viento en los foques, el corazón de la selva intrincada y húmeda, las corrientes engañosas de los ríos gigantescos, del mismo modo que los olores de las islas del sur, cuando amanece y la bóveda vegetal se puebla de cantos de aves; y todos los paisajes estaban grabados en mi mente con una precisión visual. Cuando fui creciendo, conocí a través de las ficciones literarias los atardeceres en las grandes capitales del mundo, y viví la dureza de las prisiones siberianas o la enardecida pasión de los conquistadores. E incluso decorados ominosos, que servían de fondo a historias de pesadilla mucho más precisas que cualquier sueño, o metamorfosis monstruosas tan verosímiles que leerlas era como vivirlas de verdad. Pero acaso me esté extendiendo demasiado en el contenido de aquellos artículos. El caso es que, tras la primera iluminación, yo releí los artículos con creciente fervor y me sentí liberado de la ambigüedad que se enredaba continuamente en mis aficiones. Intentaré explicarme: comprendí que había sido un huérfano y, al mismo tiempo, dejé de serlo. Digo que dejé de ser huérfano literariamente, al haber descubierto, con las obvias distancias, un contemporáneo notable que era paisano mío, cuya sensibilidad frente a buena parte de las cosas, los hombres y los acontecimientos se nutría de fuentes inmediatamente reconocibles. Por eso, Pedro Palaz había de ser, a partir de aquel momento, mi maestro. Llegarían luego a mis manos, a nuestras manos, nuevos artículos, parece que Palaz llevaba varios meses colaborando con asiduidad en las páginas literarias de aquel periódico, y los nuevos textos confirmarían e incluso acrecentarían la admiración inicial: pues aquella sensibilidad fraterna no sólo comprendía lo libresco, sino que se basaba en un conocimiento extenso y riguroso de tierras, hombres y pasiones. Yo me sentía preso de la devoción enardecida de un converso, se lo aseguro. Y, del mismo modo que lo sucedido antes de aquel día en el Castrillo se me junta en la memoria en confundida mezcolanza de ademanes y luces y objetos, a partir de entonces todo lo recuerdo con una precisión que incluso podría parecer excesiva, como si no hubiese sido vivido por mí, sino interpretado a partir de un texto donde estaría escrito, gesto a gesto y palabra a palabra, inmutable, indeleble. Y una de las cosas que recuerdo con esa exactitud es precisamente la novela. Me refiero a la novela de Palaz. Por fin la conseguimos. Creo que fue también por el otoño. Allí hay estaciones, climas distintos a lo largo del año. En otoño, las arboledas van perdiendo el color verde, unas hojas se vuelven amarillas, hasta parecer de oro, y otras rojizas como el cobre. Han empezado algunas lluvias, en los montes reverdecen los prados y todos los colores fulguran como recién pintados. Luego, las hojas ya secas van cayendo, y las ramas quedan desnudas, dormidas, esperando el renacer de la primavera. Recuerdo con certeza la imagen de la portada resaltando sobre las hojas secas desparramadas en el suelo y nosotros sentados en un banco, acaso en el paseo de Papalaguinda, mientras fumábamos un cigarrillo. Así era la portada:

la silueta negra de algún paseante cabizbajo contra un horizonte indefinible, a la luz de la luna. Yo comencé a leerla aquella misma jornada, también en la cama, con progresiva fascinación. Era una noche tranquila, aunque muy fría. Pero frío de verdad, eso que por aquí simulan los acondicionadores. La novela era bastante extraña; se la voy a contar, porque creo que va a interesarle. Iba describiendo minuciosamente tres días de la vida de un hombre que, emigrante a este continente en tiempos ya lejanos, no había conseguido todavía el capital necesario para retornar a la tierra originaria y realizar los viejos proyectos de bienestar y mejora. Había emigrado muy joven y se esforzó en conseguir la fortuna que le permitiese regresar como un indiano, como volvían muchos, con reloj de oro y un solitario, y un buen auto, y dinero en la cartera, o traerse con él a su madre, a quien una prematura viudez había obligado a una vida de trabajo y pobreza. Sin embargo, al hombre las cosas se le habían torcido desde el primer momento. A aquellas alturas de su vida, malvivía como encargado del bar de un alemán a quien, día tras día, cuando su borrachera dejaba inconsciente, era preciso arrastrar hasta la cama, en la trastienda, tras separarle con esfuerzo de la caja registradora, que abrazaba con la fuerza del puro reflejo cuando su intoxicación acababa por dormirle. Hacía años que había dejado de escribir a su casa, y muchos años también que no recibía noticia de allá. Había decidido dejar de ser un recuerdo permanente para ellos y evitar que ellos permaneciesen en sus propios recuerdos. Así, acabó por desconocer lo que sucedía al otro lado del océano. No supo si su madre vivía aún, si había muerto ya. Se obligó a pensar, hasta acostumbrarse, que todo aquello no existía ni había existido nunca, que era solamente un sueño que le había quedado en la memoria, disfrazado de recuerdo real. En la ciudad, cerca de la casucha donde vivía, había un cerro que, en la forma de inclinar una de sus laderas para recoger un sendero que corría a sus pies, frente a una masa de follaje, recortándose contra el horizonte de un modo peculiar, le recordaba exactamente un punto determinado de su pueblo. Se lo recordaba porque era la trasposición física, real e inconfundible del paisaje que había a la salida, cara a la carretera provincial, y que precedía, una vez doblado el recodo del sendero que bordeaba la falda de la colina, a la visión de la casita materna, aislada y solitaria antes del viejo puente. Muchas veces se había acercado a aquel lugar en la alucinación de que, doblado el recodo, avistaría la casa familiar. Pero no se atrevía a llegar hasta el final: invariablemente retrocedía y seguía su camino, convencido de que aquella loma no ocultaba el paisaje de su infancia y mocedad, sino que desembocaba en otro lugar en que, súbitamente, desaparecería toda semejanza con el del recuerdo, y un maizal, una milpa como le dicen acá, ocuparía el espacio de la casa, del puente y del río. Había aceptado aquella renuncia centenares, miles de veces, hasta comprender que el único paisaje era éste que recorría, la loma y las manchas de vegetación y los montones de tierra oscura, un paisaje que sin duda se reproducía fielmente al otro lado del cerro, enlazando con el maizal que descendía por la ladera, y que la casa junto al puente nunca había existido sino en un sueño particularmente intenso, pero carente de toda verosimilitud. A veces, muy pocas, llegaba un viajero de allá, y él sentía gran congoja, un inevitable desconcierto. Le dolía. Pero luego comprendía que aquel país de origen no era sino otro sueño, una referencia irreal y carente de toda prueba. Al cabo, todos se iban y él quedaba de nuevo con la única realidad, la de su vida en un mundo desmesurado, caluroso, enfermizo, una vida oscura a la que estaba condenado para siempre. Hasta que un día, al salir de casa al amanecer, la imagen del cerro tuvo tal poder de evocación que su titubeo quedó vencido por la decisión y ascendió la ladera para contemplar el otro lado. La novela, entonces, conseguía una dimensión inesperada: los recuerdos, las sospechas, las certidumbres, se mezclaban de pronto para crear un entramado diferente, y la peripecia se enredaba de modo circular. No sé cómo explicárselo: ahí, precisamente, se veía la maestría del narrador, en ese final que cerraba la trama y que, sin embargo, dejaba abierta la posibilidad de que ambas cosas, el sueño y la vigilia, tuviesen la misma consistencia y ocupasen pacíficamente el mismo espacio. Dentro de su ambigüedad, el final estaba armado de tal modo que, mientras escuchaba sorprendido las campanadas de las cinco en el reloj del comedor, me pareció entender que en el desenlace había un mensaje que de algún modo me estaba dedicado, que podía ayudarme a resolver el propio final de aquella novela mía, esa novela que luego le contaré si no le aburro, porque ciertamente tenemos mucho tiempo por delante, yo llevo en esto más de tres años así que imagínese si me conoceré los canales y cómo pasa el tiempo en ellos. Así que apagué la luz y me arrebujé entre las ropas de la cama, dándome cuenta de que mi interés por el libro de Palaz me había hecho igualmente insensible al frío que al paso de las horas. Y esa lectura fervorosa culminó mi sentimiento de arraigo. Porque aquella orfandad de que le hablo a usted, la orfandad literaria, aunque yo también soy casi un huérfano, me crió una tía porque perdí a mi madre al nacer y mi padre estaba impedido, tenía su causa, precisamente, en la sensación de pertenecer a un lugar mudo, sin voz. Quiero decir que todos cuantos ejercían de maestros en el universo literario tenían su origen en ámbitos alejados de mi mundo familiar y cercano. Nosotros sabíamos por los libros, por los comentarios del profesor, que allá en lejanas y míticas tertulias, desde lugares de solemne resonancia, los escritores del siglo asumían sin vacilaciones su condición, como si no fuese posible otra aventura literaria distinta de la suya, marcada por el horror a lo local y un decidido cosmopolitismo, aunque en muchas ocasiones se envolvían, como de un mágico velo, con la referencia a sus orígenes, para así mostrar, entre el ejercicio habitual de tanta excelsitud, una pureza originaria, radical, que les concedía, como el regalo de las hadas madrinas, una virtud natalicia. Provenían de todos los rumbos y se repartían los dones con peculiar equilibrio. Así, los del nordeste eran depositarios del sentido estético, como los del extremo noroeste de la imaginación burbujeante; ostentaban los del norte el arte de la paradoja, como los del sur el de la lírica, dulce o severa; en levante habían nacido los magos de la atmósfera colorista. Como si fuesen pequeñas mercerías especializadas, tenían cada uno, de acuerdo con su nación, la exclusiva de determinadas puntillas, de tales o cuales botones y cintas de color. A nosotros, sin embargo, ninguno de aquellos lugares nos pertenecía, y los nombres de nuestra ciudad y nuestros pueblos no figuraban jamás en sus escritos o, cuando lo hacían, era bajo el pretexto de alguna figurada región. Para poder encontrar un paisano ilustre en las letras, era preciso remontarnos a nombres olvidados, polvorientos, ninguno especialmente significativo. Por eso le digo que a mi sensación de haber tenido una vida diferente a partir de aquel día en que me dejaron los artículos de Palaz, una vida real y perfilada, no hecha solamente de trozos de recuerdo, se añade esta otra de haber encontrado un maestro. Aunque fuese sólo por la virtud de esa sutil magia contaminante que debería emanar del hecho de haber nacido entre los mismos ríos, y al pie de las mismas montañas, yo pensaba que mi contacto con su obra podía ser decisivo para la mía. Y acababa de dejar el bar Castrillo envuelto en humo y golpes de fichas de dominó, un anochecer en que toda la ciudad estaba adornada con guirnaldas de largos carámbanos, blancos en lo oscuro como dientes de una gigantesca fauce, adornos de un invierno que aquí no puede ser imaginado, que parece imposible, cuando concebí la idea de entrar en comunicación con él, de buscar su consejo para resolver mi novela y para recibir un dictamen certero que aclarase mi relación íntima con la literatura y con esa tarea tan extraña que es el narrar, que nunca se sabe dónde termina el desahogo y empieza la creación; para que me dijese si la ficción que yo escribía, que parecía escribirse a sí misma saliendo de una oscuridad en que yo era un simple vehículo, brotando desde un territorio que se iba haciendo visible poco a poco, por virtud de su propio designio lógico, ante mi sorpresa, era realmente una novela, capaz de suscitar un interés que trascendiese mi particular desazón. Pero, aunque intenté localizar a Palaz en la casa donde decían que debían vivir sus padres, no pude encontrarle jamás. Y tras remitir varias cartas pidiendo su dirección, dos a la editorial y más de tres al periódico, no obtuve contestación, no me hicieron ningún caso. Aunque debo decirle que aquel silencio no apagó mi devoción, y pensaba y repensaba en la solución de su novela como un modelo profético para el desenlace de la mía: un final que, sin ser símbolo de nada, debería sin embargo ir más allá del mero avatar de una alucinación y convertirse en otro estadio, inescrutable y confuso pero convincente, de una búsqueda que, precisamente entonces, dejaría de serlo para transformarse en la única realidad. Oh, sí, se lo aseguro, yo entonces era aún muy joven y pensaba, con una pasión que fue tan intensa como breve, que podía llegar a ser escritor algún día.

¿No le canso? De todas formas, ya le digo que quedan todavía muchas horas. Tomar y hablar, qué otra cosa puede hacerse aquí. El hielo se conserva bastante bien, parece mentira. Le explicaré entonces quién era Susana. Conocí a Susana de un modo bastante insólito: podría incluso pensarse que un destino prefijado, el cumplimiento de algún rol determinado, me hizo atravesar aquel día de noviembre la plaza de la catedral, pues qué podía estar haciendo yo allí arriba a las cuatro de la tarde, para que la viese agarrada al cabezal de su mula, intentando obligarla a tirar más fuerte y sacar las ruedas de la tartana del bache embarrado en que habían quedado atrapadas. Cuando luego ojeé el interior del carro, comprendí que fuese tan pesado: Susana llevaba allí dentro gran cantidad de objetos, algunos muy voluminosos. Una estufa de hierro, varios capiteles antiguos, una cómoda oscura, incluso un busto de piedra que representaba un personaje coronado. La ayudé a empujar el carro, hasta que conseguimos sacarlo del atolladero. Se había puesto a llover otra vez y ella condujo al animal hasta los soportales. Durante largo rato, se quedó mirando la portada de la catedral, como si se hubiese olvidado de mí. Primero observó las torres y el hastial. Luego bajó los ojos y miró las puertas. Parecía buscar algo. Al fin, echó a andar, cruzó la verja, se acercó a la estatua de la Blanca y permaneció absorta frente a ella. Yo también observé aquella sonrisa de piedra durante un rato. Luego, cuando ya iba a marcharme, Susana se volvió y me dio las gracias con énfasis. Tenía la piel sonrosada y los ojos brillantes, color de musgo. Llevaba un gran pañolón sujeto a la cabeza con aire que mezclaba el de las paisanas y el de las zíngaras. Yo le dije que se tomase un café conmigo y nos fuimos a un bar de allí al lado. Me contó que peregrinaba a Santiago, pero que tenía intención de permanecer un tiempo en la ciudad, a donde acababa de llegar. Pintaba. Eso decía, que pintaba, aunque luego resultó que también era música, y anticuaria. Me informó muy confusamente de su viaje, y a mí me pareció entender, aunque no muy claramente, que esperaba a una persona, un compatriota que hacía la misma ruta, del que se hubiese separado en algún momento de la peregrinación. Mientras hablaba, se tomó sin vacilaciones dos copas de orujo. La verdad es que yo no se qué edad tendría, pero creo que entonces no pasaba de los treinta. Era francesa y recorría el Camino en aquel carro, dibujando los paisajes, las iglesias, las gentes. Guardaba entre sus cachivaches numerosos cuadernos y algunas pinturas. Hablaba nuestro idioma con rara precisión gramatical y escaso vocabulario, cuyo sentido oscurecía el acento, muy marcado. Lo escueto de las frases y la falta de inflexiones le daba a sus parlamentos una rara resonancia gramofónica. A ver si me comprende: un retintín metálico, de voz reproducida. La volví a ver un par de días más tarde, delante del ayuntamiento: aquella voz suya me interpeló fuertemente, y la vi llegar entre un alboroto de palomas, mientras recorría la calle con grandes zancadas. Me abrazó como si fuésemos amigos entrañables que no nos viésemos desde hacía mucho tiempo, me agarró de un brazo y se puso a pasear conmigo de un lado a otro de la plazuela. Era un poco más alta que yo. Me dijo que ya estaba instalándose en un local, por encima del Crucero. Que había empezado a pintar un gran cuadro. Que le gustaba la ciudad. Lo cierto es que es una ciudad hermosa, pero dirá usted que qué voy a decir yo, siendo de allí. El caso es que, aquella tarde, yo tenía mucha prisa y me marché enseguida. Pasó luego el invierno y no la vi más. Aunque esa es otra de las lagunas de mi memoria, creo que llegué a olvidarla totalmente. Pero no puedo asegurárselo, digamos que pasó el tiempo y debió ser a finales de febrero cuando nos encontramos de nuevo, y tampoco recuerdo qué hacía yo en la plaza de la catedral a aquellas horas de la mañana, porque era muy temprano. Otra vez me abrazó. Apoyaba su cabeza contra la mía, en un gesto de confianza cariñosa que me desconcertaba, y, como si acabásemos de vernos el día anterior, amplió su información de meses antes. Ya se había instalado. Decía que era un local muy grande. Decía que estaba pintando un gran cuadro, que iba muy avanzado. Además, había conseguido algunas clases de piano y de francés, para ayudar al equilibrio de sus cuentas. Fue entonces cuando comprendí que ella era la profesora de Nonia. Luego le explicaré bien quién era Nonia, aquella chica a la que volví a encontrar tantos años después. El caso es que entonces no dije nada. Contemplaba su rostro de chica mayor, sus labios carnosos, un poco cuarteados por el frío, las arruguillas de su frente, sus ojos de un color de hierba sombría. No llevaba pañuelo y el pelo se le revolvía en grandes ondas gruesas. Con la misma cordialidad de su saludo, me invitó a conocer su nuevo domicilio aquella tarde. Y fui. Subí cuando era todavía de día, a las cinco más o menos, bajo un resol mortecino que no había conseguido deshacer la helada. La casa estaba mucho más allá del Crucero, después del restaurante El Paraíso, en pleno Trobajo. Más que habitaciones, tenía una sucesión de cuartos sin puerta, con el suelo quebrado en súbitos escalonamientos. En la habitación trasera, Susana había instalado la mula; el olor a establo, el gran montón de paja sobre los baldosines y aquel lavadero de piedra haciendo las veces de pesebre, le daban un aspecto singular, en una síntesis paradójica. La habitación salía a un corral bastante estrecho, que tenía en el muro del fondo un portalón. Susana ocupaba la estancia delantera. Como la casa debió haber sido panadería, en el centro de la pared frontera a la puerta de entrada había un gran horno que, cuando abrí su puerta, alentó un aire frío, de hollín mohoso. Susana había desparramado sus cachivaches por la estancia. En el centro, la gran estufa parecía colgar del tubo negro que, sujeto malamente con cuerdas y alambres, iba a sacar el extremo a la calle, a través de uno de los vanos superiores de la ventana, en que el cristal había sido sustituido por un burujo de arpillera. Ardía carbón en la estufa y borboteaba sobre ella un cacharro con agua. A un lado del horno, había un catre cubierto de telas y edredones. Al otro lado, Susana había armado, con la tabla del horno y dos grandes palas de madera, un caballete sobre el que reposaba un lienzo: manchaban su blanca superficie unos suaves e ininteligibles esbozos. Aquel era, al parecer, el cuadro que tan satisfecha la tenía. Luego, me enseñó sus obras: en los cuadernos y en los grandes cartapacios se guardaban numerosos apuntes de iglesias, retablos, columnas, espadañas, carros, puentes, casas rurales, objetos, figuras y rostros humanos. Eran dibujos realizados con maestría, aunque en todos había una sutil desproporción, una extraña torpeza que inclinaba levemente los tejados, abatía las perspectivas, deformaba los volúmenes de los edificios y desequilibraba los rasgos de los rostros. Los escasos óleos representaban paisajes, pero los colores eran muy desvaídos, casi grises, sugiriendo inmensas soledades brumosas. Nos sentamos en el catre y comenzamos a comer nueces. Susana tenía, colgado de un estante, un gran pellejo de vino de los oteros. Cascábamos nueces en el suelo y bebíamos vino sin hablar, con movimientos sincrónicos e iguales. Ella se echó a reír.

—Qué mudos.

Dijo eso. Debía haber querido decir qué callados, o algo por el estilo. Tenía los dedos teñidos de tinta china, con manchas antiguas que resaltaban entre la blancura de la piel. Era ya de noche pero seguíamos bebiendo. Habíamos encetado un cacho de cecina que yo llevé y lo teníamos ya por la mitad. Yo le pregunté por ese compañero suyo que, al parecer, estaba esperando, y comprendí con cierta humillación, sí, un poco molesto, puesto que su reserva era indicio de un secreto que no quería trasmitirme, pero que yo tampoco tenía interés en desvelar, se lo prometo, a mí qué iba a importarme entonces su vida, que sus informaciones de cuando nos conocimos, base única de aquellas preguntas, no habían sido otra cosa que elementos de una charla ocasional, como las referencias al país de origen, a su profesión, al destino final de su viaje, a la naturaleza del propio viaje o al nombre de su mula. Por tanto, desvié mis preguntas por otros derroteros y me interesé en sus dibujos. Me dijo entonces que había llegado tarde a la pintura; que, desde niña, su verdadera formación artística había sido musical. Sin más, se levantó y buscó en una alforja una zampoña, un aparato vetusto para hacer música, como un violín raro, con una manivela, que provenía de la casa de sus mayores, y comenzó a tocar una melodía de sabor antañón y a musitar una canción llena de tristeza. Entre el chisporroteo de la lumbre en la estufa y la penumbra que se espesaba tras los objetos heterogéneos, en los rincones y esquinas de aquella estancia tan irregular, un leve rastro de humo ayudaba a disimularlo todo con una calina espesa. Yo pensé que parecía flotar dentro de mi misma mirada: como si todo aquello, y nosotros mismos, fuésemos solamente alguna imagen en una mente ajena, y la música y la canción estuviesen obligadas a existir en una imaginación también extraña, para que todo adquiriese, no sé si usted me comprenderá, una dimensión de alejamiento y de pérdida. Cuando terminó la canción, yo me había propuesto espantar de nosotros la creciente melancolía y conseguí al cabo que retornase aquella intimidad plácida de las primeras horas. La verdad es que bebimos mucho, y que yo no tenía tanta costumbre. Cuando sonó el silbido del exprés de Asturias, estábamos abrazados y nos besábamos. Se lo digo con toda tranquilidad. Al rato, llené de carbón la estufa y, desnudos, nos metimos juntos bajo el edredón. Dirá usted que por qué le cuento esto; pues se lo cuento: Susana tenía el cuerpo largo y blanco, con los hombros cubiertos de pecas finísimas, tupidas como un chal muy sutil, los pezones grandes como guindas y, sobre el pubis, una mata abundante de pelo color caoba. Y cuando se quedó dormida, permanecí contemplando con gozo su rostro: el fulgor de la estufa le ponía de oro los cabellos y extendía por sus mejillas sucesivas ondas anaranjadas. Pero no estaba dormida. Empezó a hablar con voz casi ininteligible, con una voz que al principio parecía venir de lejos, más allá de la habitación. Hablaba de lejanas ciudades sin darles su nombre, identificándolas por el color de unos muros, el reflejo de la tarde en los cristales, los quiebros de una calle descendente, el brillo de los empedrados. Enumeraba iglesias y lonjas, castillos y consistorios. Rostros entrevistos, manos que saludaban al pasar, quebrantos de compañeros de viaje. Había atravesado temporales y días de sol radiante, nevadas y pedriscos, nieblas de todas las consistencias. Como si sus peregrinaciones hubiesen comenzado mucho tiempo antes, en la lejanía de un pasado ya inconcreto de tan viejo, ya incorporado a la sustancia de los días sucesivos que se habían ido diluyendo en él hasta conformar un panorama intemporal, que se perfilaba suavemente con la misma impasibilidad y el colorido mate de los tapices antiguos. Yo la escuchaba estupefacto, pleno de indolencia. Entonces, como otro ventanuco redondo, como una claraboya súbitamente abierta en el muro, se encendió en la pared frontera una luz blanca y circular. Susana se calló y nos quedamos contemplándola en silencio.

—Es la luna —murmuró—. Está alzándose sobre el páramo, detrás del patio.

Fíjese: aquel reflejo de la luna naciente, en el espejo de la pared, era producto de una coincidencia de vanos y alineaciones tan espectacularmente casual, que parecía imposible, ficticio, producido por alguna máquina. Comprenderá usted que aquella noche fuese para mí un viaje por espacios cuya medida y dimensión no podrían reducirse con los cómputos del reloj o del calendario. Aquellas ciudades evocadas, aquellas callejuelas que desembocarían en una plaza luminosa o sobre la orilla de una corriente oscura, los rostros que observaban por el resquicio de una cortina, los cruceros y las picotas descritos en aquella desmesurada amalgama, no podían haber coexistido de tal modo en una peripecia individual. Las palabras de Susana tenían así el eco de un testimonio que abarcase centenares de años. En determinado momento, recordó unos cadáveres rodeados de urracas, un día brumoso, en el patio de una fortaleza incendiada. Habló de lanzas, espadas, flechas.

—Pero eso cuándo fue, de qué hablas —le pregunté.

En sus ojos verdosos relumbró el resplandor de la estufa. Se estremeció, como si hubiese tenido un escalofrío, y suspiró.

—Quién sabe —repuso.

Mientras tanto, la luna había cruzado lentamente el espejo, hasta desaparecer. El carbón de la estufa estaba casi consumido y el escaso resplandor de las brasas no conseguía llegar más allá de su nido, cada vez más sofocado por la oscuridad. Nosotros permanecimos sin hablar, despiertos, el resto de la noche. A pesar del edredón hacía frío, y yo lo aguantaba sobre mi cuerpo como se acepta una caricia triste. En el amanecer, cuando comenzaron los ruidos callejeros, me levanté y me vestí sin mirarla. Y caminaba hacia el Crucero, con las manos en los bolsillos, aterido, junto a la hilera de los chopos pelados, mientras pensaba en ella con una mezcla de deseo y de miedo, y decidía dos cosas con la misma, unánime firmeza: alejarme definitivamente de ella, y volver a verla aquella misma noche. ¿No le ha ocurrido nada parecido? En cuanto a Nonia, ni fui a buscarla, ni la llamé a partir de entonces.

Reconozco que me porté muy mal con ella. Pasaron muchos días y yo me obligaba a guardar su recuerdo en un cajón cerrado de la conciencia. Por eso tenía necesidad de hablarle, tantos años después. Pero no quiero adelantarle acontecimientos. El caso es que esa francesa me cautivó, a ver si me entiende, me hechizó, como se diría.

Mis recuerdos suyos son muy precisos. Ahora mismo me viene otro que es también una imagen sobre todo, una viñeta, un fotograma; como otra estampa de comic: Susana está junto a la ventana, de pie ante el caballete, dando pinceladas sobre la tela, y yo estoy sentado en el mismo umbral de la puerta abierta, en una sillita, repasando. Es la víspera de un examen, un día brillante de principios de junio. De pronto, yo salgo de mi estudio y formulo una aseveración que enlaza con alguna otra de hace rato, o de ayer, o de varios días antes: me estoy refiriendo seguramente a mi novela, que ella no ha leído, pues dice que no consigue enterarse de este idioma cuando lo lee, pero que yo le he contado minuciosamente, sin que haya mostrado demasiado interés. Vuelve su rostro a mí y, con dificultad, como si recitase un trabalenguas, pregunta:

—¿Una perspectiva tetraédrica?

Debo insistir en que yo era muy joven, y por eso estaba colmado de una ignorancia a la vez ingenua y osada, de modo que no sólo había escrito una novela, sino que también tenía una teoría sobre ella. El año anterior había terminado con los naturalismos decimonónicos de la biblioteca provincial y me dejaron dos o tres novelas extrañas, de gran aparato, complicadas, llenas de engranajes, como si pretendiesen funcionar mecánicamente. Y yo quería ajustar mi novela a aquellas técnicas, formular una teoría. De acuerdo con aquella teoría, mi libro respondía a un esquema tetraédrico. Yo también me confundo al decirlo: tetraédrico. Debe ser este calor, que me hincha la lengua. Voy a explicárselo y, de paso, le contaré el argumento. Aunque sólo sea por encima. Uno de los lados, precisamente el que servía de base, era el lugar en que sucedían los hechos, donde yo había construido un espacio geográfico que en realidad era el valle de mis abuelos, aunque adornándolo con toda clase de edificios misteriosos, fortalezas, ríos anchurosos, monumentos y espesuras de mi invención. Aquella sería la base del tetraedro: un ámbito donde hubo una vez una invasión. Esto de la invasión era muy importante para mí, aunque no quedaba explícito y hasta yo había evitado explicarme si la invasión fue de hombres o de animales, si se trataba de alguna plaga de insectos o de una proliferación vegetal desmesurada, porque yo mismo no lo sabía: acaso fue efectivamente una invasión humana, una derrota, y el recuerdo brumoso la disfrazaba de cataclismo, de fatalidad telúrica. En cualquier caso, ese territorio, que sólo yo sabía invadido, era el escenario de la acción y uno de los lados. Los otros tres lados estaban formados por tres personajes: un viajero que regresa a su casa sin conocer la invasión; alguien que espera una llegada o teme una partida y un tercero que pretende huir del territorio invadido. En realidad, eran tres historias en apariencia independientes, ajenas, pero yo había intentado que hubiese entre ellas una mínima pero imprescindible relación, del mismo modo que las superficies del tetraedro se unen en sus aristas y en sus ángulos, aunque cada una de ellas está enfrentada a orientaciones divergentes de tal manera que, si fuesen de una materia que pudiese reflejar el derredor, el mundo de su propia proyección, ninguna de las tres reflejaría la misma escena. Pero, al fin, las tres historias diferentes acababan concurriendo, como si los personajes llegasen al ángulo de coincidencia, y los cuatro lados, descompuesta la figura, quedaban desarrollados sobre un único plano, como en las cartulinas que los presentaban antes de recortarlos y pegar sus pequeñas solapillas, dándoles volumen. Y con todos estos elementos se desarrollaba la novela, hasta que una nueva invasión, que sin duda acaba ocurriendo —aunque como si fuese la misma invasión, que se vive de nuevo y sólo es conocida por el autor—, cerraba el círculo donde el viajero que regresa es el viajero que huye aterrorizado, el viajero que huye es el viajero que, lleno de esperanza, regresa al hogar, y la persona que permanece, ni espera ni recuerda. Pero no se preocupe, desisto de explicárselo, igual que desistí con Susana. También a ella le dije que era sólo una interpretación muy personal, que no tenía ninguna importancia. Que lo importante, para mí, era cómo se unificaban las actuaciones de los personajes. Y ella, la verdad es que no hizo ninguna objeción, pero tampoco me preguntó nada. Extendió un largo brochazo lento y, tras alzar la mirada y encontrarse con mis ojos fijos en su rostro, me habló también lentamente:

—Concéntrate. Estudia. Te van a catear.

Allá le decíamos catear a suspender, a ser reprobado. Con qué nitidez lo vuelvo a ver ahora: ella junto a la ventana, yo sentado sobre el umbral. Una tarde de verano. Y, sin embargo, en vez de disfrutar de tanta paz, de tal plenitud, yo entonces añoré fuertemente no tener un interlocutor capaz de comprender de verdad mi relato y que pudiese ayudarme a resolverlo: pensaba en Palaz. Aunque el tiempo está ya mezclado de tal modo que no sé si tuve noticias de Palaz antes de conocer a Susana o si ambas cosas sucedieron en dos días sucesivos —entonces, vamos a ver, yo llevaría los recortes en el bolsillo mientras la ayudaba a empujar la tartana— por aquellas fechas ya tenía de Palaz, según creo, largo conocimiento, sabía de memoria sus artículos, había leído un par de veces su novela y hasta había perdido toda confianza en que el periódico y la editorial contestasen a aquellas cartas mías pidiendo su dirección. Pensaba en Palaz y hablaba con Susana de él. También a Susana le interesaba la persona de Pedro Palaz. Ella opinaba que sólo en un país así podría darse ese caso del hombre que descuella en el extranjero mientras es desconocido por sus compatriotas. Cuando conoció mis deseos de ponerme en relación con él, y que esperaba en vano noticias de su dirección, me miró con extrañeza, con los ojos sorprendidos, ingenuos. Así:

—¿No te contestan? ¿Por qué?

Seguramente, yo encogería los hombros. Varias veces había vuelto a la casa donde decían que vivían sus padres e incluso le dejé un mensaje, pero los señores estaban siempre ausentes. En cuanto al periódico y a la editorial, mantenían el más rotundo silencio. Habían pasado ya casi todos los exámenes. Era otro atardecer, y los vencejos salpicaban la calle con sus finos chillidos, después de alborotar bajo los aleros donde se alineaban los nidos en apretadas hileras. Yo diría cualquier cosa, pero Susana afirmó que tenía que ir a Madrid para hablar con algunos comerciantes de muebles y objetos antiguos. Quería también conocer la capital. Sería ocasión indicada para que yo hiciese directamente mis pesquisas sobre Palaz. Cuando acabase los exámenes. Y lo dijo con tanta seguridad, de un modo tan decisivo, que antes de las notas conseguí algo de dinero y permiso de mi tío y me fui a Madrid con ella, saliendo con la del alba un día de la primera semana de julio. El recuerdo del viaje se acaba de esfumar también en mi memoria tras un súbito fogonazo en el que, instantáneamente, se sintetizan choperas y lomas, largas llanuras ocres, el traqueteo acompasado del tren, los gavilanes planeando sobre el mediodía bajo el cielo lleno de luz, retazos de imágenes, detritus gráficos, una memoria inconexa, y las primeras imágenes madrileñas aparecen y se extinguen también de pronto: pero tras estas confusas rememoraciones veo, tan claramente como el rostro de usted, el del muchacho de gafas redondas y chillona camisa, que aunque tendría mi edad nos trataba con circunspecta lejanía, que, en la editorial, nos dio las primeras noticias de Palaz. Habíamos estado también en el periódico, que el día caluroso de verano parecía mantener en una paralización especial, y nadie pudo orientarnos: el responsable de las páginas literarias no estaba, el redactor jefe tampoco. Un hombre de mandilón gris, de voz leve llena de extraños grumos sonoros, nos fue quitando poco a poco las esperanzas. Pero con este joven fue diferente.

—¿Pedro Palaz? —preguntó.
—Sí —repuse yo, y le tendí el libro.
El hojeó el libro con desgana.
—Esperen un poco.

Se levantó y se perdió tras la puerta acristalada. La ventana daba a un patio de vecindad del que fluía cierto frescor. Una mujer cantaba a pleno pulmón y, aunque no lo hacía demasiado bien, la canción se entrelazaba con el aire luminoso de la mañana, introduciendo una referencia optimista. El joven de la camisa roja volvió al rato con un papel en la mano.

—¿Por qué les interesa tanto?

A mí me daba vergüenza explicárselo, pero Susana intervino, señalándome, diciendo con sus inflexiones metálicas que yo iba a escribir un ensayo. El joven se sentó de nuevo. Por el bolsillo superior de su camisa asomaba, deformando la tela, la cazoleta de una pipa.

—¿Un ensayo?

Hablaba con voz expresamente distraída. Pero enseguida añadió que no tenían las señas de Pedro Palaz.

—Hablen ustedes con su primo. Es su representante. Anoten su dirección.

Cuando salimos de la editorial, era la hora de almorzar y nos fuimos a un sitio barato. El sol reverberaba al otro lado de los cristales, en la calle solitaria. Tras una larga sobremesa, me despedí de Susana, que tenía unas cuantas visitas pendientes todavía, y busqué aquellas señas. El primo de Palaz se llamaba Anastasio Marzán.

Marzán vivía en una casa grande y antigua, cerca de la plaza mayor. Un gato negro, de pelo brillante y ojos amarillos, me escrutaba desde un rincón mientras la sirvienta uniformada que había abierto la puerta, al conocer mis propósitos, se alejaba silenciosa, dejándome solo en aquel recibidor. Encima de un bargueño, un gran reloj que figuraba unos angelotes agarrados a las lanas de un macho cabrío dejaba sonar un tictac apresurado. Un rumor de murmullos y de suaves pisadas precedió a la entrada de Marzán. Era un hombre alto, con el pelo oscuro y un gran bigote erizado como un zarzal. Tenía los ojos claros y desencajaba un poco la mirada, en una mueca que no se sabía si era de risa o de estupefacción. Me hizo entrar en una sala con muchos libros y cuadros y me invitó a un café. Frente al ventanal, refulgía la negra superficie de un piano de cola. Con su voz parsimoniosa, a lo largo de la tarde, Marzán habló mucho de sí mismo. Tanto que, al fin, aquellos datos no parecían sólo un espontáneo aditamento de su amabilidad, sino sutiles excusas de alguna falta secreta: así, supe que era abogado, pero que no ejercía; que tenía mucha afición a la música, y que tocaba varios instrumentos; que se había instalado en Madrid, tras muchos años de trotar mundos.

—A veces, todavía, dejo todo y me voy a patear los caminos, con mi mochila y mi cacha. Igual se me puede encontrar en La Omañuela que en Nepal.

Parece que, desde hacía unos años, algunas rentas le permitían vivir con desahogo. Se consideraba muy vinculado a la tierra originaria, a donde regresaba con periodicidad estacional; y sería la media tarde cuando de un modo oscuro, casi vergonzante, entre titubeos, me dijo que él también había hecho sus incursiones en la literatura: que había publicado un libro de versos y otro de cuentos, y varios ensayitos literarios en la prensa. Sin embargo, su declaración trascendental sólo se produciría en las últimas horas. Pero no voy a adelantar esa sorpresa. Usted atienda, ya verá.

—A nosotros, allí, nos ha llenado de orgullo.

Más o menos, esas cosas le decía yo, explicándole mi fervor de catecúmeno por Pedro Palaz. Le aseguraba que la noticia de su existencia había sido una revelación, un acicate. Me quejaba de la falta de atención de periodistas y editores, que ignoraron mis cartas. Marzán me escuchaba con simpatía, pero a lo largo de la tarde fui comprendiendo que no tenía interés en hablar de Pedro Palaz. El, al principio con mucha discreción y luego de modo explícito, derivaba siempre hacia otros temas: la tierra común, mis inclinaciones literarias, su propia vida. Aquello, que inicialmente suscitó en mí una especial admiración, por lo que aceptaba como una sencillez especial de su carácter —una sutil falta de presuntuosidad al no querer abrumarme con la evidencia de su relación íntima con el maestro— acabó por parecerme excesivo e incluso sospechoso.

—Y Palaz ¿Está casado? ¿Tiene compañera?

¿Es un solitario? Me ha parecido barruntar en él un carácter misógino —decía acaso yo.

—Yo, por ejemplo, soy un solitario, y sin embargo no hay en mi persona un solo ápice de misoginia —contestaba él.

Como puede usted ver, trastocaba francamente los temas de mi interés, de un modo frontal, sin contemplaciones. Pero ya verá en qué acabó la cosa. Me invitó a merendar. Se sentó al piano y tocó un rato con mucho énfasis. En los anaqueles se alineaban centenares de libros. Luego siguió haciéndome aquellas confidencias, cuyo objeto yo no acababa de comprender. Había recopilado mucha información sobre el fin de la arriería, con destino a una tesis que nunca empezó. Cuando heredó unas tierras, había optado por venderlas e invertir el producto en el sector de alimentación y transportes. Amaba la literatura, la música, la pintura. Poder disfrutar pacíficamente de estos gustos es cuanto esperaba de la vida. Ponía los ojos un poco entornados y decía alguna frase solemne, que sonaba un poco ridícula. Qué sé yo:

—Y escribir alguna vez una obra que me satisfaga plenamente.

Había nacido justamente el día de la proclamación de la segunda república y valoraba esa coincidencia con una significación especial. Yo intentaba enterarme de la ideología de Palaz y él, hablándome de su propia peripecia personal, me decía que había pasado de Lenin a la jardinería. No había forma de centrar los asuntos. Por otra parte, se acercaba la hora en que yo estaba citado con Susana, pues regresábamos en el tren aquella noche. El cielo comenzaba a llenarse de estrellas y las farolas iban extendiendo la larga estela de las luces urbanas, que le daban a los balcones un aspecto fantasmagórico, alargando en las fachadas las rendijas de las persianas y los ramajes de los geranios descoloridos. Marzán y yo habíamos trasegado varias botellas de vino, y yo había atacado con brío la prueba de su matanza, me refiero a embutidos, jamón, lomo, una serie excelente. Miraba yo las polillas revolotear en la calle, en torno a un farol, y sentí que mi sospecha captaba algunos rasgos misteriosos, aunque no fuese capaz de descubrirlos: el ausente Pedro Palaz, de alguna manera, estaba siendo voluntariamente velado por Marzán. Lo sentía yo aquí, como la intuición de un acto nefando, de un delito. De modo que reaccioné, y me vuelvo a sorprender al recordarlo, como entonces me admiré yo mismo de mi osadía al realizarlo. Y me vuelvo a ver ahora interpelando muy de cerca a Marzán, sin que temblase la copa que sostenía en mi mano, pero domeñando mi nerviosismo con un gesto y un tono que parecían de rabia. Le agarré de la manga así, perdone, más o menos.

—Me gustaría saber qué tiene usted contra Pedro Palaz —le dije.

Mi voz había sido un poco alta. Marzán alzó las cejas y aquella mirada suya, que anunciaba siempre una ambigua sonrisa, acentuó el tono jocoso.

—¿Yo? ¿Que qué tengo yo contra Pedro Palaz?

Sin duda, tanto beber se me había subido a la cabeza y asumía la reivindicación del ausente con desmesurada generosidad. Marzán se había visto obligado a dejar de tocar y me miraba con gesto sorprendido. No crea que es conveniente beber demasiado vino. Estraga el estómago y desorienta la razón. Entonces le acusé de estar ocultando continuamente a Palaz. Le acusé de no haberme respondido a nada de lo que yo le había preguntado sobre él.

—Había pensado que, igual que nosotros, le

respetaba como maestro. Ahora veo que no es cierto. A usted, Palaz no le importa.

Eso le dije, más o menos. Y por último, la andanada: que le tenía envidia. Así mismo se lo solté. El se echó a reír y buscó luego un habano. Lo encendió, aspiró una serie de bocanadas, expelió un gran chorro de humo hacia el techo y comenzó a hablar.

—Nunca hubiera imaginado que Pedro Palaz podría despertar estas pasiones.

Dijo eso, y añadió que, sin duda, en nuestra vieja provincia quedaba encendido algún rescoldo. Ironizaba. Luego, se puso súbitamente serio. Afirmó que no había sido consciente de tan flagrante ocultamiento. Así mismo lo dijo. Añadió que, en cualquier caso, si tal apariencia había ofrecido, creía tener bastante justificación. Su gesto era cada vez más adusto, como enfadado. Su voz era grave, un poco ronca. Hablaba a golpes de suaves suspiros, y los finales de las frases se le enganchaban a veces como pequeños estertores. Mire, yo creo que puedo reproducir con bastante fidelidad la manera de decirme aquellas palabras:

—Yo sería el primero en disfrutar contando los autores que Palaz prefiere, cuáles son sus gustos en materia de bebidas y comidas, si en lo tocante al sexo es un libertino o un eremita, quiénes son sus íntimos en las grandes universidades, qué piensa de la dictadura del proletariado.

Seguro que dijo esto, y casi en el orden en que yo lo repito. Aquel discurso levemente jadeante había conseguido disipar mi nerviosismo y, tranquilo, estaba invadido sólo por una marea de curiosidad. Marzán miraba al frente, pero inclinaba su cabeza hacia mí, como si en lugar de hablar estuviese escuchando.

—Pero estoy harto de Pedro Palaz.

Lo dijo con toda contundencia. Luego, se llevó el puro a la boca y aspiró de nuevo varias veces, como con creciente ansiedad. Soltó al cabo otra gran nube de humo, que se alzó rápidamente hacia la lámpara del techo.

—Harto. Al principio, puse mucha esperanza en él. Ahora, prefiero olvidarle. Y te voy a decir por qué: en Pedro Palaz, liberal que devino libertario, y viceversa, vitalista, imaginativo y curioso, se refleja, paradójicamente, el rostro dogmático, ignaro y cabezón de este país nuestro. Por eso, prefiero olvidarle.

Sirvió más vino en las copas. Yo no comprendía a Marzán y empecé a sospechar que hubiese en él una grave anomalía, bajo su aspecto de caballero culto. Tomó una copa, paladeó un sorbo y continuó hablando.

—Después de cincuenta y dos artículos en la prensa, tan interesantes, al menos, como la media de los que se publican todos los días, ninguno de nuestros entendidos en la materia ha querido saber la recuperación de Pedro Palaz por su país originario. Ahora que ha publicado aquí con cierta asiduidad, gravita sobre él el mismo silencio que se mantuvo a lo largo de su ausencia americana. Porque has de saber que hace ya varios años que, con cierta periodicidad, aparecen en la prensa especializada noticias referentes a Pedro Palaz, sin que nadie se dé por enterado.

Dejó la copa en la mesita y sacudió las manos.

—¿Sabes que la novela, después de ocho meses, no ha tenido todavía más crítica que la de un íntimo amigo mío?

Tenía una pequeña cicatriz en un párpado.

—Nadie le conoce personalmente, nadie conoce a sus amigos. No hay criterios, por tanto, para decir si lo que hace puede ser aceptado o debe ser ignorado.

Quedó en silencio; en una calle cercana se oyó gritar a una mujer, pero el grito se convirtió en una larga carcajada. En torno a sus ojos se apretaba aún más la mueca jocosa, hasta llegar a un punto que parecía un rictus de dolor.

—Y sin embargo, a nadie se le ha ocurrido dudar de que, efectivamente, ese español exista.

Ahora, yo estaba pendiente de sus palabras. Marzán extendió la mano izquierda, una gran mano que abarcaba todo mi hombro, y me apretó un instante.

—Eso hace más evidente que, como el burócrata que echa cada día una ojeada obligada pero distraída al boletín, ellos pasan cotidianamente sus ojos sobre los temas literarios. Pero prefieren no discernir y guardan silencio. O hablan solamente de lo mismo, una y otra vez. Siempre de lo mismo.

—Pero Pedro Palaz es un valor reconocido internacionalmente —repuse—. ¿No es cierto?

Acaso yo adivinaba brumosamente lo que me iba a decir. El volvió a apretar mi hombro, retiró la mano y entrelazó sus dedos con los de la otra. Habló luego sin mirarme, con voz muy baja y sin énfasis alguno.

—Pedro Palaz soy yo —dijo.

Luego, elevó el tono y la vehemencia:

—Yo soy el creador de Pedro Palaz. Yo soy quien le ha inventado. Yo he dado vida literaria a ese personaje.

Ahora tenía su cara casi pegada a mí. Gritaba. Bajo el olor a nicotina, su boca despedía un aliento levemente fétido. La misma falta de énfasis y el intermitente jadeo le daban a sus palabras el extraño resonar de una oculta violencia. Dijo que un amigo, el único crítico de la novela, se había hecho cómplice del engaño desde la sección cultural de aquel periódico, y que le ayudó también a publicar la novela. Que Palaz no existía, aunque el silencio sobre su supuesta obra, de la cual estaba escrita una parte, no era debido a que los especialistas lo supieran. Palaz no existía pero, según afirmaba él, poniéndome a mí como testigo, era una buena invención, el perfil convincente de un estudioso de envergadura, de un escritor de calidad.

—Tendrían que decir algo los franceses —añadió—. O tal vez ya ni ellos. Alguien de por ahí fuera. Ya verías tú, entonces. Mientras tanto, silencio. Ya está la sorpresa. Veo que le ha interesado. Todo era falso, el retrato de Picasso, la vida azarosa, la relación con los círculos intelectuales del mundo, las obras de ensayo. Marzán se echó a reír a carcajadas.

—Un apócrifo, querido amigo. Pedro Palaz es solamente un apócrifo.

Yo también me eché a reír, pero imagínese las ganas. Me sentí en el fondo muy desanimado, perplejo, triste, qué sé yo. Con la sensación, cada vez más grave, de haber sido brutalmente estafado.

Dijo «brutalmente estafado» y se quedó en silencio de modo brusco, como si hubiese perdido el hilo del relato o alguna misteriosa reflexión interrumpiese su discurso. El no contestó nada. Había aceptado aquella larga confidencia de sucesos tan lejanos, oscuros y personales con una resignación similar a la que se adopta ante cualquier fenómeno que no puede preverse ni evitarse: la lluvia súbita en un descampado, el reventón de un neumático, un cortocircuito. Se había reclinado junto al narrador, apoyando el hombro izquierdo en la pared de madera de la cabina y extendiendo las piernas. Sin embargo, pese a lo alejado de las peripecias, las palabras del piloto estaban suscitando en él un singular desasosiego, como si, en efecto, en aquella historia pudiese surgir de pronto alguna información capaz de agredirle; como si él, por extraño que pudiera parecer, estuviese de alguna manera implicado en la trama.

Pero el silencio del piloto no era debido a un súbito acto de reflexión: había girado el cuello y, con los ojos entrecerrados, presentaba una postura de atención inmóvil. Murmuró algo entre dientes.

—Maldita hélice —exclamó, al fin.

Una peculiar vibración se había ido afirmando sobre el movimiento de la barca, y ésta marchaba a trompicones. El piloto hizo aminorar la velocidad, fue acercando el vehículo a la orilla hasta detenerlo completamente y lo ancló, arrojando al fango dos grandes piedras ensogadas.

El no se sorprendió: como si aquel suceso repitiese otro ya vivido, o visto en algún lejano film de aventuras. «Este se va a zambullir», se dijo. Y, en efecto, el piloto se desnudó, buscó en la estantería unas gafas de bucear de color rojo y una maceta, sujetó el mango de la maceta en la cintura de su calzón, y ayudándose con las manos, descendió por la popa hasta desaparecer bajo las aguas turbias.

Extinguido el ruido del motor, el sonido de la jungla se alborotaba múltiple, dilatado en lejanos ecos, en una sucesión de silbidos, gruñidos y carraspeos.

El había cruzado la lancha hasta la popa, y observaba con naciente ansiedad el sitio donde el piloto había desaparecido. Unos golpes ahogados parecían dar muestra de alguna actividad en el lugar de su zambullida. Miró a su mujer y al hombre barbudo, que mantenían la misma actitud inmóvil de la travesía, y se le ofrecieron de nuevo como el dispositivo de una enorme maqueta. Pequeñas ondas golpeaban el casco y la corriente discurría arrastrando masas vegetales cubiertas de florecillas azuladas. Se sentía sudar, y las gotas escurrían por su espalda y por sus muslos, lentas, suscitando en su deslizarse una leve escocedura. Esa fue la última sensación de individualidad, pues luego ya no supo localizar el espacio donde radicaba su sensibilidad. Ni siquiera podía decir si era de carne y hueso o si pertenecía también a la barca, como un complemento más, como las figuras de su mujer y del pasajero de las anchas barbas, imaginados antes como grandes mascarones. «¿Soy, pues, la propia barca?», pensó. «¿Formo parte también del canal, y de la selva?».

Aquella quietud parecía la aseveración rotunda de que no era posible ninguna ausencia. Allí no faltaba el piloto, ni esta inmovilidad había estado precedida por un interminable movimiento, ni los sonidos selváticos sustituían el eco traqueteante de un motor. Todo estaba inmóvil, y él debía entregarse a la quietud sin extrañeza, sin considerar excesivamente dilatada la inmersión del piloto, como si éste no hubiera existido nunca y su relato no fuese otra cosa que una pura ilusión.

Entonces, el hombre barbudo, que se había despertado, se levantó y llegó hasta él.

—¿No sale?

El barbudo hablaba español, aunque con acento peculiar. El encogió los hombros y observó con atención el agua fangosa. De pronto, la cabeza del piloto asomó a la superficie y un gran resoplido subrayó su esfuerzo. Trepó hasta cubierta, llevando una hélice broncínea, de tres palas, marcada en su contorno por unas pequeñas rebabas irregulares.

—Las hacen ahí mismo —dijo el piloto—. Así salen.

Abrió uno de los compartimentos del suelo y rebuscó entre trapos grasientos, botes y herramientas, hasta encontrar otra hélice.

—Menos mal que llevo repuesto —comentó.

Luego, se sujetó las gafas con una mano y, apretando con la otra la hélice contra su pecho, salvó la barandilla y se sumergió de un salto, con un chapuzón sordo y sin salpicaduras. El barbudo sostenía entre las manos la primera hélice y en su gesto había cierta actitud de escultura oferente. Súbitamente, el sonido de un motor les sorprendió a sus espaldas: era una avioneta que, volando muy baja, seguía la misma dirección del canal. El hombre barbudo se acercó a la borda, alargó el cuerpo para contemplarla y saludó con la mano. De la avioneta cayó un bulto cilíndrico que, tras trazar una lenta trayectoria sobre el matorral, golpeó en el centro del canal con agudo chapoteo. Sin extrañeza, sin horror, con tranquila delectación, él pensó que se trataba de una cabeza: el objeto quedó flotando cerca de la barca y sus bamboleos dejaban entrever hundimientos y aberturas, como breves facciones de un rostro. Pensó, sin ningún sobresalto, que se trataba de una cabeza humana, y concretamente de la cabeza del piloto, como si hubiese una perfecta correspondencia entre la última acción de éste, sumergirse y desaparecer bajo las aguas, y el hecho de que su cabeza fuese arrojada desde una avioneta.

—No es una cabeza —dijo el hombre barbudo—. Es una pipa de coco.

Aceptó, también fríamente, aquella afirmación con que el hombre de la gran barba y las gafas negras demostraba haber adivinado sus pensamientos, aunque la idea de que era la cabeza del piloto le seguía pareciendo plausible, lógica. El hombre barbudo ocultaba con su gran bulto parte del cuerpo de su mujer, dejando ver solamente sus piernas y sus pies, y las manos quietas sobre el regazo. Pensó entonces que, aunque los pantalones y el calzado de ella eran los mismos, y las manos presentaban la apariencia acostumbrada, con una ancha alianza y la sortija de la turquesa, acaso el rostro había cambiado y no era el de ella. Entonces tuvo un escalofrío, a punto de sentirse perdido y solo en un lugar del todo remoto y desconocido. El resoplido del buceador le sacó de aquella paralización. El hombre barbudo se había separado de nuevo y le permitió recuperar la visión de la mujer: era, sin duda, ella, y el rostro sonriente, familiar, disipó su miedo. El piloto trepaba otra vez agarrándose a la borda, con la maceta sujeta en la cintura del pantalón de baño.

—Listo —dijo—. Abajo, pensaba en la edad del bronce.

El le miraba sin comprender. El piloto se secó con una toalla muy sobada.

—Las hacen ahí, en hornos rústicos, como en la edad del bronce.

Se vistió, recogió los grandes pedruscos y apartó la barca de la orilla con ayuda de un bichero.

—Por aquí hay también un pez antediluviano. Está protegido, pero se lo comen asado a la brasa. La verdad es que es muy sabroso.

El hombre barbudo se había sentado en el lugar habitual. El se sentó junto a su mujer, que seguía sonriendo.

—¿No te aburres? —preguntó él.

Ella negó con la cabeza. Volvió a tomar una de sus manos y a apretarla.

—Es tan lindo.

El piloto puso en marcha el motor, aceleró varias veces y se volvió a ellos estirando la cabeza.

—Veremos cuánto dura —exclamó.

El barbudo habló entonces, también con fuerza, para dominar el ruido del motor.

—Santa Margarita —dijo.

—No se preocupe, ya estamos cerca —respondió el piloto—. Dos poblados. Menos de dos horas.

Recuperaban de nuevo el centro del canal y el sonido de los pistones dominaba otra vez el ámbito sonoro, como una vieja costumbre de sus oídos. Ahora comprendía que aquella interrupción, que rompió bruscamente la monotonía del viaje, había producido en su ánimo el efecto de un desenlace, y era como si este movimiento perteneciese a otra singladura que había comenzado en un pasado ya oscuro y confuso, del que no era posible conocer los orígenes ni las causas. A lo lejos, por la proa, una mancha fue creciendo sobre las aguas, y al poco tiempo se acercaban a una de aquellas barcazas llenas de animales y objetos que aseguraban las líneas de transporte a lo largo de los canales.

La barcaza se aproximó lentamente. Carente de líneas aerodinámicas, era casi un paralelepípedo, como un enorme ataúd despintado. Docenas de negros inmóviles, sentados entre los fardos o apoyados en los marcos de los vanos, les miraban fijamente. Pensó entonces que era un barco de cadáveres, que todos aquellos seres quietos y atónitos habían muerto poco antes y permanecían en su última postura. Y del mismo modo que la imagen de la cabeza decapitada del piloto no le había inducido ningún sentimiento de horror, vio con indiferencia pasar y alejarse aquel barco con su cargamento tétrico.

—Bueno —dijo en voz alta—. He tomado demasiado.

—¿Qué tenés? —preguntó ella.

—Bebí mucho ron. Ese tipo es una esponja.

Ella se echó a reír. Como si lo hubiese oído, el piloto se volvió a él y alzó en la mano una botella nueva.

—Venga —le llamó—. Otro traguito.

El hizo gestos de negativa con la mano. Pero en los ojos del piloto había una llamada exigente, un mensaje insoslayable.

—Animate —dijo la mujer—. Son vacaciones.

Entonces se levantó, se acercó al piloto, se

sentó junto a él con una docilidad fatalista, sabiendo que el hombre continuaría el relato de su historia. El español sirvió ron en dos vasos, le alargó uno y bebió varios sorbos del suyo. Luego recuperó su narración sin titubeos, como si la interrupción no se hubiera producido.

V. Continúa la narración del piloto

Le decía que me sentí víctima de un timo brutal. Me enfurecía, me enardecía hasta la ira sólo pensarlo. Claro que intentaba también buscarle paliativos a mi decepción: argumentaba que, desde una perspectiva estrictamente literaria, carecía absolutamente de relevancia que Pedro Palaz existiese o no. ¿Me entiende? Lo decisivo estaba en que yo, creyendo en su existencia, leí como suyos una serie de textos llenos de sugerencias, donde sentía latir también numerosas ideas que de pronto me habían resultado familiares y cercanas, e incluso me habían ayudado a reflexionar. Sin embargo, y aun considerando la ficción, no conseguía apartar del razonamiento la idea del engaño; digo, aun sabiendo que la ficción literaria es solamente un engaño disimulado y aceptado como tal, que recorre siempre los caminos del lector en la raya de la incredulidad. Lo peor de todo fue que releí alguno de los artículos y ya no les encontré aquella gracia fresca y singular que me había hechizado antes. Acaso porque no era capaz de apartar de mi imaginación la figura de Marzán, con sus ojos desorbitados y su bigote de cepillo, que había sustituido definitivamente a la de un Palaz que, a partir del dibujo picassiano, se me había presentado en la mente como alguno de esos rostros arquetípicos, inmortales, de la estatuaria romana. Vista a la nueva luz, la obra me parecía perfectamente adecuada al verdadero autor, y no encontraba en ella excepcionalidad alguna. Tambien empecé a releer la novela, y llegó un punto en que no me atreví a continuar: de tal modo, conociendo tan concretamente la mano verdadera que la había escrito, la novela se me presentaba con un aspecto totalmente diverso a como lo hiciera en la primera, entusiasmada lectura, de aquella noche de otoño que le conté. Y así, donde antes hallé misterio, ahora encontraba una indefinible tosquedad; los personajes, que me habían parecido trazados con maestría, pues apuntando a lo grotesco no dejaban de estar vivos, se me quedaron en simples caricaturas; la propia peripecia, en la que había creído ver reflejado sin pretenciosidad un misterioso simbolismo, había venido ahora a resultarme poco ingeniosa y artificiosamente parabólica. Me encontraba, pues, en una situación desoladora. Además, no tenía posibilidades de compartir mi secreto, porque el asunto amenazaba ser tan frustrador que había preferido asumir yo solo el retorno a la orfandad, al anonimato, y no decirles la verdad a mis amigos. E incluso, abultando en la distancia aquel viaje madrileño, me inventé una entrevista con Marzán de la que Palaz salía mucho más vivo, poderoso y mítico, y únicamente quedé tranquilo cuando, avanzado el verano, todos se fueron a sus pueblos de origen y yo me quedé solo en la ciudad. Me quedé solo en la ciudad, sin amigos, y mi única compañía fue Susana. Me pasaba con ella casi todo el día, y menudeaban los abrazos y las conversaciones. A veces, escuchándome, se reía de mí. Sus bromas me afligían, porque yo quería ser adulto del todo, equipararme a ella, ya que no en la edad y la experiencia, sí al menos en la madurez del sentido.

Y una de aquellas tardes de amor y charla entró en mi vida el personaje fundamental de esta historia: una sorpresa. Para que usted no diga que no es entretenido lo que le estoy contando. Ahora mismo verá. Un atardecer que Susana y yo descansábamos en el patio trasero de su casa, distrayendo nuestra mirada, a través del portón abierto, en las largas lejanías montuosas de las Ubiñas, oímos golpear con fuerza el aldabón de la puerta delantera. Hacía poco que habíamos regresado de bañarnos en el río. Había sido un día especialmente caluroso y, en contra de lo habitual, no acababa de refrescar. Aunque aquel calor es otra cosa distinta de esto, sin humedad, sin este agobio. Lo recuerdo también como una foto: esta imagen representaría un plano general del patio; a un lado estoy yo, de espaldas, sentado en una banqueta; al otro lado, de perfil, Susana, sentada en un gran cesto invertido; unos pasos delante de ella, un caballete pequeño sostiene su última tela: una pintura del panorama del fondo, compuesto por la tapia, el portón y el cielo. El cuadro, un rectángulo colocado horizontalmente en el sentido de sus lados más largos, está dividido justamente en dos bandas horizontales e iguales: la superior es el cielo y la inferior la tapia. A través del portón abierto, igual que sucede en la realidad, el cuadro presenta, también, el perfil lejano de los cerros y, al fondo, las cimas azuladas de la cordillera. Toc, toc, resuena la aldaba. Fui yo quien se levantó. Me levanté y me dirigí a la puerta a través de los pasillos oscuros. En las casas de enfrente se reflejaba el resplandor postrero del atardecer. Al contraluz, no percibí claramente quién era. Sólo vi el bulto de una figura masculina y, a sus pies, una maleta roja y un cilindro de tela. Era un hombre corpulento, con el pelo de la cabeza bastante gris y un bigote negro. Dijo mi nombre, preguntando.

—Yo soy —repuse.

—Yo soy Pedro Palaz —dijo él.

¿Me ha comprendido? Así mismo lo dijo. Yo tendí mi mano y nos dimos un apretón. Estaba desconcertado. Sin saber exactamente qué significaba, había oído aquel nombre en su boca, aturdido acaso por el súbito calor de la calle, incapaz de pronto de identificarlo de un modo concreto, sin comprender que se refería a alguien en quien yo creí alguna vez, antes de saber que era solamente un ente ficticio. Y, casi instantáneamente, entendí. Sacudí su mano.

—¿Pedro Palaz? —exclamé.

Póngase en mi lugar. Usted también se quedaría asombrado. El hombre hablaba con mucha seguridad.

—No había nadie en casa de mis padres, pero encontré tu nota.

Señaló los bultos.

—Ayúdame a meter todo esto, anda. Por no dejarlo ahí.

Apareció entonces Susana, que recibió el nombre y la presencia sin ninguna extrañeza. Yo alcé la maleta. Pesaba bastante.

—Siempre llevo demasiados libros —dijo él, suspirando.

Me apuntó con el dedo, como amonestándome, pero sus palabras contradijeron el gesto.

—Quiero leer tus cosas.

Aquello no me extrañó. Me parecía natural que Palaz hubiese valorado el hecho de que yo escribía. No contesté nada, y cuando los bultos estuvieron dentro de casa, entramos en el cuarto grande y Palaz dijo que acababa de llegar, que había venido casi directamente, que ni siquiera había dejado el equipaje en casa. Iba vestido con un pantalón de pana y una cazadora, pero no parecía tener calor. Calzaba sandalias. Como ya era tarde, Susana dijo que cenaríamos juntos y él se dejó invitar complacido. Mientras le enseñaba sus grandes cartapacios y sus cuadros, yo habilité una mesa en el patio, alargué la luz desde la cuadra, donde la mula dormía pacíficamente, preparé una ensalada de lechuga, cebolla, tomate y bonito y llené la jarra de vino. Un vino buenísimo, cuánto hace que no lo he vuelto a catar. Un vino ligero, y no este alcohol que acaba quemándole a uno las meninges. Aunque nunca nos falte. Amén. Comprendía ya que las declaraciones de Marzán sobre Palaz habían sido totalmente falsas y que el tal Marzán debía sufrir períodos de enajenación mental, pero no dejaba de tener una gran sensación de irrealidad. Además, me invadía la confusión de pensar de nuevo en sus obras, y un inevitable desconsuelo por haber dudado de ellas, por haber dejado de creer en su calidad y en su belleza. Me sentía, con vergüenza y horror, igual de rutinario y cerril que aquellos perezosos innominados contra los que despotricaba Marzán. Aparté como pude de mi mente todas aquellas consideraciones, que me resultaban tan humillantes. Pero cuando estuvimos sentados a cenar, apenas esperé para contarle, bajo el pretexto de una curiosidad justificable, la historia de su primo.

—¿Que yo no existo? ¿Dijo que yo no existo?
—Eso dijo. Afirmó que, en realidad, Pedro Palaz es un personaje de ficción. Un apócrifo. Que el verdadero autor de la novela y de los artículos es él mismo. Que un amigo que trabaja en el periódico y tiene ciertas influencias editoriales se había prestado a la farsa. Una farsa que ya dura bastante tiempo.

Pedro Palaz comía la ensalada con apetito. Mi noticia no pareció afectarle demasiado, pero se quedó pensativo.

—¿Se habrá vuelto loco ese chico?
—Puede que haya sido una broma.

Palaz se mantenía caviloso.

—Mi primo carece de humor —dijo por fin—. Su naturaleza es, cómo decirlo, dramática, severa.

Hizo un gesto vagamente explicativo. El Camino brillaba sobre nosotros cuajado de estrellas. Comenzaba a levantarse un frescor ligero, y venía desde los montes el aroma intenso de los matorrales y de los prados. El canto de los grillos y de los sapos se acompasaba en la placidez veraniega de la noche.

—Siempre me pareció que tenía una vena —añadió—. Cuando estaba de él, a su madre la asustó un lobo. Se estaba llevando un cordero y la mujer intentó impedirlo. Sujetó al cordero por las patas de atrás. Entonces el lobo soltó la presa, enseñó la dentadura y gruñó. Sólo eso.

Palaz siguió contando que su tía, todavía entonces, ya muy mayor, veía en sueños aquellas fauces, escuchaba aquel gruñido. Ella estaba segura de que el niño, en su seno, se asustó también. Que aquello influyó en el modo de ser de aquel primo suyo. Hablaba con la mirada perdida en la noche y como si recitase de memoria el párrafo de algún relato.

—Es un talento disparatado. Un hombre raro.
—Dijo que es abogado.
—Qué va. Empezó la carrera en Oviedo, pero le entró la vocación religiosa y se metió a fraile en una de esas órdenes residuales, que sólo tienen cuatro o cinco monasterios en el mundo.
—Que es abogado y que vive de rentas.
—Eso sí. Sus padres le dejaron muchas fincas. Le entró una vocación religiosa, y la de la mú-

sica. Su divisa era aquello de Fray Luis sobre la música que traspasa el aire hasta llegar a la más alta esfera:

Ve cómo el gran Maestro
a aquesta inmensa cítara aplicado
con movimiento diestro
produce el son sagrado
con que este eterno templo es sustentado.

Palaz se interrumpió.
—Después de aquella mística musical, no supe más de él en unos años. Creo que un día colgó los hábitos. No te dije que, desde niño, había sido republicano y anticlerical. Al parecer, anduvo de un lado para otro, de músico ambulante.
Suspiró.
—Ya sé que luego le dio por escribir. Y ahora, esta chaladura.
Me interrogó vivazmente:
—¿Y mis obras? ¿También las ha escrito ese primo mío?
—Según él, casi ninguna de esas obras existe —repuse yo—. Serían datos falsamente eruditos de la biografía del personaje. Igual que un libro de cuentos que también se le atribuía. Sólo existe la novela que él mismo escribió. Y unos cuantos artículos, naturalmente, también de su mano.
Yo sonreía con aire de disculpa. Palaz se levantó, entró en la casa. Volvió al poco tiempo, llevando unos libros. Susana sostenía la zampoña sobre las rodillas y hacía sonar una melodía que parecía el propio corazón de la noche doliéndose de alguna pena. Pedro Palaz me alargó los libros.
—Aquí tienes —exclamó—. La historia ge-

neral. Y el libro de relatos. Lo de las dos culturas no lo encuentro, pero debe estar en la maleta.

Mire usted, las pastas del mamotreto habían perdido toda su tersura, sin duda en el avatar de muchos manoseos, y el asalmonado original había virado a un color grisáceo lleno de marcas rosadas, como auténticas cicatrices sobre una piel viva. En cuanto al otro libro, era mucho más pequeño, tenía una portada extraña —una mancha semejante a una gran calavera que recordaba vagamente la representación de un planeta flotando en el espacio, aunque también podría ser un planeta que el dibujante hubiese querido dotar de los rasgos borrosos de una calavera— y el título no figuraba en castellano. Pero, en ambos, el nombre del autor estaba muy claro: *Pedro Palaz*.

—Son para ti —añadió—. Escribo, luego existo.

Dicho esto, y tras una carcajada, se puso a mojar cachos de pan en el jugo que había quedado en el fondo de la ensaladera. Yo estaba tan arrepentido de haber creído aquella patraña, que casi se me saltaban las lágrimas. Tocaba aquellos libros y sentía en mis yemas que de ellos fluía literatura como del sol fluyen el calor y la luz. En la noble cabeza encontraba aquel ademán de una estatuaria antigua en milenios, y hasta las mismas inflexiones de su voz me parecían dignas de devota adoración. Le di las gracias con un balbuceo. Y quise articular un diálogo sobre aquellos dos libros que me regalaba, pero él me hizo callar con un gesto y señaló a Susana, que parecía totalmente absorta en su instrumento.

—Chist —dijo—. Escuchemos.

Las estrellas errantes atravesaban la noche. Me hallaba en un estado de feliz exaltación. Durante mucho tiempo, Susana desgranó aquellas melodías.

Cuando se detuvo, comprendí que su silencio me sacaba de un pasmo que podría haber durado un siglo, como en aquella historia del frailecico y el ruiseñor. Con la cabeza apoyada en el muro, Pedro Palaz se había quedado dormido. Despertó mientras le mirábamos: abrió los ojos lentísimamente.

—Me dormí. Estoy molido —musitó—. Apenas ayer terminé mis cursos.

Miró la hora en un gran reloj negro, cuadrado, y nos interpeló con sorpresa.

—¿Sabéis la hora que es? ¿Cómo vuelvo yo a estas horas?

Tenía los ojos cargados de sueño.

—Dejadme un rincón para echar el saco. Mañana será otro día.

Le acompañamos hasta la gran estancia. Inmediato a ella, había un cuartín donde Susana guardaba sus cosas. Estaba bastante ordenado, y hasta tenía una tarima que debió ser de alguna utilidad en el pasado de la casa. Desató el saco de dormir y lo extendió sobre la tarima.

—Aquí duermo yo como dios.

Me quedé contemplándole mientras se descalzaba y, antes de que me fuese, se había desnudado. Se metió en el saco y me miró:

—Perdóname, pero no recuerdo tu nombre.

Se lo dije.

—Ya —repuso—. Hazme el favor de apagar la luz, chico. Gracias. Buenas noches.

Le oí rebullir un momento y lanzar un gran suspiro que de inmediato se convirtió en una respiración fuerte, de ritmo normal. Y así fue como conocí personalmente a Pedro Palaz.

No se fue a su casa. Se incorporó al estudio de Susana como un elemento más de sus pertenencias. Ella estaba encantada con él y creo que hasta la mula, cuando le veía, perdía aquella hermética estolidez habitual y manifestaba cierto regocijo. Si no le hubiera admirado tanto, pienso que habría tenido muchos celos: las largas conversaciones en que Susana y él se abstraían durante horas acababan apartándome de ellos y dejándome en una gran inmovilidad mental, con un sentimiento de exclusión, de desecho flotante y mudo que la marea, con su insistencia, hubiese apartado. También, a partir del segundo día, me pareció intuir, por determinadas miradas, por ciertos silencios coincidentes con alguna llegada mía, que compartían secretos de los que no me hacían partícipe. Sin embargo, pensaba que se trataba de puras fantasías y me encontraba tan contento con el hecho de que Palaz existiese realmente, que aceptaba sin pena el sacrificio de mis horas de amor y charla con Susana. Además, la mayoría de las conversaciones eran generales. En ellas se mostraba Palaz como un archivo de anécdotas. Al parecer, había conocido muchas latitudes y rumbos. Lector infatigable desde la niñez, doctor en un tema abstruso y lejano, traductor, profesor al fin de lengua y literatura, aparentaba poseer una trayectoria vital en que podía reunirse la de media docena de personas. Decía conocer con el mismo pormenor la ruta del guano que los ingenios cafetaleros; las compañías de seguros holandesas que los cenobios ortodoxos. Presumía de entender de apicultura y de setas; sabía escabechar y curar toda clase de pescado, igual que conocía las propiedades medicinales de las hierbas montesinas y de las verduras de las cunetas. Podía estar hablando horas seguidas de las distintas clases de veleros, de bananos o de rosas. Tenía, también, una exhaustiva sabiduría en todo lo referente a mitologías y fábulas populares. Sus anécdotas ofrecían una arquitectura bastante sólida: en ellas, aparte de la peripecia, se resumían los aspectos del entorno físico y humano: el clima —así el general de la zona y país, como el concreto del momento en que sucedían— el paisaje, con flora y fauna; los medios de comunicación y transporte; el tipo de maquinaria o instrumentos, tanto fabriles como domésticos; el valor del dinero; las clases de comida y los usos culinarios; las formas de la ropa; el modo como se matizaban las relaciones entre la gente, así fueran de dependencia laboral y jerárquica como amorosas y de rivalidad, y hasta el significado concreto de determinadas frases coloquiales. Muchas veces, todo ese atavío resultaba ser lo más importante de la anécdota. Pero tal era la diversidad de los aspectos relatados, que yo le escuchaba con la boca abierta, e incluso posponía una y otra vez la entrega de mi novela —aunque los dos sentimientos mezclados, el ansia de que la leyese y el miedo a que la encontrase mediocre, indigna de que un hombre como él pusiese en ella sus ojos, me mantenían en una tremenda desazón— hechizado por su habilidad de narrador. Había conocido también a muchos personajes contemporáneos importantes. A mí me interesaban los literatos, y le oía contarme aquellas anécdotas con atención fascinada. Y calculo yo que sería el día séptimo de su estancia en casa de Susana, porque la visita de Palaz duró al menos una semana bien cumplida, cuando me decidí a llevarle mi novela. La tenía cuidadosamente ordenada en una carpeta roja de cartón, de gomas negras. Después de comer —comí en casa, porque mis relaciones con Susana se habían incorporado a las comidillas locales y yo prefería tener paz y evitar en lo posible que los chismorreos pudiesen justificarse en actitudes ostentosas de mi parte— tomé mi manuscrito y me encaminé hasta Trobajo dando un paseo bajo el sol sofocante. Me había puesto una gorra de visera y sentía el sol sobre mí, sobre las calles vacías, aplastando contra el suelo las sombras y el silencio, con una plenitud aún más gustosa por su dureza. Mi presencia bajo el sol, el sonido de mis pisadas, eran el único testimonio vivo en un mundo abismado. Cuando llegué, les encontré en el patio. Cantaban a dúo, con voz suave, y Susana acompañaba la canción con la zampoña. Aquí la plenitud estaba en la sombra, bajo las grandes hojas de la higuera, en el frescor que se refugiaba del sol esplendoroso entre las tapias y la fachada trasera. Me senté junto a ellos y les escuché con gusto, dichoso de estar a su lado. Cuando terminaron, le alargué mi carpeta a Pedro Palaz.

—Esta es mi novela —dije apenas, porque la voz se me resistía en la garganta.

—¡Bravo! —exclamó él.

Me miró muy fijamente, como si fuese a decirme algo, pero luego soltó las gomas, separó las tres grandes solapas de la carpeta y leyó el título con voz solemne. Entonces yo hubiera querido decirle lo que ese título sintetizaba: de qué modo, si las palabras tuviesen la potencia misma de los pensamientos, sería suficiente, para aprehender la novela, solamente ese título, esa frase. No sólo mi novela: cualquier novela, cualquier libro. Y cómo escribirla había sido, a pesar de todo, ir perdiendo y difuminando la idea original, esa idea que me hacía despertar en medio de la noche comprendiendo que la enorme confusión de intuir lo que me turbaba —la misma confusión infinita que me obligaba a intentar ponerlo por escrito y decírselo a los demás a través de algo tan convencional como una novela— era la única verdad en todo el asunto, el único sentimiento, un sentimiento que parecía capaz de explotar dentro de mí y arrasar todos los demás, llenándome de un vértigo imperioso. Yo hubiera querido decirle que, en la lucha contra las palabras, se deterioraban y enredaban aquellas intuiciones mías de por la noche. Y que el final de la novela, todavía sin perfilar del todo, culminaba en cierto modo ese proceso de desidentificación, de pérdida progresiva, que suponía ir llevando la idea desde la intuición al papel. Hubiera querido decirle cuánto necesitaba su ayuda para conseguir que el final no quedase sólo en el desenlace mecánico de un argumento, sino que mantuviese, por encima de la historia en sí, el mismo latido extraño, misterioso, de mi intuición. Pero no le dije nada. Sacó las gafas de aquel estuche oblongo y comenzó a hojear los folios lentamente. Al rato, volvió a colocar el mazo encima de la mesa, se repantigó, tomó la hoja primera y se puso a leer con atención. Le vi leer esa página, y la siguiente, y otra más. Iba siguiendo sus ojos, los leves balbuceos de sus labios, los movimientos de sus manos, y comprendí que no podía continuar así, mirándole leer mi relato. Me levanté y dije que tenía que hacer unas cosas en la ciudad.

El no me oyó, pero Susana, que estaba mezclando pigmentos en unos botes, se volvió con cierta sorpresa.

—¿Tienes que irte ya?
—Sí —dije—. A hacer unos recados.
—¿Cuándo volverás?

Yo miré a Palaz, que alzó los ojos y me miró a su vez. Me puse nervioso.

—Mañana —dije—. Mañana por la tarde.

Me puse la visera y me marché otra vez bajo el sol. Caminé con paso rápido hasta el Crucero, y luego fui más despacio, hasta el puente, y contemplé el agua escasísima del estiaje, verdioscura. A lo lejos, por el norte, las montañas seguían marcando su perfil inmutable y ajeno. Río abajo, el agua se acurrucaba, como perdiendo su prestancia, en el paisaje de casas y desmontes, y recorría los charcos en que los chiquillos buscaban renacuajos y peces. Recorrí lentamente el paseo, y me senté por fin en un banco. Me imaginaba a Pedro Palaz leyendo mi novela, con esa leve elevación del mentón que le permitía hacer perpendicular el enfoque de sus ojos con los cristales de los lentes y mi manuscrito. En los sucesivos momentos de mi paseo, yo imaginaba los parajes que atravesaría mi eximio lector. Consultaba el reloj, calculando cómo se iría desarrollando la lectura, hasta que me invadió una sensación evidente de desajuste, de descoordinación, de desacoplamiento, y me sentí incapaz de calcular en qué período de la novela se encontraría. Eché a andar otra vez, hasta rebasar el templete de Papalaguinda. A partir del otro puente, se sucedían también los charcos oscuros y los chiquillos jugando. Subí hacia la ciudad y deambulé sin descanso. Encontré algunos conocidos, pero a todos les apartaba con una excusa. En mi cabeza sólo persistía la imagen de Palaz ante mis folios, en la sombra apacible del patio de Susana, mientras las palomas zureaban en el cercano palomar. Crucé ante la catedral y bajé por San Pedro, hasta llegar al soto, frente a la Candamia, en el mismo paisaje que alguna parte de mi ficción quería recordar. Este río bajaba más lleno, pero también sucio de algas de los pozos estancados. Y cuando quise darme cuenta, atardecía allá arriba, tras la catedral. Entonces comprendí que había entrado desde unas horas antes en un estado de peculiar abstracción, en un raro sonambulismo que me había hecho olvidar la hora y hasta el motivo de mi largo paseo. Acaso Palaz hubiese terminado la novela. Pero era muy probable que algún descanso interrumpiese la lectura —sin que ello supusiese, forzosamente, que no le gustaba— y, mientras el resplandor rojizo se iba extinguiendo más allá de la ciudad, decidí volver a casa. Figúrese usted: pasé la noche bastante nervioso. A primeras horas de la madrugada descargó una nube breve, y entre el resplandor de los rayos y el estrépito de los truenos, yo caí en un sueño espeso que me devolvía a la sobremesa en casa de Susana, con ella tocando en la zampoña aires estridentes, ensordecedores, y Pedro Palaz mirándome fijamente: a través de sus lentes —enormes como grandes lupas—, sus ojos habían quedado sustituidos por dos pequeños renacuajos que agonizaban entre lentos coletazos. Lleno de ansiedad, me obligué, sin embargo, a esperar a que pasase también la mañana. Y después de comer, bajo un sol también inclemente —la nube del día anterior volvería acaso a repetirse, pues todo el horizonte, por el norte, se iba adornando con un enorme festón negro— emprendía la marcha. Seguía pensando en la hipotética ayuda de Palaz, y me sorprendía de mis pensamientos de la tarde anterior, que ahora me parecían fruto de alguna absurda insolación. Lo que yo necesitaba era que un juez experto en la materia literaria —así Palaz, sin duda— me ayudase a elaborar el mejor final para mi novela, a decidir si mis protagonistas sufrían una especie de metamorfosis física, que era preciso dejar bien claramente presentada —por ejemplo, cómo quedarían sus ropas, unas prendas correctamente dispuestas cada una dentro de la otra, bien abrochadas e intercaladas pero fofas, vacías del volumen real de aquel ocupante que de pronto había perdido la masa habitual, que parecería haberse esfumado súbitamente, acaso convertida en la misma sustancia impalpable del aire— o si bastaba con dejarlo como estaba, sugiriendo solamente —con toda la ambigüedad de hacerlo así— que la metamorfosis no había sido tanto física como espiritual. Y necesitaba también que Palaz, tan experimentado en lugares y ambientes diversos y contradictorios, juzgase si estaba suficientemente bien construido, desde el punto de vista literario, un mundo que yo había elaborado mezclando mis propios recuerdos con la información gráfica de una viejísima guía, y tarjetas postales sobre una comarca extranjera e ignota. Así, como si con esta imagen recuperase al Palaz de ayer y borrase la imagen ininteligible de mi pesadilla, me forcé por recordarle tal como le había dejado el día anterior, entregado con aparente interés a la lectura de mi manuscrito. Subí por la carretera vacía y llegué al fin hasta la puerta. Pero, para mi sorpresa, no sólo estaba echado el picaporte sino que habían cerrado con llave. Levanté entonces la aldaba —un gran eslabón de hierro— y golpeé, pero nadie acudió a abrir y tuve que esperar todavía un rato, incluso después de repetir mi llamada, hasta asumir que algo extraño ocurría. En la calle solitaria, nada rebullía bajo el sol enorme. Decidí entonces buscar la otra puerta de la casa y anduve hasta el estrecho callejón que daba acceso a los patios y corrales traseros. El portón estaba cerrado y miré por la rendija de la cerradura: el patio aparecía vacío y quieto. Golpeé en las maderas del portón y mis golpes retumbaron escasamente bajo el reverbero caluroso. Pero no habían echado la tranca y, cuando empujé, la hoja de la puerta cedió con mansa costumbre.

—Susana —llamé, admirado del silencio.

No había nadie. Y solamente al cabo de un rato, tras recorrer varias veces el pasillo y las habitaciones, con una inquietud que era semejante a la del niño que dejan solo demasiado tiempo, percibí que la casa estaba vacía, que en ella no sólo faltaban Susana y Pedro Palaz sino todos los objetos: cartapacios y capiteles, petates y baúles, caballetes, estufa, cacharros. Incluso la última habitación, la que durante todos estos meses había sido cuadra de la mula, estaba exenta de paja, y el viejo fregadero había perdido las trazas de pesebre con que se identificó durante tantos meses. Hasta las bombillas habían desaparecido. Pudiera pensarse que aquella casa llevaba abandonada mucho tiempo, aunque yo supiese que el día anterior, a la misma hora, era todavía una vivienda. Todo había desaparecido, excepto los dos libros de Pedro Palaz y la carpeta de mi novela, que encontré, cuidadosamente apilados, sobre la repisa del viejo horno.

Quedé aturullado unos cuantos días. Al principio, no acababa de comprender lo que había ocurrido. Volví un par de veces más a la casa abandonada y llegué a pensar incluso que todo había sido un sueño, y que allí nunca habían estado Susana y sus cuadros, el pellejo colgado de una soga junto al horno, el petate en un rincón. Sólo los libros de Pedro Palaz certificaban la realidad de los sucesos. Luego, mi estupefacción fue derivando en sentimientos de humillación y rabia. Aunque en varias ocasiones Susana me había advertido que nuestra relación no estaba sometida a condición alguna, que ambos éramos libres como el viento y que el día que cualquiera de los dos quisiese hacerlo, podría separarse sin más explicaciones, las circunstancias en que se había producido el hecho me parecían indignas de mi comportamiento con ella. Toda nuestra intimidad quedaba brutalmente traicionada con esta marcha sin razones ni avisos. Una breve misiva me hubiera satisfecho. Aquel silencio era como un sólido y súbito acto de desprecio. En cuanto a Pedro Palaz, su forma de dejar la novela, también sin una sola nota de cortesía, me pareció, más que una flagrante muestra del poco gusto con que la leyó, si es que lo hizo, una evidencia de desdén. Al fin, comencé a sospecharme sujeto de alguna chanza incomprensible. Recordaba a Marzán aquella noche madrileña, negando dramáticamente la existencia de Palaz y de qué modo me había convencido, y luego a Palaz negándole a su primo la mínima proclividad al humor. Sin embargo, en esa contradicción parecía estar la clave de la broma, aunque sus motivos se me escapasen. Así, de la estupefacción y la rabia pasé a la sospecha de una conspiración burlona, y la obsesión por las razones de ello, y la necesidad de desentrañarlo, llegaron a hacerse en mí mucho más poderosas que el sentimiento de amor defraudado o de orgullo herido. Conseguí dinero y el permiso de mi tío. Un permiso dado a regañadientes, con renuencia, preámbulo sin duda de futuras reprimendas. Salí de noche, en un correo, llevando los dos libros que me había dejado Palaz como único equipaje. Había comenzado el otoño, pero se mantenía todavía en el paisaje un aire estival. El tren iba medio vacío y dormité durante casi toda la noche. Desperté de pronto, cuando la madrugada surgía en la meseta, envuelta en la calina de la larga y espesa sequía. Llegamos a Madrid muy pronto, y en la ciudad se movían los escasos transeúntes con aire adormecido. Eché a andar rumbo a la casa de Marzán. En su calle, los faroles permanecían aún encendidos. La ventana del primer piso, que correspondía con la gran biblioteca, estaba abierta e iluminada y de ella surgía el sonido inconfundible del piano. En vez de apretar el timbre, golpeé varias veces con la aldaba, una mano que sostenía una bola. Cesó la música y el propio Marzán asomó por la ventana y salió al balcón.

—Quién llama, qué quiere.

Yo me separé de la fachada y le miré sin hablar desde la calzada. Al parecer, tardó unos instantes en reconocerme y al fin exclamó unas palabras que, aunque no pude comprender, tenían el tono de alguna frase de sorpresa. El propio Marzán abrió la puerta de la calle. En el zaguán sombrío, los delicados objetos relumbraban como exvotos. Subimos al piso de arriba y entramos en la biblioteca. Ante los sillones, en la mesita, había platos con comida, como si permaneciesen todavía los restos de la cena. En los ceniceros se amontonaban colillas de cigarrillo y de puro, y en toda la estancia flotaba esa atmósfera un poco rancia y densa subsiguiente a una larga velada. Marzán señaló aquel desorden:

—Estuvieron unos amigos. Nos pusimos a hablar, a hablar. Hemos visto amanecer.

Yo no decía nada.

—Ya me iba a acostar —indicó Marzán.

Comprendí que debía evitarlo. Era preciso que comenzase a interpelarle de inmediato. Aquella tranquila recepción no podía taparlo todo como si nada anormal o extraño hubiera ocurrido.

—Espere —exclamé—. Acabo de llegar en el tren. Sólo he venido para hablar con usted.

Marzán me miraba con los ojos cerrados de sueño. Bebió unos sorbos de un gran vaso de agua carbónica. Le obligué a sentarse otra vez, tirando de su brazo con energía.

—Quiero que hablemos de Pedro Palaz.

Marzán chasqueó la lengua con fastidio.

—¿Otra vez?

Le miré con furia.

—Susana se marchó con Pedro Palaz. Palaz estuvo allí siete días.

—¿Susana?

—Una amiga mía. Se marchó con Palaz sin más ni más, sin siquiera despedirse.

—¿Con Palaz?

—Con Pedro Palaz. Un hombre más joven que usted, de pelo gris y un bigote muy negro.

Se quedó desconcertado.

—Eso es imposible.

Levantaba un poco el tono, como si me reprendiese, pero en sus ademanes y en su voz había un inequívoco titubeo:

—Palaz no existe. Fue un invento mío.

Entonces, le alargué los libros.

—¿Y esto?

Miró primero las dos portadas. Yo le señalaba el nombre del autor con un dedo. Lo leyó y el rostro se le puso rojo.

—Son los libros que me dio Pedro Palaz.

Realmente, en el rostro de Marzán, que había recuperado el habitual color ceniciento, crecía, ramificándose, una mueca de gran turbación. Estuvo dando vueltas a los libros un rato. Al cabo, se levantó con gesto decidido. Sujetaba los libros con ambas manos, con energía, como dominando en ellos una fuerza física inimaginable, pero eficaz.

—Estoy confuso. Esto tengo que verlo despacio.

Se quedó en silencio unos instantes, mirándome con una imprecisa timidez, como temiendo que yo no le dejase marcharse. En la voz se le había puesto ronquera de trasnochador.

—Voy a echar una cabezada. ¿Quieres tú dormir también un poco?

Yo negué con la cabeza. Me saludó con la suya y se fue muy tieso, con los libros apretados contra el pecho. De pronto sentí mucha hambre y me puse a picar los pedazos de jamón y de cecina que quedaban en los platos. El vino estaba caliente y empalagoso. Después de mi desayuno, contemplé con atención minuciosa aquella sala. Ahora me asaltaba una recia sensación de irrealidad, que mi cansancio aceptaba con dulce marasmo. El humo, depositado en los rincones, emborronaba las perspectivas, como si algunas partes se desvaneciesen o algunos muebles fuesen simulados, dándole a la estancia un aire de decorado montado precipitadamente, con algunas zonas a medio realizar. En la mañana, la sala ofrecía también apariencia de ser más estrecha: parecía que paredes y techos se habían acortado de repente ante la luz sesgada que atravesaba los visillos. De pronto la casa se puso muy oscura y unas palomas zureaban como si murmurasen. Pensé que en la calle había presencias desconocidas que me acechaban. Como si todo me fuese hostil, sentía que era preciso irme inmediatamente. Me había quedado dormido. Me despertó Marzán. La sala estaba en orden y yo tumbado en el sofá, con una manta fina sobre el cuerpo. En las ventanas, inundadas de sol, brillaban las hojas y las flores de los tiestos.

—Es hora de almorzar —dijo.

El comedor era también enorme, y la luz del mediodía le daba a sus muebles el mismo aire de escenario teatral. Marzán estaba muy serio, e incluso un poco abatido. Nos sentamos a la mesa y una mujer pálida, vestida con un uniforme muy severo, nos fue sirviendo una sucesión de buenos manjares. Marzán apenas probó los platos. Me miraba pensativo, mientras recorría el borde de su copa con el dedo cordial de la mano derecha, una y otra vez.

—¿Cómo era? —me preguntó.

—Ya se lo he dicho. Recordaba el dibujo aquél: pelo corto, medio gris, gran nariz, un bigotón negro, las cejas también negras, el cuello ancho.

—¿Y el cuerpo?

—Corpulento, pero no muy alto. Parecía más

ancho por las ropas que solía ponerse. Pantalones de pana, cazadora. Calzaba sandalias.

Su rostro adquirió una expresión dramática.

—Es mi Palaz —murmuró—. Así me lo imaginé yo. ¿Y la voz?

—Grave. Habla despacio. No tiene mal oído —respondí.

Ya no dijo más. Después de comer, se sentó en una mecedora, frente al balcón, y ni siquiera tomó café. Fumaba un puro tras otro sin mirarme, abstraído al parecer en hondas cavilaciones. Aquel abatimiento de Marzán parecía inequívocamente sincero y mi desconcierto se iba desmoronando suavemente, dejando asomar las puntas de otro sentimiento más temeroso. Ya no me atrevía a insistir en mis preguntas y, una vez que nuestras miradas se cruzaron, hizo un gesto como de encogimiento, de alarma, en el que estaba claro un hondo recelo, una turbia inquietud. Por un momento pensé que me iba a hacer alguna confidencia.

—¿Qué te dijo de mí?

Yo procuré no herirle.

—Que no era bromista. Que no podía decir, por burla, eso de que él no existía. Se extrañó mucho.

Se levantó. Había salido de su pasmo, pero su rostro tenía mueca de gran preocupación.

—Está refrescando —dijo, solamente.

—Yo me voy —exclamé—. Vuelvo a mi casa esta noche.

No me contestó. Había apretado contra el cenicero la colilla del puro y encendía otro con grandes chupadas, envolviendo su cabeza en humaredas. Aquellos ojos aparentemente risueños tenían un brillo febril. Salí de la sala, bajé las escaleras, me marché a la calle. El atardecer ponía dorados los pisos altos y del asfalto fluía una grata claridad azulada.

Agarrado a un farol, un borracho se quejaba. Un empleado de piel grisácea y grandes huecos en la dentadura me informó de que había un tren a las diez y media. Saqué mi billete y anduve irresoluto por los andenes. Luego decidí sentarme un rato en una de las salas. Un cambio de luz, o una peculiar modificación en el mismo aire de la sala, me sacaron de mi letargo. Aquella mujeruca acurrucada, vestida de negro, que sostenía entre sus manos nudosas una botella envuelta en papel de periódico, muestra quizá para algún análisis clínico que desentrañaría enfermedades irremediables y pavorosas, y aquel hombre postrado, cuya cabeza de ralos cabellos remataba en una boina pequeña y deslucida, encajada sobre la cúspide del cráneo como una tapadera, me transmitieron progresivamente su misma actitud de desfallecimiento. Permanecí en la sala oscura como en algún lugar especialmente destinado a la reflexión y, cuando la mujeruca de la botella y el hombre tumbado desaparecieron y me quedé completamente solo, la visión insistente de los largos bancos, el ruido del trajín ferroviario, los gangosos e ininteligibles mensajes de los altavoces, los pitidos, me envolvieron vigorosamente y tuve una visión singular del contorno: me pareció que todo se transparentaba entre aquella luz pálida hasta insinuar un ámbito difuso, espectral. Así, ante aquella intuición, todas las sensaciones que habían ido recorriéndome a lo largo de las últimas jornadas, la extrañeza y la crispación, se unificaron, y sentí gran pena y una atroz desconfianza en el futuro.

El piloto interrumpió de nuevo su narración.
—Santa Margarita —dijo, volviendo la cabeza.
El sol estaba muy bajo y la sombra de las orillas del canal, difuminados los claroscuros violentos, se había hecho más ligera. Un poco aturdido por la narración, observó cómo el hombre barbudo, que conversaba con su esposa desde hacía rato, se levantaba y sacaba sus bultos de debajo del asiento. El acordeón tenía sueltas sus sujeciones y resonó de pronto con un gemido casi humano.

El muelle era una estrecha tarima de tablas, sostenidas por troncos carcomidos. El subsiguiente talud se salvaba penosamente por medio de unas hendiduras que, a modo de toscos escalones, se marcaban como viejas cicatrices en la tierra oscura. A la derecha del muelle, una empalizada de leña acotaba contra el río un espacio semicircular donde hozaban varios puercos negros. Al otro lado, un grupo de muchachos semidesnudos alborotaba en el agua. Los muchachos ayudaron en el atraque. El hombre barbudo pasó al muelle y el piloto le entregó los bultos y luego subió también. Amarraba con cuidado las maromas.
—¿Es que vamos a parar aquí?

El piloto le miró con los ojos ya muy sanguinolentos.

—Es un minuto. Tengo que recoger a unos gringos. Vienen al sábalo, al róbalo. Les trae la avioneta hasta aquí y siguen con nosotros el resto del viaje. Vienen un par de veces al año.

Así, quedaron solos en la barca, que se balanceaba suavemente. Todavía con el eco del motor resonando en la cabeza, iba sin embargo recuperando el silencio a través de los sonidos más inmediatos: el gruñido de los puercos, las voces de los muchachos, el leve chapoteo del agua en la orilla.

—Vas bien divertido —dijo ella, sonriendo.

El hizo un gesto resignado.

—Es muy hablador. Cuenta y cuenta.

Ella rebuscó en el bolso y al fin le alargó un sandwich envuelto en papel.

—Hay que comer algo.

El deshizo el paquete y mordisqueó el pan, ya bastante reseco.

—El señor de las barbas debe ser sacerdote —comentó ella.

Ahora comprobó que los muchachos estaban pescando. Utilizaban por turnos unas gafas de buceo ya muy estropeadas, en que la cincha de goma había sido sustituida por una cuerda. Se zambullían y al cabo volvían a la superficie sujetando por el caparazón grandes cangrejos oscuros, muy azulados, con pinzas delanteras extrañamente largas. De nuevo pensó que esta humedad pegajosa de la inmovilidad, tras la brisa cálida de la travesía, y la excesiva cantidad de alcohol que había tomado, le suscitaban sin duda imágenes de borrosas alucinaciones. Como la pipa que antes le pareció una cabeza humana, o los pasajeros transmutados en repentinos cadáveres. Del mismo modo, aquellos cangrejos tenían apariencia de animales monstruosos, imposibles tanto por el color como por la desproporción de sus miembros. Y pensó que no eran los muchachos quienes los pescaban, sino que ellos arrastraban fuera del agua los cuerpos juveniles.

—¿Sacerdote?

—Va a visitar la misión de Santa Margarita, y venía del santo cristo de Esquipulas. Me habló de santuarios de muchas partes. Los conoce todos.

Alargó la mano. Brillaba sobre la palma una pequeña medalla metálica.

—Me hizo un regalo.

—Un poco más de habladera y conquistás al clérigo.

Ella lanzó una risa y le echó la medalla en el regazo. El juntó las piernas instintivamente y recogió la medallita.

—Es Santiago de Gali —dijo ella.

Pero a él, de pronto, le había parecido extraña hasta la repulsión aquella figurita montada, como le parecía ajena y desconocida esta mujer sentada a su lado. Un breve vértigo cruzó su pensamiento y le devolvió el pequeño objeto sin decir nada. Ella la besó y la guardó en el bolso, entre pañuelos de papel, pequeños frascos de colonia, horquillas. El miraba fascinado aquel orden minucioso en que parecía desarrollarse un conjuro contra las acechanzas de lo irreal, ensueños y pesadillas.

—¿Es cierto que te gusta?

Ella volvió la cara y le acarició un momento la mejilla con una mano.

—¿No estás cansada?

—Es una belleza. Toda la vegetación, esas flores, los pájaros.

No tenía hambre. Arrojó al agua el resto del bocadillo. Como si lo hubiese estado esperando, una boca enorme se abrió entre la barrosa superficie y deglutió las migas con un súbito mordisco gorgoteante. Aquellos labios apenas entrevistos desaparecieron otra vez entre la oscura corriente.

—Es lindo, sí —repuso él—. Pero largo. Lento. No sé a qué hora vamos a llegar.

Los muchachos envolvieron los grandes cangrejos en una red y se fueron, dejando en el limo de la orilla las huellas de sus pies descalzos, convertidas en diminutos charcos que brillaban a la luz crepuscular. Al fin, un rumor de voces sonó en lo alto del talud, y un grupo bajó hasta la barca. Eran sin duda los norteamericanos, cuatro hombres grandes, de faz rubicunda, que llevaban cañas y aparejos de pesca. Otros muchachos, similares a los que antes se bañaban y pescaban, hacían el porte de sus bultos. Los hombres entraron en la lancha haciéndola bambolearse fuertemente. Uno de ellos les saludó en mal español. Luego, los cuatro se reunieron cerca de la popa, entre bromas y exclamaciones. Llevaban grandes viseras y las piernas al aire. El que hablaba español dio unas monedas a los muchachos, que salieron de la lancha.

—Eh, dónde está el patrón, qué pasa —preguntó el norteamericano.

Los muchachos se detuvieron en mitad de la cuesta. Ante aquellas preguntas, asumían un aire turbado, como si se les reprochase alguna culpa. Se miraron los unos a los otros y luego echaron a correr y desaparecieron.

—Jodidos —exclamó el hombre.

Soltó una gran carcajada y comentó luego algo con sus compañeros, que corearon su risa. Al fin, se acomodaron en los asientos de la borda, enfrentados en dos parejas.

La sombra se hacía más azul y los ruidos de

la selva resonaban a lo lejos. Todavía transcurrió un tiempo antes de que el piloto regresase. Escucharon sus pasos en lo alto del talud y le vieron quedarse allí quieto, con la gran nevera de plástico colgando de un brazo.

—Eh —le gritó el americano—. Patrón, no se demore. Ya es muy tarde.

El piloto entró a la barca sin hablar. Ahora, mantenía cierto envaramiento y miraba con ojos huraños. Soltó las amarras y puso la barca en movimiento, alejándola del fango. Inesperadamente, cruzaron una zona exenta de sombra, clara como si la iluminase un solitario rayo de sol.

El piloto se sentó en su puesto y conducía sin volver la cabeza. Por un lado, esto parecía indicar que aquella larga confidencia había concluido, aunque bruscamente, y que él recuperaba la libertad y el silencio. Pero, al mismo tiempo, había en la actitud del piloto una evidencia infausta que le inquietaba. Le estuvo observando durante un largo trecho. Por fin se levantó y se acercó a él. El piloto le miró de reojo.

—Era Marzán —dijo.

No entendió lo que decía.

—Marzán —repitió el piloto—. El barbudo era Marzán.

«A mí qué me importa», pensó él. Ahora, intentaba volver a su asiento, escapar de aquel enredo ajeno. Pero el piloto había recuperado la vivacidad y le miraba con ojos febriles.

—Iba andando delante de mí y se detuvo, se quitó las gafas. Está muy desfigurado por tanto pelo, pero sin duda es Marzán. Le llamé: «Marzán», y se volvió instantáneamente, asumiendo el nombre.

«Debes dejarle», pensó. «Aléjate, vuelve a tu asiento.» Pero permanecía sin moverse.

—Llegué junto a él y repetí su nombre. Entonces se puso otra vez las gafas y me preguntó si quería algo. «Pero es usted Marzán», insistí. «Perdone», repuso, «me ha confundido con otra persona».

—¿Y no se confundió?

—No. Es él. Muy disimulado, pero él. Ese Marzán.

Su mujer se había acercado a ellos, sonriente, pero al escuchar la voz crispada del piloto se quedó seria, confusa.

—¿Le sucede algo?

El piloto la miró. Por fin, habló con la mueca de una vaga sonrisa.

—He traído refrescos para la señora.

—Pero por qué se molestó —exclamó ella.

—Refrescos para la señora y combustible para el resto de la tripulación —añadió el otro.

Había guiñado un ojo. Eran evidentes sus esfuerzos por dominarse. Se secaba el copioso sudor con el gran pañuelo.

—En Santa Margarita hace la misma temperatura que en los infiernos —añadió.

Alicia y él se habían sentado junto a la cabina. Ella había abierto una lata y bebía con cuidado, la cabeza alzada y una mano bajo el mentón. El tenía la lengua hinchada y la garganta le dolía de tan reseca. No quería beber más alcohol.

—No —dijo con energía—. Yo no tomaré más.

—No me diga que se raja —exclamó el piloto.

Se había servido unos pedazos de hielo en un vaso de plástico y derramaba sobre ellos un chorro copioso.

—No quiero ver visiones.

Estuvo a punto de no decirlo, pero se sentía obligado a oponer firmemente la razón a cualquier desvarío, por real y probable que pudiese resultar. El piloto sacudió la cabeza, como en los inicios de una reacción violenta, pero luego suspiró, frunció los labios, sonrió.

—Se mezcla con refresco, para que quede más ligerito.

El no contestó. Sujetaba con fuerza un bote en la mano y sentía el frío como una irradiación ardiente en la palma. Levantó la argolla, soltó la lámina y bebió de un tirón, entre hondos y ansiosos tragos. Al fin, suspiró.

—Nada de mezclas. Tenía sed.

La bebida fresca le sentó muy bien. Por otra parte, aunque el aliento de los canales seguía siendo húmedo y tibio, la ausencia ya total de sol permitía que, entre la arboleda, despertase un frescor impreciso que se arremolinaba a veces, cruzándose en el rumbo de la barca. Alicia salió de la cabina y, sujetándose con habilidad, se sentó delante del ventanal, justo en la proa, y apoyó los pies en la roda. El asomó por la abertura de la puerta.

—¿Vas bien?

—Delicioso —contestó ella—. Aquí no se oye el motor. Ven.

—Ahora mismo —repuso él.

Pero no lo hizo. El piloto le había sujetado por el brazo y le hablaba confidencialmente.

—Acaso no era Marzán. El sol estaba muy bajo y me deslumbraba.

—Cómo iba a ser. Qué iba a hacer aquí.

El piloto repitió la idea.

—Claro, qué iba a hacer aquí.

El se dispuso a salir de la cabina.

—No se vaya aún —dijo el piloto—. Ya termino de contárselo. Falta muy poco. Hablarle de Nonia. De cómo terminó la cosa.

El titubeaba: estuvo a punto de decirle que quería irse con su mujer, pero guardó silencio. Sin embargo, permanecía de pie, con la espalda apoyada en el marco de la portezuela. El piloto, de pronto, señaló un punto donde la espesura quedaba interrumpida por una corriente perpendicular al canal, que vertía en éste sus aguas.

—¿Ve ese río? En el pueblo de mis abuelos se juntan dos ríos. La confluencia es idéntica a ésta. También allí hay mucha vegetación: chopos, alisos, saúcos, zarzales, mimbreras. A veces, al pasar por aquí, pienso que estoy otra vez en el pueblo, un día de verano, a lo mejor de niño.

Se quedó en silencio unos momentos.

—Como en la novela aquélla.

Entonces, él se asomó por la puerta y llamó a su mujer, que volvió la cabeza. La brisa le había coloreado las mejillas, pero su pelo estaba perfectamente ordenado.

—Voy enseguida —explicó—. En cuanto terminemos de hablar. Ahorita mismo.

Ella miró de nuevo al frente y su risa sonó como el eco de un ave en la espesura de las orillas que seguían quedando lentamente atrás y desde donde las tortugas inmóviles, con la cabeza alzada sobre el cuello vertical, parecían esperar, también atónitas, algún suceso.

VI. *Al final de la tarde*

Le voy a hablar de Nonia. Yo la conocía desde la infancia, por la propia vecindad. Era entonces una niña de pelo largo y lacio, de miembros flacos, cuya palidez acentuaba el azul oscuro del uniforme colegial. Aquella palidez y su flacura la singularizaban dándole un aire que podía pensarse enfermizo, pero que era también etéreo, como ingrávido. Creo que mi verdadera relación con ella comenzó un año antes de que apareciese Susana. De los encuentros en grupo con otros amigos estudiantes pasamos a constituir una pareja escurridiza y clandestina que se citaba furtivamente en los cines o daba extensos paseos por Papalaguinda y las calles apartadas. Yo sentía por Nonia un amor lleno de misteriosas nostalgias y escribía para ella muchos poemas, asombrándome ingenuamente de encontrar en la materia de mis versos los ecos indudables de otros versos famosos que cantaban los mismos sentimientos. Era el mío un amor casto, violento sólo en el corazón, sin ápice de otras ansias que no fuesen estar a su lado respirando hondamente su presencia silenciosa y mansa, de la que manaba tanta paz. Sí, fue entonces, ya sin Susana, al regresar de mi segunda visita a Marzán, cuando sentí claramente el tacto helado de un dolor triste escurriéndoseme sin defensa por los rincones más hondos. Amanecía en el llano y largos celajes horizontales, blanquecinos, se iban deshilachando lentamente sobre la tierra malva y gris, mientras el cielo se teñía de un resplandor rojizo: una gran masa de algodón posada sobre una inmensa herida, en una soledad mortífera, en la premonición de gangrenas infinitas. En aquella lejanía desvaída, me pareció encontrar el reflejo de mi propia situación. Pensé entonces que, aunque real, todo lo que me había sucedido a lo largo de aquellos meses tenía apariencia quimérica y disparatada, una consistencia más parecida a la de los sueños. Y me sentía perdido, apartado, abandonado, en virtud de razones que parecían responder a requisitorias de una trama cuyo conocimiento me estaba del todo vedado. Por otra parte, la misma tarde de mi llegada mi tío me habló muy seriamente. El resultado académico del curso había sido catastrófico y estaba decidido que en el nuevo curso yo compartiría mis estudios con el trabajo, ayudándole por las tardes. Aunque a mí me gustaba mucho la fotografía, y ciertamente aquella resolución de mi tío fue decisiva para lo que luego sería mi primera profesión, la idea de perder la libertad cotidiana, el verme obligado a renunciar a mis charlas con los amigos, a mis recorridos del barrio húmedo, me hicieron barruntar el nuevo curso como una condena penitenciaria. Y, de pronto, mi amor por Nonia resurgió con toda su fuerza. La memoria de los meses pasados se había extinguido con la rapidez de un fuego de pajas y el antiguo rescoldo volvía a calentar. Comprendí que Susana había sido una experiencia que, importante en mi vida, tenía no obstante esa fugacidad de las cosas totalmente cumplidas. La verdad de mis sentimientos amorosos estaba en Nonia, y a ella volví con un arrepentimiento que hacía aún más intenso mi fervor. Intenté comunicar con ella y no recibí respuesta. Me decidí entonces a abordarla una tarde, a la salida del conservatorio. Pero Nonia estuvo conmigo fría, hostil incluso. Yo pensé que se trataría de un enfado pasajero, que mi arrepentimiento y solicitud conseguirían al fin devolverme el pacífico manar de su afecto. Sin embargo, su hosquedad y lejanía resultaron definitivas, y ni mis abundantes cartas, ni la insistencia de mi acecho, consiguieron doblegar su desdén. Así empezó aquel último curso, con un enamoramiento renovado que no encontraba eco y las dobles obligaciones del estudio y del negocio de mi tío. Mi amor desdeñado había abierto en mi conciencia los desgarrones de una tristeza antes desconocida, porque la añoranza del cuerpo de Susana me hacía consciente del cuerpo de Nonia, y la deseaba con dolorosa insatisfacción.

En cuanto a las labores con mi tío, eran verdaderamente prolijas y muy diversas: cuidar de la buena orientación de la luz, tener prevenidas las placas, revelarlas según tiempos determinados y con emulsiones precisas, de cuidadosa atención. Empecé también a retocar y me pasaba muchas horas perfilando bocas resecas para hacerlas parecer jugosas, dando viveza a unos ojos, afinando mejillas y disimulando entrecejos, y los rostros femeninos me hacían evocar, con un dolor sin remedio, el rostro de Nonia. Un día oscuro, al volver a casa por la noche, me dijeron que tenía un aviso de conferencia. El mensaje ofrecía simplemente un número de teléfono, el nombre de Marzán y alguna exhortación de urgencia. Cuando llamé, la voz ronca de Marzán, en la que era evidente el nerviosismo, me interpeló desde el otro lado del hilo.

—¿Eres tú? —preguntó.
—Claro —repuse.

—Tengo que verte enseguida. Coge el primer tren. O el autobús, mañana a las ocho.

Comprendí entonces que, del mismo modo que había aceptado la marcha de Susana, dentro de mi pena, como un suceso que me liberaba de una angustia creciente, era necesario para mi paz que también Marzán desapareciese.

—Mire usted —dije—, estoy enredado. No puedo marcharme así como así.

Estuve seco, casi impertinente, con malos modos. Me imaginé aquellos ojos desorbitados, rodeados de cientos de arruguillas. Debía tener la boca pegada al aparato, porque oí claramente su jadeo.

—Tienes que venir. El asunto es de extrema gravedad. Nos afecta a los dos.

—De verdad que no puedo —repuse—. Además, no tengo dinero.

—Ahora mismo te pongo un giro.

La voz de Marzán, además de sugerir alguna inquietante novedad, tenía un aire mohíno y como empavorecido.

—Tienes que venir, sin falta.

—No sé si podré.

Cuando llegó el giro, mi tío aceptó de muy mala gana mis pretextos para el viaje. Pero yo había trabajado duramente aquellos meses, el viaje sólo me alejaría de casa un par de días, mediando un domingo, y estaba decidido a ver a Marzán por última vez, para concluir por siempre mis relaciones con él y que se cerrase ese capítulo de mi vida, bastante absurdo, en que él mismo, con Susana y Pedro Palaz, habían tenido tanta preponderancia. Cuando llegué a su casa, entre las calles solitarias y tranquilas, me recibió una mujer distinta de la habitual. No vestía uniforme y era bastante obsequiosa.

—Soy su hermana —me explicó—. El pobre no se encuentra bien. Tuve que venir para cuidarle.

—¿Está enfermo?

—Son los nervios —me dijo la mujer, con aire de confidencia—. El siempre estuvo delicado de los nervios. Desde pequeñín.

Marzán estaba en su biblioteca. La gran habitación ofrecía ahora señales de uso permanente: cierta pátina grasienta de dedos superpuestos en las superficies; un sembrado de pedacitos de papel y migas en la alfombra; huecos en las estanterías, entre los libros, apartados sin duda para la colocación eventual de algún objeto; huellas acumuladas unas sobre otras y que hacían más verosímil la apariencia ambigua de decorado no rematado del todo. La disposición de los muebles había cambiado también: ahora, los sillones estaban apartados contra la pared y había en el centro un gran espacio cubierto de libros y hojas de papel. Sentado en el suelo, sobre unos cojines, vestido con un batín adamascado de color amarillo y con la barba sin afeitar, los cabellos revueltos y el bigote totalmente hirsuto, estaba Marzán. Su desaliño debía haber afectado también a alguno de sus usos anteriores, porque vi que el pelo, sin canas cuando lo conocí, presentaba una leve franja desteñida en las patillas y en el cogote.

—Al fin —exclamó al verme.

Casi no dejó que me sentase. Levantaba en ambas manos los libros de Palaz, como presentando pruebas inculpatorias de algún terrible delito.

—Horroroso —dijo.

Mi aspecto cansado debió hacerle recapacitar. Yo había tenido un viaje fatal, con horas de retraso, en un tren atiborrado. Me sentía sucio de sudor y tenía mucho sueño.

—Me gustaría lavarme —comenté.

Bajó los libros lentamente. Le hizo a su hermana una indicación con la cabeza, se sentó de nuevo con brusquedad sobre los cojines, dejándose caer, cruzó las piernas y quedó inmóvil, como la caricatura de algún fakir. Cuando regresé, se levantó y me agarró con fuerza de un brazo.

—Siéntate —me dijo.

Fue hasta uno de los armarios y rebuscó en los cajones inferiores. Volvió con tres grandes carpetas llenas de papeles y las echó en el sofá, a mi lado.

—Mira esto —exclamó, con tono imperativo, alargándome una.

Yo abrí la carpeta, desorientado. Estaba llena de manuscritos abundantes en tachaduras y correcciones. El comenzó a pasar las hojas con ímpetu creciente, al tiempo que decía frases cortas, inconexas, en que, al cabo, descubrí títulos de los artículos de Palaz. Luego me quitó la carpeta, la apartó de un golpe y, tomando la más voluminosa, me la echó encima.

—¡Y ahí está la dichosa novela! ¡Y el retrato, imitando un dibujo de Picasso!

Se arrodilló frente a mí, con su vientre apretado contra mis rodillas, del mismo modo que hacían los enamorados ante sus damas en cierta iconografía romántica. Pero no me cogió las manos. Extendió las suyas a ambos lados del cuerpo, en ademán de súplica.

—¡Yo inventé a Palaz! ¡Yo escribí los artículos de Palaz y la novela de Palaz! ¡No es ninguna burla!

Aquella postura me turbaba. Intenté apartarme, pero su cuerpo sujetaba firmemente el mío. Se mantuvo así todavía unos momentos, comprendiendo que aquello incrementaba su autoridad. Luego, se levantó ágilmente, recogió del suelo los dos libros y se sentó a mi lado.

—¿Leíste estos libros?

Ciertamente, ni siquiera los había hojeado. El más grande me había parecido una de esas obras eruditas y severas que requieren, para acercarse a ellas, la peculiar disposición de ánimo de quien se enfrenta a un texto académico con el deber de desentrañarlo y memorizarlo; en cuanto al otro, estaba en un inglés muy difícil. Además, la brusca desaparición de Palaz había enfriado totalmente mi anterior fervor por su obra.

—No tuve tiempo —dije.

—¿No les echaste siquiera un vistazo? —exclamó, lanzando un resoplido de impaciencia.

Pero recuperó enseguida la actitud de paciente dominio de sí que había ostentado cuando llegué. Me mostró el mamotreto y fue pasando sus hojas. Estaban intercaladas de pequeños papelitos haciendo de señales, y tenían muchos dobleces, tanto en la parte superior como en la inferior. En algunas páginas había subrayados en rojo. Me acercó el libro y vi que los rayones marcaban algunos nombres propios.

—¡Mira! —gritó.

Allí figuraban nuestros nombres: el suyo y el mío. Leí rápidamente el texto que acompañaba mi nombre, pero estaba organizado de un modo especialmente abstruso, y su significado resultaba del todo ininteligible. Junto al nombre de Marzán había algunas frases comprensibles —acaso los títulos de sus libros— y un texto también oscuro hasta carecer de sentido. Pasé las hojas y encontré numerosos nombres, muchos que me eran familiares por mis temarios y mis aficiones y todos relacionados con lo literario.

—Son palabras, nombres —dijo Marzán—. Sin pies ni cabeza. No puede haber historia ni cronología, ni crítica, porque no hay sintaxis alguna. Son solamente nombres, títulos, mezclados con palabras. ¿No has imaginado a veces, durante la duermevela, un poema, un relato, comprendiendo maravillado que es perfecto, como si se debiese a una especial inspiración de las propias musas? ¿Y no has descubierto en la inmediata vigilia, si eras capaz de recordarlo, que tu divina inspiración de la noche era una estúpida acumulación de vocablos sin sentido?

A pesar de sus ampulosidades, Marzán no dejaba de tener cierta agudeza. Asentí con un gesto. Su parlamento estaba pasando de lo enfático a lo solemne.

—En este libro parece concretarse una idea sonambúlica. La solidificación de un vago ensueño vespertino. Algo propio de la alucinación de una pesada duermevela.

Tomó el otro y lo aproximó también a mis ojos. Sin duda, la imagen de la portada recordaba una calavera.

—En inglés, el contenido se presenta del mismo modo caótico. Simples conceptos yuxtapuestos, sin cohesión ni congruencia. Nombres propios y fechas intercaladas en un galimatías. El propio título carece de cualquier sentido, aunque relacione el nombre de Dios y la palabra calavera.

Seguía manteniendo el libro muy cerca de mi cara y acercó mucho la suya, de modo que la contraportada sólo dejaba asomar sus ojos. Puso un gran sigilo en la voz.

—Es absurdo. Es imposible.

Apartó súbitamente el libro, como el ilusionista retira el pañuelo que oculta la sorpresa viva:

—Son sólo espectros de libros: cubiertas y

páginas que contienen únicamente conceptos desperdigados, los elementos inertes de cualquier texto todavía por concebir.

Y luego, de pronto, comenzó a hojear las páginas con frenético impulso, esta vez muy parecido al furor, hasta llegar al final, donde aparecía una serie de subrayados en rojo. Los diferentes fragmentos del libro comenzaban en página impar y venían encabezados por frases titulares con letras de gran tamaño. Las marcas y anotaciones de Marzán estaban en el último fragmento, y señalaban, entre aquel confuso guirigay de palabras cuya relación era impredecible, varias inmediatamente comprensibles: el nombre de Marzán, de Pedro Palaz, de Susana y hasta de Nonia.

—Tú también estás —dijo—. Aquí, y aquí.

Señalaba los párrafos. Y, por fin, indicó las últimas palabras de aquel extraño texto.

—Y aquí. Al final de todo. Nuestros nombres hundidos en la masa de un lenguaje informe, en la más azarosa confusión de conceptos, como esos objetos domésticos que asoman un atisbo de su identidad entre los cascotes de los derribos.

A la figura estrafalaria de Marzán, tan alterado por su obsesión, se unía un peculiar temblor. Observé que ya no fumaba. Gran parte de aquel nerviosismo suyo podía radicar en eso. Pero era tal su exigencia de atención, me obligaba de modo tan estricto a estar pendiente de sus palabras, que comencé a sentir dolor de cabeza. Nunca como entonces había añorado mi ciudad, mis amigos y hasta mi modesto refugio de casa, aquel desván donde había jugado y leído tantos años, bajo la claridad plateada que se volcaba desde la claraboya. Quería irme, decirle definitivamente adiós y marchar a la estación, para coger el primer tren. Marzán me sujetó por los hombros y me sacudió el cuerpo con golpe leve, pero enérgico:

—No es cuestión de marcharse, chaval —dijo—. Acaso ya no existe ese tren, ni la ciudad a donde quieres volver. Acaso no exista siquiera esa calle que había ahí fuera. Por otra parte, nuestra vida ¿no parece en ocasiones sernos contada más que vivida?

Marzán me estaba asustando. Había en su voz una convicción poderosa, que conseguía emborronar mi raciocinio.

—Intenta recordarlo todo.
—¿Todo? —pregunté yo.

De pronto, mientras lo preguntaba, supe —y ese conocimiento despertó en mí la idea de que acaso yo mismo estaba ocultándome algunas terribles evidencias— a qué se refería. Y comencé a hablar. Repetí el vivo recuerdo que antes le conté a usted.

—Lo que pasó antes de aquel día se me junta en la memoria como un montón confuso —dije—. Recuerdo claramente el Bar Castrillo, los anaqueles llenos de botellas, mientras me alargaban aquellos recortes de periódico.

—Los artículos de Pedro Palaz —musitó él—. ¿Y luego?

—Ya no sé si fue el mismo día. Creo que no. Encontré a Susana. Se le había atorado el carro en un charco. Un carro con una mula, en estos tiempos.

Como estaba ya bien entrado el otoño, la tarde se extinguió velozmente. Me sorprendió la oscuridad y señalé imprecisamente la lámpara. El llamó a su hermana, y el bulto de ella se alzó de pronto en un extremo de la sala y, sin decir palabra, encendió la luz y cerró la ventana antes de irse.

—Sigue, chaval, sigue —me animó Marzán.

Recapitulé todo lo que le he contado, lo sucedido desde que me dejaron los artículos de Palaz hasta aquel mismo día. Mis relaciones con Susana; el primer viaje a Madrid; mi primer encuentro con él, que defraudó mis ilusiones sobre Palaz; la vuelta a casa y la llegada del propio Palaz con sus libros; la desaparición de Palaz y de Susana y el segundo viaje a Madrid; el nuevo retorno y la vuelta a una Nonia adusta y adversa: mis problemas en casa del tío y la llamada de Marzán, que me había traído por tercera vez.

—¿Y cómo era antes tu vida? ¿Tienes la memoria así de clara?

Me encogí de hombros y no dije nada. Efectivamente, tenía que hacer esfuerzos para recordar, súbitos fogonazos breves, algunos episodios. Todo quedaba lejos, oscuro, confuso.

—¿No será que tu vida anterior no ha sucedido, que solamente tuvo existencia eso que has creído vivir el último año?

Al principio, no le entendí. Luego, negué enérgicamente con la cabeza: acababan de llegar a mi mente, en rápida sucesión, una serie de imágenes de la infancia que no tenían nada que ver con el hombre que yo era: imágenes de tardes a nidos, de escuchar a los mayores hablar en la cocina, de jugar con los demás niños en la calle. Recordé vívidamente a Nonia niña, ante la catedral, vestida de cantadera, bailando con las otras aquella danza tan sosa. Pero él me hablaba con esa solemnidad que los profetas y las sibilas debían poner en sus palabras.

—Tus recuerdos pueden ser también una ficción que tú mismo imaginas ahora —dijo, adivinando otra vez lo que yo pensaba.

La luz de la lámpara hacía brillar su frente.

—He repasado nuestras existencias, chaval. O mejor, nuestras peripecias. Lo cierto es que tienen un aire novelesco. No parecen reales.

Entonces fue cuando comprendí que Marzán estaba completamente loco.

Continuó hablando, mientras el temblor agitaba cada vez más sus manos. A su aire de augur asustado se unía la apariencia de un narrador que fingiese, con muecas y gestos apropiados, las actitudes de alguna historia espeluznante. Yo le escuchaba sin rechistar.

—Simples peripecias, fruto de alguna elucubración juguetona, condenadas acaso al albur de un final también caprichoso.

Su hermana entró en la habitación, se acercó a él y murmuró «Está otra vez ahí». El contestó unas frases que tampoco oí bien, pero sin duda intentaba quitar importancia a alguna cosa. «No le hagas caso». Pero ella volvía a urgirle con palabras y gestos. «No le dejes pasar.» Ella salió de nuevo, con mucho ruido de ropa, y Marzán quedó inmóvil bastante tiempo, con las ideas perdidas, antes de proseguir aquel monólogo. Las manos le temblaban aparatosamente, como por causa de algún ataque, pero su voz era firme y no se apreciaba ninguna incoherencia en el curso del relato.

—Mi peripecia empieza hace tres años, el día que imagino una broma literaria: aludir mediante breves referencias públicas a la biografía falsa de algún español errante, olvidado de los especialistas.

Fue aquí mismo, una víspera de fiesta. Se oían a lo lejos los estallidos de los cohetes. Era de noche. Tengo ese recuerdo grabado meticulosamente en mi cerebro. El gato me miraba como si comprendiese mi proyecto. Aquella misma noche se lo conté por teléfono a un amigo periodista, que acogió la idea con alborozo. Primero, fueron algunas gacetillas dispersas señalando supuestos premios, su presencia en congresos importantes, declaraciones suyas sobre acontecimientos culturales. Luego, me fui entusiasmando con la idea. Me ponía en el lugar del personaje que había inventado y tenía ocurrencias antes insospechadas. Así comenzaron a salir los artículos, uno tras otro, semana a semana. Su autor no era yo, sino ese personaje imaginario que, de pronto, estaba dentro de mí. Criticaba, pontificaba, pletórico de autoridad y de sabiduría. Del mismo modo que los artículos, escribí la novela, a la sombra de cierta literatura onírica, recordando alguna anécdota que oyera de niño sobre un emigrante que había fracasado en sus proyectos de enriquecerse y que no se atrevió a regresar a su pueblo.

Tenía la boca seca y paladeó varias veces entre chasquidos, antes de llamar a su hermana y pedirle que trajese una botella de vino.

—Luego, apareciste tú. Ya conoces todo lo demás. Me preguntas por Palaz, pero te desengaño. Hasta que un día me dices que uno que responde en todo a las señas de mi Palaz ha surgido como un ser vivo, llamándose Palaz a sí mismo.

Sin duda su locura estaba basada en firmes convicciones, porque hablaba con toda seguridad.

—Te juro que no existe. Te lo juro. Cuando me preguntaste por él, te dije la verdad. No me dejé vencer por la tentación de dar vigor al mito. Estaba, además, muy desanimado.

Como en aquellas ocasiones anteriores, la noche se había acurrucado silenciosamente sobre la ciudad, y era posible sentir el resuello de su infinito vientre. Marzán estaba del todo inmóvil y solamente movía sus labios, lo que adornaba aquel parlamento con ciertos barruntos solemnes.

—Ahí culmina el nudo de mi historia: el personaje que yo inventé aparece.

Entró la mujer con una botella y dos copas, que colocó en el suelo delante de nosotros. Le entregó un sacacorchos a Marzán, que me lo alargó.

—Anda, ábrela —dijo.

Cuando extraje el tapón, el vino, sin duda venerable, anunció un aroma vivificador que se hizo intenso y persistente al servir los dos vasos. Bebimos, mirándonos sin parpadear. Aquel loco tenía al menos dos cosas estimables: habilidad para urdir sus embelecos y una bodega bien surtida. De nuevo adivinó mis pensamientos, con esa peculiar intuición de algunos enfermos nerviosos.

—Te digo que no estoy loco, chaval. Vienes tú con esos libros. Al parecer, el Palaz que yo he inventado ha adquirido vida propia. No puedo comprenderlo.

Se fue inclinando lentísimamente, hasta dejar la copa sobre la alfombra, y se enderezó del mismo modo.

—Estudio los libros y compruebo su anormalidad —porque no me atrevo a motejarles de engaños—. Pero nuestros nombres están ahí.

Se tocó la frente con dos dedos, como si conectase un singular enchufe.

—Y pienso. Me pongo a pensar. Luego te diré cuando empiezo a tener pavor. Al principio estoy inquieto, me sacude un vago espeluzno en algunos momentos, pero me niego al miedo, espero que todo tenga alguna explicación. Me aproximo al asunto a través de un análisis puramente lógico, voy sopesando los antecedentes que acreditan los sucesos. Hasta que comprendo que me encuentro ante un enigma cuyas condiciones son contradictorias: o yo, Anastasio Marzán Lobato, soy el creador de un personaje denominado Pedro Palaz, de su efigie, de su bibliografía, de sus obras, e incluso he puesto en la imprenta una serie de artículos pretendidamente suyos y una novela, o Pedro Palaz existe realmente y tiene una obra que yo no conozco, algunas de cuyas muestras serían esos dos libros. Si la primera alternativa es la verdadera, la segunda no puede siquiera plantearse. Si la alternativa verdadera es la segunda ¿no me correspondería más bien a mí la condición apócrifa? Ambas, lógicamente, no pueden darse al mismo tiempo. Ante tal disyuntiva, sólo cabe responderse que o hay falsedad o hay error.

La mujer, que se había quedado en pie junto a la ventana, absorta en alguna escena callejera, preguntó si traía algo de comer. Marzán afirmó enérgicamente.

—Sí, mujer, trae, trae. Por lo menos, eso que no falte.

Se aclaró la boca con un par de tragos y prosiguió, hablando con progresiva lentitud, hasta un punto en que parecía silabear las palabras.

—A no ser que todo perteneciese a una realidad diferente, a una realidad fantástica, sólo de imaginación, donde la lógica tiene otras dimensiones y distintas leyes. Pero esa idea hizo que el miedo que yo intentaba apartar se me abalanzase, frío y sin tapujos. Si esto es así, si mi razonamiento es certero, el fin de cada una de nuestras historias debe suponer el de los personajes, con nuestras pasiones y vaivenes y aventuras. El fin de la peripecia es el final de todo.

—Ya se sabe que todos tenemos que morir —dije yo.

—Eso vale para los vivos —repuso él—. Pero no es nuestro caso. Nosotros no estamos vivos. Nosotros no existimos.

No quise contradecirle. Sin duda había llegado a un punto de gravísimo desequilibrio. Soltó la copa y me rodeó con un brazo por las espaldas.

—¿No conoces aquellas unidades del drama clásico?

La hermana de Marzán vino con una fuente colmada y yo descubrí que casi no tenía apetito. Las patológicas lucubraciones de aquel hombre estaban envenenándome la imaginación. La biblioteca se mostraba cada vez más flagrantemente como el espectro de algún viejo decorado que se almacenase en un sótano oscuro, con el aspecto que acaso llegase a tener algún día, cuando el tiempo y la muerte hubiesen pasado por encima de todos nosotros y aquellos libros conociesen los avatares de un tráfico sucesivo que acabase arrinconándoles, maltrechos, en la trastienda de algún librero de textos viejos.

—Planteamiento, nudo, desenlace —dijo Marzán—. Si yo tuviese razón, el desenlace de nuestras historias estaría a punto de producirse.

Hice un esfuerzo por rebelarme, por terminar con aquel largo monólogo demencial. Le miré con desafío.

—¿Cuál es entonces la historia de Palaz? ¿Dónde están ahí las unidades clásicas?

Tenía los pelos de punta y, sin embargo, brillantes de sudor. Me pareció ver en sus ojos una chispa de sorna. Sin duda, ya él mismo se había hecho la misma pregunta. Tenía respuesta para todo.

—Palaz es el *deus ex machina* de todo el enredo, aunque no aparece para propiciar felices desenlaces —si tengo razón, el desenlace será la extinción, la consunción, el fin— sino para ensamblar las diversas peripecias, los diferentes nudos. En cierto modo, la historia de Palaz, si realmente se tratase de un ser vivo, sería la menos novelesca de todas: vuelve unos días al país de origen, conoce gente y, al cabo, se marcha otra vez para continuar sus conferencias y sus cursos en lejanas ciudades ultramarinas.

Me puse de pie. Al moverme, me pareció que la parte más extrema de la librería frontera había sido sustituida por un redondo desconchón de ladrillo, pero no quise observarlo con fijeza. Yo intentaba hablar lo más serenamente posible, para evitar que se excitase.

—Mire, yo me voy a la cama. Mañana, pronto, me volveré para casa. Y usted debería irse a dormir también. Tiene mala cara.

La mueca de crispación se fundió en las arrugas de sus ojos y se distendió aquel fruncimiento de sus labios que había mantenido tantas horas. Al fin suspiró con insólita conformidad.

—Vete a dormir, chico. Ya no te puedo decir más. Yo todavía tengo que atar algunos cabos.

De pronto, desfalleció. Inclinó la cabeza, cubrió el rostro con las manos y se echó a llorar.

—¿Cómo puedo existir yo? —decía—. Yo no existo ni aún ahora, que como una sombra me arrastro entre el delirio de sombras.

La hermana de Marzán me llevó hasta mi dormitorio y se demoró en la preparación de la cama. A través de aquella obnubilación que me poseía, me pareció ver en ella algunos gestos procaces, como si quisiese lanzarme un mensaje carnal. Pero tras el viaje de la noche anterior, el gran retraso del tren y luego tantas horas en vela, yo no estaba para otra cosa que dormir. Cuando se fue, terminé de desnudarme, me metí en la cama y me sumergí inmediatamente en el sueño como en un fluido espeso, del que mi propio cansancio no me permitía salir. Desde aquellas profundidades me pareció atisbar que en la superficie sucedían algunas cosas inesperadas, que alguien alzaba la voz llamando a Marzán, que unos pasos subían al piso de arriba y se encaminaban a la biblioteca. El fondo de mi sueño estaba lleno de grandes cintas de color violeta que se extendían verticales, culebreantes como algas en los remolinos de la marea; yo reposaba entre aquellas ramificaciones como en alguna remota pradera de misteriosa topografía, pero sentía allá arriba, muy lejos, los pasos que penetraban en la biblioteca y la voz de Marzán entonando una exclamación, gimiendo una larga frase que denotaba rechazo, incredulidad. No sé si los sonidos eran de forcejeo, de lozas rotas y objetos que se desparramaban. Las largas cintas ondeaban y toda la pradera violácea me rodeaba como el más confortable de los lechos. ¿Hubo luego un sonido de arrastre, golpes en la escalera? ¿O era el ruido de la brisa haciendo vibrar y entrechocar ramas invisibles? Permanecí varias horas durmiendo en brazos de la noche fría. Me despertó la sensación de una gran sacudida, como si el suelo hubiese temblado. Hasta la espesa oscuridad llegaban ruidos de golpes, un hondo murmullo retumbante. De pronto, estalló un enorme grito de mujer, largo como un alarido. Me levanté de un salto y me dirigí a la biblioteca. La gran librería estaba volcada y un abigarrado desbarajuste reinaba en el suelo de la sala, iluminada extrañamente por los lentos bamboleos de la lámpara del techo, que sin duda fue alcanzada en la caída del mueble, y por la blanquecina luz del alba. El causante del destrozo debía haber sido Marzán, pero no se encontraba allí. La voz de su hermana venía de la escalera. Eché a correr hacia el oscuro descansillo. La mujer señalaba a lo alto. Con los ojos enrojecidos, con el rostro pálido hasta lo cárdeno, Marzán colgaba por el cuello de una cuerda atada a la balaustrada, en lo alto, donde la escalera finalizaba ante la puertecita de la torre. Pataleaba, emitía un gorgoteo oscuro, se llevaba las manos a la garganta como queriendo desprenderse de la implacable atadura.

—Un cuchillo —grité yo, zarandeando a la mujer—. Busque un cuchillo, algo que corte.

La ambulancia no tardó en venir. Era un gran furgón pardo, que ocupaba casi todo el ancho de la calzada. Dos mozos fornidos echaron el cuerpo de Marzán en una camilla de lona y lo introdujeron en el vehículo. La mujer subió también al furgón y yo me quedé solo en medio de la calle, entre la madrugada helada. Los vecinos que se habían despertado con la escandalera fueron cerrando las ventanas y al poco rato el alba se había apoderado de todo otra vez y el ámbito entre las paredes y las farolas recuperaba su serenidad, como si el reciente suceso no se hubiera producido. Regresé a la biblioteca. En el centro, en una zona limpia de libros destripados y vasos rotos, había varios papeles con anotaciones de letra grande y desigual, ininteligible. Sorprendentemente, cerca del papel se encontraba un cacharro de Susana que siempre había despertado mi interés: una especie de olla pequeña de barro muy grueso y pesado, con una forma que recordaba vagamente una cabeza antropoide. Mientras la contemplaba, noté que tenía un tacto pegajoso y la solté con asco. Las manos se me quedaron manchadas de sangre.

La dispersión y el tumulto habían dejado en las habitaciones el eco difuso de una vibración sutil. Me senté en el sofá de la biblioteca, entre el desorden de astillas, trozos de vaso, libros despanzurrados, cachos de pan y rajas de chorizo, y reflexioné sobre aquel cúmulo de sucesos y el ataque en que había culminado el desequilibrio de Marzán. Sin embargo, por debajo de mis especulaciones racionalizadoras reptaban numerosas sospechas que sólo lograba aplacar con los esfuerzos de un propósito cada vez menos firme. En el silencio matinal, roto únicamente por los pasos resonantes de algún madrugador, por el ocasional maullido de los gatos o por las rodadas de lejanos vehículos, sentía cada vez más hostil aquella casa y añoraba con fuerza mi mundo habitual. De modo que me dispuse a marchar a la estación, para tomar el primer tren. Mientras recorría el pasillo, descubrí que estaban encendidas las luces de otras habitaciones. Por la rendija de una de las puertas me pareció atisbar un bulto conocido. Abrí del todo y encontré, cuidadosamente arrimados a la pared, una maleta de color rojizo y un saco de dormir del todo idénticos al equipaje de Pedro Palaz que aquel día de verano ayudé a meter en el estudio de Susana. La habitación olía al perfume intenso de la hermana de Marzán. Al fondo, sobre la cama deshecha, permanecía un camisón femenino, y las puertas entreabiertas del armario dejaban vislumbrar otras ropas de mujer. En la luna del espejo se reflejaba una figura cuya visión me sobresaltó inicialmente: pero se trataba de mi propia imagen. Me acerqué con temor: mi mirada tenía el mismo brillo desencajado y temeroso que la del alucinado Marzán, y mis cabellos se encrespaban sobre mi cabeza. Todo mi aspecto era desordenado y la evidente crispación que se había apoderado de mí parecía ro-

dearme con un halo frío. Salí de la estancia. A la
claridad pálida del alba, vi un pequeño bulto oscuro
tirado en un extremo del pasillo, justo en el rellano,
al borde de las escaleras de madera que daban al zaguán y al patio. Pensé que se trataba de un animal,
pero su extraña forma atrajo mi atención y, cuando
llegué a su lado, pude comprobar que era una sandalia. Las largas correas, que colgaban del escalón,
y las muescas de la suela, simulaban las antenas y el
caparazón de un oscuro crustáceo. Aquella sandalia
suscitaba vivamente la imagen de Pedro Palaz. La
visión de su equipaje y la de la sandalia tirada se
sumaban a mi desconcierto añadiendo datos sibili-
nos. Descendí las escaleras, que resonaban con cru-
jido de articulaciones y llegué ante el zaguán. La luz
blanca de la calle empezaba a invadir el portal. A la
izquierda, frente a las escaleras, el zaguán desembocaba en un gran patio rodeado de tiestos. Los gorrio-
nes alborotaban arriba, entre las tejas, colmando la
leve claridad azulada con su denso piar. Junto a un
tiesto estaba tirada la otra sandalia. Más allá de los
tiestos, extendido en el suelo a lo largo de la pared
del patio, había un cuerpo humano. Me acerqué a
él sin titubeos, en la inercia de mi estupor. El pantalón de pana gruesa, la guerrera de corte lejana-
mente militar, me recordaron ropas ya conocidas:
allí yacía Pedro Palaz, con una gran herida en la
cabeza que pintaba de rojo su pelo grisáceo. En pocos instantes, el patio salió de la penumbra y el sol
iluminó el alero, en lo más alto de una de las paredes. Salí a la calle y me encaminé sin dudas hacia
la estación. Mis desordenados ajetreos del último día
me habían inducido a un torpor mental que llenaba
de oscuridad mi memoria. Así, no recordaba ni el
día de la semana: pero aquella insólita soledad de
las calles y de las plazas, donde la presencia humana

apenas se adivinaba por el paso furtivo de algún transeúnte, me hizo saber que estábamos en domingo. Sobre la ciudad se iba extendiendo lentamente la luz. La estación estaba también vacía y el suelo muy sucio de papeles, colillas y mondas de frutas. Como esperando impotente un cataclismo, permanecí allí. El reflejo del sol fue recorriendo los cristales de la enorme marquesina y las luces y las sombras intercambiaron sus espacios. Los andenes se mantenían solitarios y la ocasional llegada de los trenes, los movimientos de sus maniobras, o el paso de algún viajero extravagantemente vestido, incrementaban la sensación de que todo aquello no era sino el escenario preparado para alguna escena misteriosa. Por fin mi tren se colocó en su vía. En la claridad, su mole parda ofreció una apariencia de sólida realidad. Fui hacia él corriendo, como si se tratase del medio de salvación de algún naufragio a que, cada momento que pasaba, me sentía condenado. Pero la sensación angustiosa renació con fuerza cuando penetré: la misma soledad, pero aquí incrementada por un silencio singular, reinaba en los departamentos. Si no fuese porque, en el lejano extremo, resoplaba la máquina entre chorros de humo, podría pensarse que el tren quedaría allí inmovilizado para siempre. El factor que recorrió el convoy comprobando los ejes con golpes de llave que simulaban la percusión rítmica de alguna lentísima melodía, de un extraño tecleo, tenía un aire tan espectral que su presencia, en lugar de tranquilizarme, añadía certeza a mis temores. Me senté junto a una ventanilla, mirando al andén, único viajero del vagón, que guardaba ese olor agrio, síntesis de los innumerables ajetreos, viendo transcurrir en el gran reloj, segundo a segundo, el tiempo que faltaba para la partida.

Volví a casa forzándome a olvidar, con un empeño de la misma naturaleza que quien se obliga precisamente a todo lo contrario, aquellas historias absurdas. Del mismo modo asumí el alejamiento de Nonia, y la voluntad firme de olvido me hizo gustoso el estudio y mis afanes de aprendiz de fotógrafo. Me aparté de la literatura y, a lo largo de aquel año, comencé a colaborar en uno de los periódicos de la ciudad, ocupándome de los reportajes gráficos en los partidos de fútbol. Acabé el curso sin problemas y, como mi inclinación a la fotografía era ya decidida, mi tío me recomendó a un amigo suyo que había sido periodista en la ciudad y que ocupaba un puesto importante en una agencia de noticias, en Madrid, donde empecé a trabajar. Así, las juveniles obsesiones mías por el ejercicio literario quedaron totalmente arrumbadas, encontré nuevos amigos y una vida muy distinta de la que llevaba en mi pacífica provincia. Con el tiempo, todos los personajes de aquellos sucesos se borraron de mi recuerdo y recuperé resueltamente la confianza en la realidad, al comprender que los disparates que me habían rodeado eran, a pesar de todo, muestras de su multiforme patrimonio. Yo pertenecía a la realidad sin duda alguna, e incluso mis sueños estaban subordinados a su preeminencia. Olvidé pues al loco Marzán, al pintoresco Palaz, a la misteriosa Susana. Sólo la imagen de Nonia rebullía a veces en mi corazón, en los primeros tiempos, produciéndome un escalofrío de amargura. Pero después de que pasaron los años, también la imagen de Nonia se había extinguido. Comprenderá pues mi estupefacción ante los rostros de aquellos dos hombres. Despatarrado en el sofá, sin quitarme la cazadora ni desenganchar siquiera de mis hombros las cámaras y la bolsa, contemplaba los cuerpecillos de los peces que se movían entre el resplandor ambarino de la pecera, en torno a la pequeña columna de burbujas, como un reflejo de mis pensamientos girando una y otra vez, con menudos aleteos, alrededor del mismo punto. El borboteo de las pequeñas esferas que enhebraban un continuo rosario bailarín y el sucesivo traqueteo de aquella máquina de escribir que, en la costumbre de todas las tardes, resonaba en el patio, formaban una melodía precisa, acoplada con el lejano acompañamiento de los ruidos de la calle para contrapuntear mis propias reflexiones. La inercia de mi cuerpo favorecía cada vez más el asalto insidioso de pensamientos rebeldes: de nuevo aquella trayectoria que me había mantenido en la conciencia de la realidad amenazaba con perder su firmeza y quedar desdibujada y zigzagueante entre sombras absurdas. Recordé vivamente los enigmas de Marzán, y sus muecas de los últimos días resucitaban en mi mente como máscaras de algún carnaval misterioso. Retornaba el fantasma de aquellos libros imposibles, escritos mediante azarosos montones de conceptos arracimados sin sistema alguno. Otra vez me parecía oírle mientras me mostraba, ronco, los manuscritos de aquel apócrifo de su invención que, sin embargo, se me había presentado a mí un día en carne y hueso. O mientras susurraba que acaso ya no existía el tren que había de devolverme a mi lugar, ni mi ciudad, ni la calle misma que debería alargarse ante la casa. Veía los cuerpos de ambos, el uno colgado de los hierros que remataban en un pasamanos oscuro y brillante, el otro derrumbado entre los geranios, mostrando los pies cubiertos de unos calcetines gruesos, de colores festivos, que parecían contradecir lo macabro de la situación. Ni siquiera había pasado por la agencia. Volví directamente a casa y, apoltronado de cualquier modo, esperaba con ansiedad temerosa la llegada de Nonia. El tiempo crecía también como otra gran burbuja que fuese hinchándose en la habitación, aplastándome a mí en su lenta expansión, hasta dejarme sin aire. El timbrazo de la puerta consiguió al cabo echarme fuera de aquel angustioso marasmo. Nonia había llegado. Era bastante más tarde de las diez. Imagínese una mujer esbelta, perfumada. Llevaba un traje de color oscuro que le sentaba muy bien. Ahora fumaba, y aceptó un trago con naturalidad, pero yo descubrí enseguida que en sus movimientos había signos de rigidez, atisbos de nerviosismo en sus manos y de preocupación en su mirada. Yo borré todo aquello de mi percepción, porque quería recobrar un tiempo sólido donde las cosas eran más escuetas y unívocas y cabales. Ella significaba la puerta de mi mocedad, y del mismo modo me permitía asomarme a mi infancia. Me pareció claro que ella era la única pista que podía llevarme más allá del bar Castrillo, de la tarde en que me alargaron los artículos de Palaz, de la mañana en que una mujer vestida de modo estrafalario empujaba una mula para desatascar un carro grisáceo. Que ella era la única guía para buscar las sendas y los vericuetos entre los montones informes acumulados ante las bocaminas abandonadas y ruinosas de aquella memoria mía. Ella suspiró. Me contemplaba con la misma sencillez de nuestro encuentro, como si no hiciese tanto tiempo que no nos veíamos y fuese a contarme sin más preámbulos algún acontecimiento colegial que hubiese sucedido el día anterior.

—Hace frío —exclamó.

Cerré la ventana del patio y el firme e ininterrumpido tecleo del anónimo mecanógrafo quedó de pronto enmudecido.

—Qué fue de tu vida —dije luego—. Qué haces.

—Sigo allí —repuso.

Del adverbio pareció brotar la evocación perfecta de la ciudad: y la vi toda entera, desde las murallas a los chopos del río, desde las blancas piedras catedralicias hasta los ennegrecidos cobertizos de la estación. La vi otra vez entre los dos ríos, inmóvil contra los cerros que marcaban el horizonte oriental, y al tiempo la vi desde los demás ángulos, entre un decorado de montañas azules y páramos ondulados de tierras rojas, como un gran felino agazapado. Suspiró e hizo aletear suavemente los dedos de las manos.

—En el conservatorio.

Y me vi yo otra vez bajo los grandes castaños de indias, en el parque de San Francisco, mientras oscurecía; el borboteo de la pecera se convirtió en el gorgoteo de la fuente donde el viejo Neptuno, sujetando su tridente de hierro, permanecía año tras año. Yo esperaba a Nonia y aquellas tardes pasaron todas, instantáneas y precisas, por mi recuerdo, desde los minutos anteriores a su llegada, en que yo fumaba un cigarrillo, hasta los últimos momentos de nuestra cita. En aquellos recuerdos se había depositado, por virtud de misteriosas cristalizaciones, un sedimento diminuto y brillante, de tacto suave: en él estaba la sustancia de nosotros dos mezclada con la de la propia ciudad, formando un elemento único con las calles llenas de rastros de gentes como nosotros, que desde hacía cientos de años se habían cruzado y movido en aquellos espacios. Sus ojos también parecían más oscuros: volvió la mirada, se levantó y se acercó al acuario. Acaso también las evoluciones de los pececillos, la cadenita del aire entre el reflejo cristalino del agua, suscitaban en ella la imagen simbólica de los pensamientos vagorosos. De pronto me miró con gesto extraordinariamente grave, como si fuese a comunicarme algo muy importante, pero al cabo solamente dijo:

—Vine a buscar un libro.

La luz de la lámpara definía claramente la madurez de su rostro y supe que yo nunca recobraría el tiempo sólido en que ambos éramos tan jóvenes y nos tomábamos de las manos en la oscuridad del Mari, y el mundo nos rodeaba como un edificio desconocido e invisible pero cierto y único. Que nunca estaríamos otra vez inmersos en la misma palpitación, con las mejillas unidas, mientras ante nosotros se sucedían las sombras blanquinegras de la película como un paisaje entrevisto en un vuelo vertiginoso. Supe que su nerviosismo pertenecía a una ansiedad en que yo no tenía sitio ni papel.

—Estoy muy preocupada.

Yo estaba a punto de relatarle la lejana historia que culminaba con aquellas apariciones tan recientes, como si, sabiéndola oída por ella, mi confesión pudiese liberarme. Pero, al oírla, me contuve. Nonia se separó del acuario, se aproximó otra vez al sofá y, sentándose a mi lado, habló con cierta vehemencia:

—No encontré lo que buscaba. Esta tarde

me sentí muy intranquila y estuve paseando. Pasé por allí casualmente.

Yo miraba la suave curva de sus mejillas, la mandíbula un poco ancha que redondeaba su rostro y mantenía vagamente, en aquellos rasgos ya decididamente adultos, señales aniñadas.

—Escúchame, Nonia —dije entonces, tomándole una mano—. Aquello fue muy raro, como una alucinación. Yo te quería a ti. Te quería a ti, pero ella era una chica mayor, me llevaba a su casa, qué se yo. Era como si hubiese crecido, como si hubiese entrado en el futuro por encima del tiempo y de la edad.

Ella no hizo ningún gesto y mantuvo su mano bajo la mía, aunque con tal inmovilidad que en ningún caso pude pensar que compartía mi acercamiento.

—¿No la volviste a ver? —me preguntó.
—No, nunca —repuse—. Nunca más.

Oh, sí, hablar de aquella historia pasada despertaba decididamente en mí la esperanza de alguna redención.

—A mí me pasó algo muy extraño con ella. Y luego, cuando se fue, durante todos estos años, la encuentro en sueños. Creo verla en la realidad, pero es sólo un sueño.

Hablaba en voz baja, como para evitar que alguien más pudiese escuchar sus palabras.

—La encuentro como por casualidad. Ese es el sueño. Cambian los lugares, pero no el argumento. Muchas veces. Yo creo que cientos de veces lo soñé.

Toda posible evocación quedó entonces definitivamente abortada. Comprendí que no sólo aquella Nonia pertenecía a un contorno en que yo no tenía lugar, sino también que era preciso no evocar nunca más aquel supuesto pasado que creía haber compartido con ella; pues acaso, efectivamente, aquel pasado no había sucedido y nuestros paseos, nuestras charlas en San Francisco, aquella convencional y doméstica intuición de alentar juntos en la respiración de la ciudad, eran sólo ensoñaciones imposibles que yo mismo inventaba. Recordé la aseveración de Marzán de que Palaz era solamente el enlace de todos nuestros enredos, y me pareció descubrir que ese era exactamente, mi propio rol. Marzán se había equivocado. Yo era el verdadero enlace, el personaje de mínima peripecia que servía solamente para unirles a ellos: a Palaz con Susana, propiciando un encuentro y una huida cuyo sentido nunca comprendería; a Marzán, inventor de un personaje ficticio, con la certeza de que su personaje existía verdaderamente, sin que me fuese posible conocer el resultado de aquel descubrimiento; para unir a Nonia, por último, quién sabe con qué misteriosa suerte de sucesos.

—Siempre en sitios muy distintos. He llegado a sospechar que hay lugares, países, que yo visité para soñar luego que la encontraba en ellos. Pero hoy mismo me pareció verla allí, entre la gente, de verdad.

Conseguí dominar mi desconcierto, entendiendo que no debía esperar aclaraciones ni mensajes especiales, y hablé sin titubeos. Le aseguro que comprender que mi destino era aquella actividad secundaria, puramente copulativa, y asumirlo, me gratificaron con una oleada de serenidad.

—Es que andaba por allí —dije—. Yo la vi unas calles más abajo, cuando iba a cruzar el paseo. Está como entonces.

Escabulló su mano, soltándose de mí, buscó un cigarrillo y lo encendió con ademanes torpes y lentos. Aspiró el humo con ansiedad y lo soltó con un fuerte resoplido. Hablaba con la boca todavía llena de humo, mirándome con los ojos muy abiertos.

—También le vi a él, claramente. Igual que si lo estuviera soñando, pero figúrate. Luego, no les he encontrado. Me siento muy desasosegada.

Permanecimos en silencio. Sin duda el pasado había desaparecido sin remedio, si es que había existido alguna vez. Aquella era otra Nonia, y del muchacho que yo había creído ser no quedaba ningún eco. Estábamos en la misma posición, con los ojos vueltos, mirándonos. A pesar de la ventana cerrada, el tecleo del patio había adquirido mayor volumen, como si el infatigable escribiente hubiese arreciado sus pulsaciones.

—¿A él? —pregunté yo—. ¿A quién?

Entonces, Nonia me lo contó todo.

La vegetación era ya sólo una masa negra que repetía su imagen invertida, exacta en su color y en sus dimensiones, a lo largo de la superficie del canal, en ambas orillas, sobre el espejo gris plateado, brillante e inmóvil, del cielo duplicado en el agua. La vegetación y su reflejo simulaban, a ambos lados de la barca, unas larguísimas y simétricas puntas de flecha cuyos extremos anteriores se perdían en la lejanía. El resto del paisaje, el espejo pavonado, se extendía por encima y por debajo como si el agua no existiese y todo estuviese constituido por un espacio único en que comenzaban a hervir las primeras estrellas.

—Este es el mejor momento del día —dijo el piloto, tras un largo silencio—. Muy breve, pero muy hermoso. Está esa luz que lo envuelve todo y no se sabe si fluye del cielo o del agua. Y está ese reflejo tan perfecto, simétrico, de la selva sombría. La luz es tan ambigua como el vacío. El agua es también luz. Lo único sólido son esas sombras negras, indescifrables, que nos flanquean por los dos lados. A veces pienso que este es el único instante verdadero, que todo lo demás no es sino sueño que pasa, sólo una fantasía. En estos momentos creo comprender que no navego por los canales, sino que el río es el propio espacio estrellado, entre los planetas y los soles, que recorro en un viaje cuyo origen he olvidado y cuyo destino desconozco también.

El había entrado en aquel esplendor del crepúsculo casi adormecido por la monotonía del monólogo. Se encogió de hombros, sin responder a los comentarios del piloto. Al tiempo, pensaba que, pese al cambio en la apariencia del paisaje, tampoco la luz que todo lo invadía y aquella sombra simétrica y duplicada eran nuevas y que, como cada uno de los pequeños sucesos del día, acaso significaban la pura repetición de otras imágenes similares. Aquella fantasía del piloto, que apuntaba un viaje desconocido y confuso por algún rumbo cósmico, se concretaba en su propia mente con la imaginación de un recorrido concreto, cierto, pero infinitamente repetido; sin principio, pues, y que no tenía posibilidad de conclusión; que volvía a presentar, como una primera vez que siempre había sido la misma, cada uno de los paisajes y los claroscuros, los brillos y las opacidades del cielo y del agua.

—Muy hermoso —dijo, al fin.

La larga inmovilidad y lo duro del acomodo le tenían entumecido. Se incorporó y recordó que su esposa le esperaba fuera. Asomó la cabeza por el vano de la entrada: ella seguía sentada en el suelo, con las piernas extendidas hasta apoyarlas en el extremo superior de la roda, los brazos cruzados sobre el regazo y la cabeza reclinada en un gran fardo. Salió con esfuerzo y, agarrándose con firmeza al techo de la cabina, se acercó a ella.

Desde allí fuera, amortiguado el ruido del motor, se podía escuchar el alboroto de los pájaros y de los animales entre la espesura. La llamó en voz baja, pero ella no contestó. Se inclinó y pudo comprobar que tenía los ojos cerrados: se había quedado dormida. Se sentó entonces a su lado y permaneció contemplando con embeleso el reflejo de la vegetación a ambos extremos del espejo azul plateado y escuchando los sonidos de la jungla. Tras ellos, como un ruido ajeno, traqueteaba el motor con el ritmo del largo monólogo, como la salmodia confusa del interminable relato. Pero muy pronto el cielo y su reflejo se volvieron oscuros, la sensación de brillante vacío desapareció y de nuevo el agua, aunque invisible, fue un fluido inmediato sobre el que flotaban, y la noche una negrura lejana, cuyas estrellas nacientes ocultaban las grandes masas opacas de las nubes.

Una gruesa gota de agua le golpeó un párpado. Luego, una súbita salpicadura repiqueteó en la cubierta, mojándole la cabeza y las ropas. Ella despertó con un pequeño grito.

—No te asustes —le dijo él, rodeándole un hombro con el brazo.

—Qué pasa.

—Ya es de noche —dijo él—. Llueve.

Ella respiraba con agitación.

—Tuve un sueño. Me dormí y tuve un sueño.

—Estás cansada.

—¿Falta mucho?

—No lo sé. Creo que no.

—Eh —llamó el piloto, asomando por la portezuela—. Vengan adentro. Se van a empapar.

Se incorporaron y regresaron a la cabina. La lluvia era nutrida y se escurría por el cristal del parabrisas en grandes regueros. El piloto sostenía en una mano un foco. Paró el motor y le agarró de un brazo.

—¿No oye? —dijo, con alarma.

El escuchó con atención. Los murmullos de la selva habían sido sustituidos por la sacudida del agua contra las hojas y la superficie del río. Un golpeteo agudo, vibrante, que resonaba con fuerza en la toldilla. El impulso inerte de la embarcación se alteró con súbitos bamboleos.

—Sólo oigo la lluvia —dijo.

—Como un ruido metálico —exclamó el piloto—. Como un tecleo.

—No —insistió él—. Es sólo el agua.

Los norteamericanos miraban serios al piloto. Este puso otra vez el motor en marcha y se sentó. Había encendido el foco y lo manejaba lentamente, recorriendo la espesura con su luz. El haz luminoso, temblequeante, apenas conseguía alumbrar, más allá del chaparrón, alguna rama que sobresalía en lo oscuro, o el bulto borroso de la vegetación ribereña.

—Por un momento me pareció un ruido diferente de la lluvia. Una percusión sucesiva.

Había disminuido la velocidad del motor y buscaba con la linterna algunas señales que, sólo perceptibles para él, le permitían continuar la navegación. En el cielo brillaban reflejos de relámpagos silenciosos. El piloto lanzó un fuerte suspiro. Apuntó vagamente a los relámpagos.

—Eso es el calor —dijo—. Allá arriba. No tiene nada que ver con esta lluvia.

Había desenrollado unas cortinas de plástico traslúcido y sucio, que impedían que los pasajeros se mojasen pero que, al obstruir la circulación del aire por el interior de la barca, hicieron aumentar el calor instantáneamente. Iluminado por unos focos mortecinos, el interior adquiría un aspecto desolado y sórdido. Los gringos habían abierto unas botellas y, sentados al fondo, ayudados por una mesa portátil, comenzaron una partida de naipes.

Ella se dejó caer a un lado del asiento del piloto. Estaba pálida y tenía las facciones ojerosas y los ojos tristes.

—¿No te encuentras bien?

—Sí —dijo ella—. Me dormí.

—Estará molida —dijo el piloto—. Ahí llevo aspirina.

Pero ella no quería tomar nada. Al cabo, bebió otro refresco.

—Ya falta menos, señora —dijo el piloto—. Ya estamos muy cerca. Si deja de llover, a las ocho estará usted cenando tan ricamente. Ahora, con la oscuridad, es lo más pesado.

El se sentó también, en un lugar simétrico al de ella. El piloto guardaba silencio, absorto al parecer en aquel escrutinio de la ribera, con ayuda del pequeño foco luminoso cuya empuñadura sostenía con una mano, mientras conducía con la otra.

—Esas chispas son del calor —repitió—. Están muy lejos, muy altas.

Se volvió luego a la mujer.

—Dirá usted que le robé el marido.

Ella hizo un gesto desmañado, un poco turbada.

—Pero no, no se preocupe.

—Le estaba contando una historia. Por entretenernos.

Ella dejó el bote en la caja para desperdicios y, sacando un pañuelo de su bolso, lo empapó en agua de colonia y se limpió las mejillas y las manos.

—Por entretenimiento —repitió—. Es un viaje muy largo. Ahora iba a hablarle de una novia que tuve.

—Pero por mí no se interrumpa —dijo ella—. Siga usted.

—¿No le molesta?

—No, por favor.

—Lo que ella me contó un día, después de tantos años, después de encontrármela por sorpresa, fíjese usted, junto a dos resucitados.

—¿Dos resucitados?

El piloto soltó el volante e hizo un gesto de fastidio, apretando un momento el puño.

—Dos resucitados, y otra mujer que yo había querido. ¿Se imagina? Todos juntos, coincidiendo desde quién sabe qué caminos.

La mujer miraba al piloto con curiosidad.

—Habían pasado bastantes años: las cosas se presentaban de tal forma que me marché. Huí. ¿Me comprende?

El calor acumulado dentro de la nave le hacía sudar copiosamente.

—Tuve que escapar. Resucitados. Ellas. La ciudad deglutida por unos jugos amarillentos, como si un inmenso estómago empezase a digerirla.

Se puso en pie y, soltando otra vez el volante, enrolló los plásticos que cubrían los vanos de la cabina.

—¿Ven? Ya no llueve. En estas fechas, son diez minutos, justo a esta altura del recorrido.

Ante su gesto, los norteamericanos enrollaron también las largas cortinas y la brisa volvió a recorrer la cabina. El piloto permaneció inmóvil unos instantes, como esperando oír algo en la negrura.

—La novia que tuve cuando muchacho —dijo, después de sentarse—. Lo que me contó, tantos años después.

Ellos le escuchaban atentos.

VII. La historia de Nonia

La historia de Nonia culmina con la búsqueda de una leyenda. Ella descubre la leyenda a través de una vaga referencia, semanas antes de aquel encuentro con él. Es una tarde de lluvia. Nonia está reclinada perezosamente, con la mirada distraída a menudo en las imágenes de la tele, pero casi ajena a la trama, mientras hojea, también sin demasiado interés, las páginas del periódico. El programa ha terminado y se dispone a levantarse para desconectar el aparato, cuando unas imágenes fugaces reclaman su atención: con apresurada brevedad y desde enfoques convencionales, inmediatamente reconocibles, se van sucediendo en la pantalla viejos arcos claustrales, portaladas de piedra oscura, un largo puente dorado sobre el río que se aleja ante las grandes choperas, la diminuta cruz de hierro hincada sobre un cúmulo de cantos, casas con grandes aleros, ruinas desmoronadas.

La curiosidad de ver aparecer algunos de los paisajes familiares le hace detenerse. Se queda inmóvil, contemplando aquellas imágenes. La voz del locutor tiene una cadencia irregular, de lector mediocre, y enfatiza de modo que puede resultar grotesco la ristra de viejas glorias, como buscando el asombro de los espectadores: pero sobre la voz van apareciendo los edificios y las travesías, entre valles ondulados, bosques oscuros y caminos tortuosos como senderos, y la rotunda serenidad de los paisajes prevalece sobre el engolamiento de las palabras, e incluso las justifica: pues los viejos claustros de arcos simétricos son como ventanas abiertas a paisajes que sólo algunos ojos serían capaces de interpretar; las portaladas oscuras, resultan umbrales que podrían significar, ciertamente, la entrada al castigo o la salida al perdón de ocultos destinos; los puentes, fronteras que alguien defendió en desmesurado gesto, como si su paso permitiese el acceso a singulares territorios; y las cruces parecen marcar, sobre el montón de las piedras peladas, la señal de una agonía, como en las calles estrechas las fachadas de las casas, con sus grandes puertas bajo dos balcones equidistantes, simulan enormes rostros atónitos, deformados por una expectación sin esperanza, o las ruinas quedan desmoronadas en los descampados con una precisión que se diría fruto de una expresa voluntad de acabamiento.

La voz describe algunos puntos de la antigua ruta que, desde lejanas tierras hiperbóreas, cruzando puertos entre abismos vertiginosos y puntiagudos montes de nieves permanentes, iba descendiendo a los valles de los grandes ríos a través de distintos ramales, unos que recorrían suaves y verdes llanuras, otros que atravesaban las tierras rojas entre cipreses, laureles e higueras, o se demoraban ante las fachadas de las grandes catedrales, para confluir bajo las montañas de plata y penetrar, por fin, en la península. La voz describe los desfiladeros de mítica fama, señala los tramos y las derivaciones que, a veces, se separaban de la rama principal, y muestra al fin que, más allá del sepulcro, el Camino se detenía definitivamente ante el santo cristo de la barba rubia, en tierras del extremo occidental.

Es una descripción prolija, que Nonia deja pasar sin demasiada atención pero con un singular sentimiento de cotidianeidad, como si todos aquellos parajes, y no solamente los cercanos y conocidos, le fuesen familiares desde antaño y no necesite fijar demasiado su atención en ellos para saberlos, sumisos y permanentes, a la vera de una ruta cuyo recorrido acaba siempre por encontrarlos.

Al cabo, la voz se va entreteniendo en la referencia de viejos textos sobre el Camino. Uno de los libros mencionados con especial relieve es, al parecer, una guía que, patrocinada por algún papa medieval, había conseguido popularizar la santa ruta en aquellos siglos oscuros. Cuenta el locutor que el libro se componía de variados textos y que, junto a los itinerarios y las oraciones, en una de sus partes se mostraban casos y ejemplos relacionados con la peregrinación; diversos milagros de nuestra señora donde Santiago actuaba también de mediador. Jugadores blasfemos, hijos réprobos, siervos desleales, amigos envidiosos, frailes rijosos, conseguían el perdón de sus culpas gracias a la intervención maternal de la virgen o a la ayuda fraterna del apóstol, de quienes habían sido devotos.

Fuera, la lluvia repica en los cristales y también se oye el ulular suave del viento en los patios. Ella está absorta en las imágenes, y sólo vagamente atiende al discurso de las palabras. De pronto, y en los momentos postrimeros del relato, siente una especial curiosidad por uno de los milagros, cuyo argumento intenta abarcar acuciosamente desde el desenlace, que es lo único que en verdad ha escuchado. Despierta en ella un gran deseo de conocer el asunto y espera inútilmente que el locutor vuelva a referirse a ello. Pero las citas del libro han concluido; las hermosas portadas, los sepulcros y los cruceros, las espadañas enhiestas en los valles, ilustran el final de la emisión. Entonces Nonia se levanta, desconecta el aparato, se sienta de nuevo y permanece absorta durante largo rato.

Le parece que el milagro que tan impuntualmente suscitó su interés trataba del amor sacrílego de dos peregrinos; cree también haber oído que, por su pecado, ambos quedaron condenados a vagar por el Camino sin encontrarse jamás hasta el final de los tiempos, cuando todos los caminos desaparezcan para siempre. Sin embargo, ni ha entendido la naturaleza pecaminosa de aquella relación ni comprende si, de acuerdo con el milagro, el vaticinio apocalíptico estaba condicionado a que los peregrinos se encontrasen, o su encuentro era el signo fatídico del último cataclismo, cuando el camino estrellado del cielo, que señala la ruta, y el camino polvoriento, que discurre entre las ciudades y los bosques, desaparezcan para siempre, y con ellos todo el universo.

Permanece absorta: pues ambas posibilidades son, sin embargo, la misma, y sólo un matiz del juicio puede diferenciarlas; piensa en el final de los tiempos como en un hecho igualmente pasajero y efímero que la extinción de una sobremesa más; pues el paso de cada minuto no es sino un aviso de ese final insoslayable. Vuelve luego al milagro apenas oído y siente que, así como no ha entendido el propio contenido de la anécdota, tampoco barruntó ese final arquetípico en que los pecados más graves, contumaces hasta suscitar la ira divina, quedan redimidos en virtud de una pasión devota.

Al tiempo, un pensamiento absurdo la deslumbra: pues la descripción de aquel milagro confuso ha incorporado en su memoria, con una claridad sin equívocos, la figura de los dos peregrinos que ella conoció en su adolescencia y que, de modo peculiar, entraron en su vida cotidiana a través de un sueño repetido a lo largo de los años. Nonia permanece absorta, con la imaginación prendida en aquella remembranza. La lluvia deja de repicar. Ella pierde entonces su inmovilidad, se acerca a la ventana, aparta las cortinas.

Ha dejado de llover. Sobre el asfalto, húmedo todavía, se refleja la luz del sol que, aunque tardíamente, ha prevalecido, por fin, sobre las nubes. Nonia debería salir para cumplimentar varios recados: sin embargo, busca con el pensamiento alguna labor que le retenga en casa y, obligándola a posponer los pequeños quehaceres callejeros, le permita mantener su soledad silenciosa, entregada del todo al deseo de continuar rumiando aquella analogía disparatada.

Se sienta otra vez. Las cortinas han quedado separadas y un rayo roza el mortero del aparador, encendiendo un reflejo que es como un faro diminuto, indicador de la línea verdadera de una costa invisible. El resplandor breve y dorado rodea el resto de los objetos colocados sobre la decrépita cómoda de un halo solemne. Con la referencia de aquella confusa leyenda, sus recuerdos parecen nimbados también de un fulgor que los enaltece. Así, aquel sueño repetido a lo largo de los años, en que dos peregrinos coincidían con ella en distintos lugares, adquiere, de pronto, misteriosas significaciones y, como los bultos familiares que permanecen en lo oscuro de la alcoba y cuya presencia se conoce aunque no pueda verse, tiene por un momento la sospecha de que su sueño no ha sido esporádico, aunque repetido en sus características, sino permanente; que, aunque sólo sea capaz de recordarlo alguna vez, es el mismo sueño de todas las noches, acaso reiterado él mismo a lo largo de cada noche, en una sucesión disparatada de escenarios y situaciones: en paisajes de nieblas y bajo soles brillantes del estío; entre lluvia y sobre nieve; ante pequeñas ermitas y voluminosas catedrales.

Así, pues, Nonia piensa en la leyenda apenas oída, en los personajes intuidos de la leyenda y en aquellas sombras de sus sueños, con un embeleso tranquilo que, sin embargo, domina sus demás preocupaciones. Siente una gran curiosidad por ese libro en que, al parecer, se narra la historia vetusta. El aire legendario, la apariencia de ingenua piedad, la sutil firmeza del arquetipo milagroso, ofrecen también ese aspecto no casual de todos los sueños.

La evocación trae hasta ella el recuerdo de ciertos aromas de la niñez. La rememoración nebulosa de las flores repartidas en recipientes de vidrio, cuyas bocas apenas abarcaban la abundancia de los tallos, y de las llamas trémulas de las velas, que arrojaban sobre el rostro de la imagen breves sombras sucesivas, sugerentes como gestos propios de las facciones muñequiles de aquella pequeña inmaculada de yeso. Era el mes de María, el mes de las flores, y aquellos retiros en la capilla se interponían como un paréntesis de paz absoluta en el desarrollo de los cursos, anunciando, sin duda, la quietud gozosa del cielo, que era como un regazo cálido y blando, como el vientre de un gran gato pacífico enroscado en el rincón más confortable de la eternidad.

En la oscura capilla, el capellán cantaba con voz emocionada las alabanzas de nuestra señora. Recuerda cómo era entonces: menudo, ya calvo, con el gran cráneo redondo donde brillaba, como en un mármol pulido, el relumbre tembloroso de las velas. Aquellas oraciones, los cánticos, las jaculatorias y las promesas, y luego la procesión por el gran patio, entre el atardecer de primavera que se alargaba envuelto en perfumes vegetales, vuelven a ella con dulzura, como una ceremonia donde no era posible ninguna violencia.

Piensa en el antiguo capellán y comprende que, sin duda, él conoce el libro y sus leyendas. Sabe por su padre que el hombre, ya muy anciano, permanece en un estado frágil, preludio del inevitable final. Su curiosidad encuentra entonces los argumentos necesarios, y decide, por fin, salir de casa, pero no para solventar sus menudas obligaciones domésticas, sino para visitar al viejo capellán y charlar con él: recordando las tardes perdidas de los mayos infantiles, hablar del antiguo libro donde están escritas aquellas leyendas milagreras.

El relato de la visita es casi innecesario, pero permite resaltar el interés de Nonia por la leyenda apenas intuida. No es preciso describirla mientras, recorriendo las callejas tortuosas, se aproxima a la casa del viejo capellán, que llegó a canónigo y está ya jubilado. La humedad del día empapa los cantos de las murallas y el empedrado de la calzada, remansándose en los ámbitos lóbregos de los portalones. La entrada de la casa es uno de aquellos cobijos oscuros y olorosos. Una bombilla de luz pálida alumbra el rellano. Nonia golpea el aldabón varias veces y espera paciente la larga sucesión de las pisadas que llegan arrastrándose con eco cansino. Una voz trémula pregunta su identidad, al otro lado de la gran mirilla. El ama es un bulto negro que, inmóvil, con los brazos caídos a lo largo del cuerpo y un brillo harinoso en el rostro arrugado, la contempla desde más allá del ventanuco como si estuviese al otro lado de algún umbral perdurable.

—Jesús —exclama, al cabo del tiempo—. No te reconocía. La voz me era familiar, pero no terminaba de caer.

—Sí, soy yo —dice Nonia.

—Pasa, hija, pasa. Se va a alegrar mucho.

La vieja ama recorre aquellos pasillos tenebrosos con la seguridad de una costumbre de muchos años. La penumbra de los rincones se espesa en los pliegues polvorientos de las pardas cortinas y los grandes muebles que recogen entre sus pesados entablamentos espacios igualmente lóbregos.

El canónigo está ya muy viejo. Acaso ha tardado también unos instantes en reconocerla, pero no lo dice. Se ha incorporado levemente, aunque sin sacar las piernas de la camilla, y manifiesta una alegría ingenua. Sin duda ve ya muy mal, pero sigue teniendo un oído fino y se esfuerza para dominar, con su voz cuidada y parsimoniosa, la escasez del aliento.

—Pero no se mueva —dice Nonia.

Don Agapito se derrumba de nuevo, arrebujándose en la manta. En la mesa camilla, un puñado de judías verdes desparramado sobre una hoja del Diario da señales de la actividad del ama, que lo recoge todo con mano temblorosa y se marcha a la cocina.

—Bueno —dice Nonia suspirando—. No quería incordiar.

En un plazo muy breve, la mujeruca regresa con una bandejita de pastas y una copa de vino oscuro.

—Le veo bien —dice Nonia—. Con buen aspecto.

Sobre la mesa camilla permanece la vieja lámpara de polea cuya forma vetusta, el enflecado contorno y el gran contrapeso dorado, tanto llamaban su atención de niña. La luz se concentra en ellos, dejando sumido el resto de la estancia en una sombra creciente.

—Bah —exclama el canónigo.

—Hace tanto que no vengo por aquí. Tiene que perdonarme.

—No te preocupes. Tendrás más que hacer que aguantar a un carcamal.

—No diga eso.

El vino tiene un regusto dulzón, un sabor rancio que se armoniza sin estridencia a los olores y claroscuros de toda la casa.

—Además, tu padre no falla una semana.

Sus manos están ya muy arrugadas, con el dorso constelado de grandes pecas marrones. Las ha colocado sobre el tapete, una junto a la otra, en perfecta simetría. Mientras habla las hace resbalar, separándolas y volviéndolas a juntar, de acuerdo con un ritmo lento y silencioso.

—Don Agapito —dice ella—, hoy me acordé de aquellos meses de María. El altar de la capilla lleno de flores y de velas encendidas y usted contando milagros.

—Eran los modos de entonces, hija.

—Es un recuerdo muy hermoso, como un ensueño lleno de quietud, una paz que casi no he vuelto a sentir en la vida.

—Las técnicas de aquellos tiempos. Para impresionaros, bobina.

—Pensaba en ello a propósito de una cosa que vi por la tele. Un reportaje sobre el Camino.

—Nosotros tenemos la nuestra estropeada. Salió muy mala.

—Hablaban de un libro antiguo, medieval. Escrito por algún papa. Era como una guía, y se acompañaba de milagros. Yo me acordé de usted, de aquellos meses de las flores.

—Ya sé a qué te refieres.

—Había un milagro que no acabé de entender. Hablaba de dos peregrinos pecadores, de su castigo. Decía que, desde entonces, vagaban por el mundo sin encontrarse.

El canónigo guarda silencio unos instantes.

—Fue un texto muy conocido en el siglo doce. Hay copias de él en muchos lugares.

—¿Usted recuerda el milagro que le digo?

El canónigo ha echado la cabeza hacia atrás y habla lentamente, como recordando.

—Pretendía divulgar la ruta. Lo del Camino acabó teniendo mucha importancia, hija. Milagros, los que quieras, naturalmente. Eran otros tiempos.

Los esfuerzos y la conversación le han hecho recuperar una vitalidad que se manifiesta penosamente, vencedora entrecortada y efímera del estrangulamiento que se adivina próximo y definitivo.

—La gente creía en esas cosas.

—¿Lo recuerda?

El hace un gesto vago con las blancas y viejas manos, como quitando importancia al milagro concreto, y valorando sobre todo la época, la forma de pensar y de sentir en que aquéllo se había producido.

—Recordar, recuerdo muchos. Eran edificantes, ejemplares. Para impresionar, como aquellos meses de las flores: venid y vamos todos, con flores a porfía.

Con las pupilas blanquecinas, la frente llena de surcos, las orejas desplegadas a ambos lados del cráneo opalino, cubierto también de pecas oscuras, la cabeza del canónigo parece la de alguna imagen descolorida, perdida entre los cachivaches de alguna apartada sacristía.

—¿Sabe usted dónde puedo encontrar el libro?

El hombre se ha quedado de pronto ensimismado en el tarareo de aquella canción devota. Termina de musitarla y, sacando un pañuelo, se suena con estrépito. Nonia va a repetir su pregunta, cuando él responde.

—Mira en la provincial. Puede que allí tengan algo.

El ama vuelve a entrar en la estancia, limpiándose las manos en el delantal.

—Hacía mucho que no te veíamos por aquí.

Ella sonríe al ama, pero don Agapito vuelve un poco el rostro y la manda callar con un gesto.

—¿Tienes mucho interés en ese libro?

—Bueno —dice ella— me despertó la curiosidad. Lo cierto es que me gustaría verlo.

—En Santiago se conserva uno de los códices originales —dice don Agapito.

Cierra una de sus manos y golpea sobre el tapete con el puño esquelético.

—En aquel cabildo tengo todavía amigos —asegura—. Tendrás acceso al libro, si quieres.

Nonia comprende entonces que la consulta del texto puede resultar bastante problemática. A pesar de todo, siente algo paliada su curiosidad después de la breve conversación, como si en el rostro de don Agapito, en aquellos ojos lechosos, en la barbilla brillante por la breve humedad de la baba, hubiese encontrado un signo apacible que, sin aclararle nada, sustituyese, sin embargo, las oscuras razones de su interés por otras certezas que no necesitan ser desentrañadas. Se levanta.

—Lo dejaré para el verano, entonces. Este verano quería ir por allí unos días. Ya le avisaré para que me haga usted alguna carta de presentación.

—No te entretengas tanto —dice él, con una mueca—. En verano, si Dios quiere, ya estaré criando malvas.

—Qué cosas dice. Yo le encuentro estupendamente.

Ya de pie, mientras se inclina para besar las mejillas frías y rasposas, le hace la última pregunta:

—¿No se acuerda de aquella peregrina francesa?

El viejo responde con un gesto de plena ignorancia.

—Aquella que me dio clases de francés y de piano.

Don Agapito suspira:

—Ay, hija, yo ya no tengo memoria para nada.

La peregrina había aparecido un día en una tartana llena de trastos, tirada por una mula. Estaba al parecer enferma y el cabildo se ocupó de sus cuidados durante un tiempo. Cuando sanó, permaneció en la ciudad dando clases de francés y de piano. Don Agapito se la había recomendado a su padre, como mujer que, pese a su nacionalidad, era muy piadosa, y así fue como comenzó a darle clases. El idioma, los lunes y los miércoles; el piano, los martes y los jueves.

Era muy puntual. Saludaba ceremoniosamente, rezaban tres avemarías y comenzaban. Al principio, su madre asistía a todas las clases, sentada en un sillón, cosiendo, para verificar el aprovechamiento de aquellas lecciones. Con el tiempo, aburrida por un lado de la rutina de los ejercicios y convencida por otro de la aplicación de profesora y alumna, decidió seguir sus hábitos anteriores y permanecía en el cuartín, sentada al brasero y escuchando en la radio las charlas de un famoso fraile franciscano capuchino.

Pero no era precisa ninguna vigilancia. La señorita Sisán era muy seria; en cuanto a Nonia, sabía que aquellas clases, y el piano, suponían un esfuerzo familiar hecho de más horas en el banco, de nuevas contabilidades, de algunos sacrificios en la comodidad doméstica, y se entregaba a ellas con animosa disposición. Esa entrega a los estudios, tanto en el conservatorio como en las clases particulares, era uno de los pocos motivos de alegría de su padre, un hombre habitualmente silencioso, con una tristeza honda que, según su madre, provenía de la guerra, cuando hubo de recorrer varios frentes y terminar su servicio en un penal andaluz donde, día tras día, se fusilaba por centenas a los vencidos. La aplicación estudiosa de su hija y el ejercicio de una religiosidad sin grietas eran, al parecer, los principales alicientes en la vida de aquel hombre.

La larga rutina de las lecciones, que se extendieron a lo largo de todo aquel curso, fue creando entre ellas una costumbre de confianza. Coincidió, también, un tiempo en que Nonia se alejó bastante de los amigos habituales e incluso que, por razones que nunca había comprendido muy bien, el muchacho que antes la acompañaba con asiduidad se apartó súbitamente de ella.

Así fue fraguando su intimidad con la señorita Sisán. Intercambio de libros, de regalitos, de confidencias. Con el tiempo, se veían fuera de casa algunas veces, los viernes o los sábados, para hacer la visita al santísimo y merendar. Así, la ceremoniosa y lejana señorita Sisán manifestó un carácter más abierto, y ella se mostraba también más locuaz con aquella mujer cuyo pelo rubio tenía algunas canas y que llevaba las incipientes arrugas del rostro como signos de una oculta amargura. A veces, en las clases de francés, la señorita Sisán declamaba algún hermoso poema, o leía con emoción unas páginas especialmente bellas de sus escritores preferidos. Otros días, después de la clase, interpretaba en el piano algunas piezas. Había sobre todo una melodía que la señorita Sisán tocaba con especial sentimiento.

Aquella música tenía un tono antañón, una cadencia monocorde, una sutil reminiscencia religiosa. En ella parecía resumirse, en un susurro ininteligible, algún relato doloroso. Nonia le preguntó a la señorita Sisán por la identidad de aquella melodía: con los ojos llenos de lágrimas, la señorita le dijo que era una vieja música, compuesta por alguien que ella había amado. Y se quedó así, de perfil, como escuchando el eco lejano de las notas que tocaba, mientras las lágrimas desbordaban sus ojos.

Una tarde, la señorita Sisán le regaló una cajita de plata, de aspecto muy antiguo. Se encontraban sentadas en una cafetería, y ella daba vueltas al objeto en sus manos, palpando la suavidad de aquellas molduras pulidas. Entonces, con voz muy baja, entreverando en su narración los dos idiomas y algunas palabras incomprensibles, la señorita Sisán, en un desorden de datos que iba ajustándose paulatinamente, ya que no a la cronología, sí al contenido de los sucesos, comenzó a contarle la historia de su vida.

En los comienzos del relato, envuelta en neblinas, se alzaba la vieja casa donde ella nació. Evocaba la tranquilidad provinciana y rural, con su sabor a eternidad, los años interminables en aquella rumorosa soledad doméstica que tanto le recordaba esta ciudad.

Era el único vástago de un héroe muerto en la guerra. Desde niña se afanaba sobre el piano uno y otro día, para alegrar la tristeza de su madre, una mujer silenciosa y enfermiza.

Un día, cuando había cumplido los veinticinco y su vida seguía dilatándose suavemente en el eco sempiterno del mismo compás de la infancia y la primera juventud, hizo una excursión con algunas amigas, para visitar un viejo monasterio. En la penumbra de la iglesia resonaba la música del órgano como un lamento multiplicado y ella sintió, de pronto, que aquello era la manifestación objetiva y ajena de la larga tristeza que empapaba toda su mansedumbre de tantos años.

Subió al coro sin ver el suelo que pisaba, sintiendo cada escalón como la confirmación de un camino solidificado de pronto en la oscuridad solamente para ella. Sentado frente a un gran armonio, en mitad del coro, había un fraile joven que movía con ímpetu sus manos a lo largo del teclado, o manejaba los botones de los registros. La bombilla amarillenta que daba luz a la partitura hacía relumbrar sus ojos.

Allá arriba, la música del armonio adquiría una intensidad lacerante. Ella se fue acercando lentamente, hasta quedar a un lado del teclado: las ondas sonoras parecían surgir, más que de los ocultos instrumentos, del cuerpo del propio fraile, a través de sus grandes manos. Quedó unos instantes inmóvil; pero luego, como atraída por un remolino en cuya fuerza también el sonido participaba, acercó todo su cuerpo al armonio, hasta apoyar en él su vientre y sus muslos. La vibración del mueble golpeó la superficie de su carne, y luego iba entrando en ella sin remedio. Entonces el fraile la miró y, del mismo modo que la vibración había atrapado su cuerpo, aquellos ojos se apoderaron de su voluntad.

Estaban unidos por el armonio, por la música y por la mutua mirada. El fraile fue intensificando el volumen de la melodía y permanecieron contemplándose con fijeza durante mucho tiempo, mientras ambos sentían un ahogo que apresuraba el ritmo de su respiración y de sus latidos.

Interrumpió aquella extraña fascinación la llegada de sus amigas. Se acercaron a ella y le reprochaban, bromistas, su súbita desaparición. El joven fraile dejó de tocar y continuó contemplándola con aire turbado. Antes de descender, volvió la mirada y comprobó que se había quedado quieto, y que la miraba también con ojos fijos y ávidos.

Durante las siguientes semanas, aquellas sensaciones se mantuvieron encendidas dentro de ella. Le parecía sentir todavía aquel gran armonio como un cuerpo vivo y vibrante que prolongaba el de aquel hombre desconocido y el de ella misma, hasta obligarles a la misteriosa comunicación, al insólito contacto. El recuerdo, en lugar de amainar, fue derivando progresivamente en una imperiosa atracción. Al fin, volvió a repetir, ella sola, el viaje hasta el lejano monasterio. Llegó en las primeras horas de una tarde otoñal. Desde el altar mayor, algunas lucecitas débiles temblaban frente a la oscuridad, cada vez más sólida.

El armonio resonaba igual que entonces. Subió las escaleras y, cuando llegó arriba, contempló al mismo fraile, nimbado por el resplandor de la bombilla. Se aproximó luego, pero un extraño pudor le impedía juntar su cuerpo al armonio, como había hecho la otra vez. El fraile dejó de tocar, se puso en pie y se acercó a ella. Extendía las manos, trémulas. En sus muñecas relumbraban los puños de la camisa y, más allá, el color del hábito se iba disolviendo en la misma penumbra del coro, de modo que sólo las manos y los ojos resaltaban en el espacio denso, como manos y rostro de un ser más que humano, inmenso, cuya materialidad fuese todo el espacio de la iglesia, el eco todavía vibrante de la música, el vaivén luminoso de los cirios lejanos.

Llegó hasta ella, la abrazó. La angustia le escocía como una herida. El fraile la condujo con decisión hasta la oscuridad del fondo, donde se abría un pequeño cuarto lleno de polvorientos cachivaches, apenas iluminado por un alto ventanuco redondo. Allí, sentados uno junto al otro, empezaron a murmurarse una larga sucesión de párrafos que ninguno de los dos escuchaba, de palabras inconexas que eran, sin embargo, declaraciones amorosas. Su mutuo encuentro había sido el descubrimiento de una esperanza terrestre y cercana que, aunque de modo confuso, había persistido, vigilante, dentro de cada uno de ellos. Su comunicación primera a través de la vibración del armonio había tenido el carácter de unos esponsales.

Regresó a su casa, pero desde entonces iniciaron una correspondencia epistolar frenética, que ella remitía a una de las pupilas espirituales del fraile. La nueva comunicación se mantuvo hasta las navidades, en que ella volvió a visitarle. De nuevo el coro fue testigo de su encuentro, y el cuartín del rincón, a donde el fraile había transportado el montón de viejas telas, cortinas y casullas que les sirvieron de tálamo, lugar donde hicieron conocimiento más íntimo de sí mismos. Por el ventanuco entraba la claridad blanquecina de la nevada, como una luz celestial. Temblaban como enfermos. De su ensoñación les sacó, con sobresalto, un toque de campanas que comenzó a retumbar sobre ellos.

En primavera huyeron juntos. Estuvieron unidos varios años. Era una vida sin rumbo fijo, que en los inviernos les obligaba a permanecer en alguna ciudad, para pasar los días en agotadoras clases de música, y que en los meses cálidos les empujaba a los caminos rurales. Luego, se hicieron peregrinos. Ella empezó a pintar y a iniciarse, también, en un tráfico de muebles y piezas antiguas que, a la larga, había resultado suficiente para su subsistencia. El llegaba a las iglesias terminales de cada ruta en una especie de éxtasis religioso, como recuperando alguna de aquellas sensaciones que embargaban su espíritu en su vida anterior. Solicitaba permiso para tocar el órgano y, una vez conseguido, se sentaba ante el teclado e interpretaba música durante muchas horas seguidas.

Aunque continuaban siendo felices, se iba apoderando de él, cada vez más, una pesadumbre oscura. A partir de un invierno excepcionalmente seco y cálido, apenas tuvieron momentos de intimidad. Luego, él fue entrando en un mutismo tenaz. Ya por entonces eran propietarios de la tartana y de la mula.

Un día, recorriendo uno de los ramales franceses del Camino, se detuvieron a pasar la noche en un alto, al pie de enormes peñascos. Quedaba bajo ellos el valle amplísimo, donde se dispersaban las casas de labor. Cuando amaneció, la fueron despabilando el canto de los gallos, los ladridos de los perros, el sonido de las esquilas, todos los rumores que multiplicaban sus ecos mansos entre los campos. Despertaba con dificultad, con gran cansancio, como si el sueño, aquella noche, hubiese descendido hasta una hondura desmesurada, infinita. Su corazón desbordaba una tristeza desconocida, irremediable.

El no estaba a su lado. Pero, del mismo modo que otras veces no le había extrañado su ausencia, pues muchas mañanas él se levantaba con el alba para pasear por los bosques y los montes en los momentos primeros del día, aquella mañana sintió una ansiedad insólita, una premonición sombría.

Salió de la tartana. El sol dorado iniciaba su ascenso en las lomas fronteras. Los rumores aldeanos cesaron durante unos instantes: los gallos no cantaban, ni los perros ladraban, y se detuvieron también los repiqueteos de los esquilones y hasta los murmullos de voces humanas y los trinos de los pájaros. Sin duda se trataba sólo de una coincidencia, pero aquel silencio la asustó. Recorrió con la mirada los alrededores.

A la distancia de un tiro de piedra comenzaba una mancha de árboles que cubría la ladera. Un gran castaño aislado parecía marcar la frontera entre aquel pequeño bosque y los pedregales que ascendían hasta la cresta de la loma. A un lado del castaño, contrastando con el verdor del follaje, pendía un gran bulto, oscuro como un saco. Aquella imagen primera fue instantáneamente transfigurada por una intuición atroz: el bulto tenía también el aspecto borroso de un cuerpo humano, y el color sugería unas ropas familiares, las ropas que él vestía, que iban recordando cada vez más los sayales de su vida de fraile.

—No quise acercarme —susurró la señorita Sisán—. Preferí pensar que era efectivamente un saco. Permanecí todo el día en el carro, sin moverme. El no regresó. Cuando empezaba a atardecer, me marché.

Nonia quedó muy aturdida con las confidencias de la señorita Sisán. Alejada luego de ella, desvelada, llegó a sospechar que la propia narración era un monstruoso pecado, ya que toda la historia irradiaba un efluvio evidente de perdición y lascivia. Ahora, acudían con encarnizamiento a su juicio algunas habladurías que motejaban a la francesa de ligera, señalando que llevaba, al parecer, una vida paralela en que buscaba la compañía masculina y la amistad excesiva de algunos muchachos. Todo aquello, que Nonia no podía comprobar, significaba, sin embargo, para ella la posibilidad de que la señorita Sisán fuese motivo de aquel desamor que la había apenado tanto.

No obstante, prevalecía, junto a sus temores y sospechas, la imagen habitual de aquella mujer, cuando coincidían en San Isidoro y mostraba su fervorosa actitud de comulgante, o mientras desarrollaba sus clases, meticulosa y atenta, o en aquellos momentos de confidencia, otras tardes, cuando todavía no le había hecho compartir su terrible crónica. Además, en el relato de los sucesos había manifestado evidente pesar.

Lo irreconciliable de las dos apariencias la desazonaba y, aunque intentaba apartar de su imaginación aquel sombrío relato, bajo la oscuridad del cuarto, proyectadas en la negrura de sus párpados como en la pantalla de un cine, veía reproducirse las escenas en una crispada sucesión de horrendos ademanes.

Entonces era todavía una muchacha y pensaba, ingenuamente, que acaso ella misma debería enfrentarse algún día, lejos de la ciudad natal, cuando se cumpliese el destino de éxito y fulgor que soñaban sus padres, con un mundo lleno de historias también pecaminosas y terribles. Procuró aceptarla como un dato más de su experiencia, pero desde entonces, y muy a su pesar, evitó los momentos de confidencia con la señorita Sisán. En cuanto a ésta, mantenía hacia ella la misma actitud de los últimos tiempos, una atención cariñosa y un poco distraída, sin que pareciese dar especial importancia a su larga confesión.

Una tarde apacible de mayo, en la catedral, tuvo un hallazgo sorprendente. Había entrado a rezar unos minutos, como era su costumbre siempre que, sin tener demasiada prisa, pasaba por las inmediaciones del templo. Le fascinaba la catedral en esas horas vespertinas, silenciosa, vacía. Se arrodillaba en uno de los últimos reclinatorios, cerca del coro, y se quedaba absorta unos instantes, con los ojos cerrados. Luego se sentaba, se acurrucaba en el banco y alzaba la mirada. Tenía una sensación progresiva de encontrarse en un ámbito móvil que vibraba alrededor suyo. Allá arriba se encendían las vidrieras, dominando la suave penumbra de las naves, y podía pensarse que en lugar de cristales se trataba de la luz multicolor del auténtico cielo, el cielo de los ángeles y de los santos. Las nervaduras que ascendían desde los pilares hasta las ojivas de la nave, en lo alto de la larga bóveda, trazaban la estructura de un gran costillar, como el interior del esqueleto de un enorme animal misterioso. Acaso la catedral era un gran pájaro, que volaba ya por el cielo divino, y aquella vibración no vendría entonces sino de la propia agitación del vuelo. Sus ensoñaciones llegaban a embelesarla de tal modo, que cuando al fin se levantaba y se dirigía a la salida, cruzaba su imaginación la sombra de un pensamiento inquietante: que el vuelo era real y fuera no había ya calle, ni casas, sino sólo el infinito espacio multicolor.

Aquella tarde la catedral, oscura y solitaria, no estaba sin embargo silenciosa: alguien tocaba el órgano y la lamparita que iluminaba su tarea, único punto de luz en el coro, dejaba ver unas espaldas cubiertas por el paño amarronado de algún hábito. Al cabo, vio también que al pie del coro, con los ojos fijos en el organista, se encontraba don Agapito. La tirilla morada de su cuello resaltaba contra el pescuezo blanquísimo, en la base de la puntiaguda nuez, como la señal de un fino degüello.

Ella se sentó y permaneció escuchando la melodía: el enorme pájaro aleteaba por el hondo espacio, y la algarabía del órgano, con sus sonidos de trompetas, clarines, flautas y dulzainas, era como el latido del gran corazón jubiloso. Se sentía llena de un dulce bienestar.

Al rato, tras concluir unos tientos, el organista inició los compases de una melodía, caracterizada por una breve serie de notas que se repetían en sucesivas escalas, con ritmo lento y tinte melancólico, y ella reconoció aquella música: con otros ecos y una sonoridad múltiple, abundante, la melodía era la misma que a veces tocaba la señorita Sisán en el piano con tanta pena.

Escuchó inmóvil, presa de pronto de un sentimiento desconcertado y miedoso. Luego se levantó, abrió la cancela y, recorriendo en breves pasos el trecho que le separaba del coro, se acercó a don Agapito, que volvió la cabeza y frunció los ojos para identificarla.

—Hola, guapina —murmuró—. Cuánto tiempo. ¿Estáis todos bien?

Ella afirmó con la cabeza. Luego, alzó la mano y señaló al organista, cuya melena asomaba por encima de sus hombros.

—¿Quién es?

—Un peregrino —respondió don Agapito.

Volvió la cabeza para contemplar un instante al organista y luego la miró a ella de nuevo.

—Un virtuoso del órgano. Lleva toda la tarde, no sé cómo no cansa. Pasó por aquí también hace años. Acompañará las misas del domingo.

Al cabo de un rato el organista, tras concluir briosa y clamorosamente su interpretación, se puso de pie y bajó hasta ellos. Era un hombre maduro, de cejas muy tupidas y larga barba entrecana, que prolongaba bajo el rostro, como la continuación de una guirnalda, los largos cabellos derramados sobre los hombros.

—Tengo hambre —dijo el peregrino.

Tenía una voz ronca pero muy clara. Echó a andar delante de ellos y sus grandes zancadas retumbantes anularon definitivamente los ecos de los últimos sonidos que, tras el largo concierto, parecían mantenerse aún bajo las naves. Don Agapito y ella le siguieron sin hablar, forzando el paso, hasta salir a la calle. El peregrino cruzó la calzada y se dirigió al bar de enfrente sin un titubeo. Aunque acababa de oscurecer, un nutrido grupo de clientes se agrupaba ya delante de la barra. El peregrino penetró en el comedor vacío y se sentó ante una mesa. Don Agapito se tentaba los bolsillos, muy nervioso.

—Qué compromiso, hija mía —musitaba—. ¿Llevas tú algo?

Ella dijo que no.

—Qué compromiso, Dios mío —añadió el canónigo.

Se sentaron frente a él. Ni don Agapito ni ella tomaron nada. El peregrino pidió su comida con la precisión de un antiguo conocimiento. Le miraron comer en silencio. Al cabo, don Agapito llamó aparte al mozo y susurró algo a sus oídos, señalando al peregrino. El chico repasó una vez más con el trapo la superficie de la mesa e hizo una serie de afirmaciones reverenciosas que tranquilizaron al canónigo.

Al poco tiempo, miró su reloj y se puso de pie. Alguna obligación le reclamaba. Se despidió con cordialidad, pero muy brevemente.

—Y tú, saluda a tus padres —le dijo a ella.

Así, de un modo inesperado, se encontraba sentada frente a aquel hombre. Sobre el hábito, que conservaba la tradicional esclavina, llevaba prendidas conchas y medallas. Un viejo imperdible forroñoso sujetaba a su pechera una bolsita de hule. Rebañó con pan el plato, bebió de un golpe el vaso de vino y se la quedó mirando con fijeza.

—Oremus —dijo.

Permaneció unos instantes con los ojos cerrados, como distraído en su oración. Al cabo los abrió y la miró otra vez. Tenía los ojos oscuros, rodeados de arrugas como los de un viejo, pero vivos y brillantes. Se retrepó en la silla y cruzó las manos sobre el vientre.

—Yo soy un gran pecador —exclamó—. Mucho, mucho pequé. ¿Cuál es tu edad?

Ella se lo dijo. Ya no quería hablarle siquiera de la melodía, sino marcharse. Desde el bar llegaban las conversaciones de los parroquianos, pero la soledad del comedor, incrementada por la iluminación escasa de una sola lámpara, que presidía la parte que ellos ocupaban, le producía una vehemente sensación de desamparo. Sin embargo, no se atrevió a levantarse. Guardó silencio, como esperando que él resolviese la situación con algún gesto de despedida. Pero el peregrino se puso a hablar lentamente. Mirándola con una fijeza casi sin parpadeos, como la de los magos de las ferias, parecía invitarle a una suave somnolencia.

El había sido fraile en un lejano convento de piedras grises, cubiertas de musgo azul y líquenes dorados. Una tarde, mientras tocaba en el coro, llegó hasta él una muchacha. Con unos ojos muy parecidos, así, como de miel oscura. Vino desde lo negro, como una presencia luminosa, al principio muy tenue, que acabase cuajándose ante él. El tocaba y la muchacha se fue acercando. Nonia comprendió que esta historia era el envés de la que le contara la señorita Sisán. Le escuchaba con estupefacción, los labios entreabiertos y las palmas de las manos apoyadas sobre la mesa, en la actitud previa a levantarse, deseando hacer de una vez el esfuerzo que le permitiría iniciar la marcha, salir. Pero permaneció allí, sumida en una turbación que le oprimía el pecho y el rostro.

El relato del hombre hablaba de los inicios de aquel hechizo, de aquella huida, de la larga peregrinación común. El desapego, la oscura pesadumbre que la señorita Sisán atribuía a su compañero, el peregrino la achacaba a la mujer de su historia. Por fin, la narración llegó al punto del paisaje sobre el gran valle, al pie de los peñascos. El hombre explicó que, cuando el buen tiempo, acostumbraba a levantarse en la raya del alba y recorrer la primera luz mientras aspiraba los olores nacientes, mientras escuchaba los sonidos del despertar y veía encenderse los árboles y las cosas hasta adquirir el volumen certero de la realidad y de la vida.

Ella estaba ahora a punto de sollozar. Tenía miedo de aquel hombre, del relato que se soldaba como la exacta mitad al de la señorita Sisán para incrementar su desasosiego.

Su paseo concluyó cerca de un enorme castaño. La mañana entreabría sus dedos llenos de luz. Allá arriba, la tartana recortaba contra el paisaje su figura incongruente. La mula, madrugadora, ramoneaba unos matojos. Se acercó a la tartana y observó la inmovilidad de su compañera dormida. Pero, al cabo, comprendió con horror que aquella quietud aparentaba una lejanía mucho más fatal y definitiva que la del sueño. Entró en el carro, se abalanzó sobre ella, la tomó entre sus brazos, la movió con fuerza, para despertarla.

—Todo fue inútil —susurró el peregrino—. Estaba muerta. Una horrible desesperación se apoderó de mí y me alejé, aullando como un can. Anduve muchos días por los bosques, más bestia que hombre.

Nonia levantó sus manos. Seguía sin poder sollozar. Sus palabras se formaron precisas y nítidas.

—Ella está aquí.

El peregrino la miró con extrañeza, sin comprender.

—Aquí, en la ciudad —repitió Nonia—. Me enseña francés y piano.

Comenzó a tararear la melodía, llevando el compás con el dedo índice de la mano derecha.

El peregrino fijó en ella una mueca temerosa. Sobre el fulgor blanquecino de las barbas, las escurriduras de morcilla marcaban los surcos de una mueca dolorosa. Se puso en pie de un salto, apartó la silla con estrépito y recogió del suelo el gran bordón que remataba un pincho de hierro.

—¿Aquí? —gritó.

Las conversaciones del bar se interrumpieron y dos hombres asomaron por la puerta. Ella afirmó con la cabeza varias veces y el peregrino, sin decir una palabra más, se marchó corriendo, como en el arrebato de una huida desesperada.

Entonces, el desconcierto de Nonia se transformó en un deseo acuciante de conocer más completamente aquella relación. Esperó con impaciencia el tiempo que le faltaba hasta la próxima clase y cuando llegó la señorita Sisán, le comunicó la noticia. Había abierto la puerta ella misma y estaban las dos de pie en el oscuro recibidor, bajo la luz vertical del farolillo.

—Encontré a tu amigo —explicó Nonia—. Vive. Está vivo. Ayer por la tarde tocaba el órgano de la catedral. Es él, sin duda. Me lo dijo.

La señorita Sisán le escuchó estupefacta, con los labios primero entreabiertos y luego firmemente apretados. Por fin, se dirigió sin hablar a la galería. Tardó mucho en referirse al suceso, pero la clase fue al fin sustituida por sus preguntas sobre el peregrino y los largos silencios con que asumía la información. Cuando terminó la hora, todavía se demoró un rato allí sentada, los brazos desplomados y la frente fruncida en hondas arrugas, entre los libros que se dispersaban sobre la camilla, mientras al otro lado de la ventana, en la tarde de verano, los vencejos y las golondrinas volaban sobre la ropa tendida.

Nunca supieron lo que le había sucedido, pero

la señorita Sisán ya no volvió a casa, ni siquiera para despedirse, a pesar de que le debían quince días. Les dijeron que, al parecer, se había marchado apresuradamente, como si huyese de algo. Sus padres quedaron muy sorprendidos pero Nonia, ante aquellos sucesos, sintió una alegría inexplicable.

El inicio de aquel sueño y su posterior y persistente repetición no fueron inmediatos. Todavía debía encontrarse con ambos peregrinos una vez más en la realidad de la vigilia, aunque con el transcurso del tiempo dio en sospechar que también ese encuentro había sido un sueño, precisamente el primero de todos, el sueño inicial de aquella larga cadena.

Fue unos años después de la extraña desaparición de la señorita Sisán, una tarde de domingo muy fría. Nonia tuvo deseos de visitar una de las villas cercanas. Habían comprado recientemente un cochecito y aquél afán viajero acaso no necesitaba mejor justificación. Su madre vivía aún y, en la sobremesa, se encaminaron a la vetusta ciudad. Dejó el coche cerca de la catedral. Sus padres estaban a punto de entrar en el templo, cuando Nonia, unos pasos más adelante, descubrió una figura femenina ataviada de modo poco convencional. Enseguida identificó a la señorita Sisán, que observaba inmóvil las torres sonrosadas. Nonia, tras un titubeo, se acercó a ella.

—Señorita —exclamó—. Sisán, soy yo.

La mujer volvió el rostro y la miró con una sonrisa. No parecía reconocerla.

—Soy Nonia. ¿Ya no te acuerdas de mí?

La mujer hizo un gesto amable, pero su negativa era rotunda.

—No, ciertamente no la recuerdo. Debe perdonarme. Quizá usted se confunde, yo no soy de aquí.

Nonia pidió excusas a su vez, y se apartó. Un sentimiento de alarma se había despertado dentro de ella y se quedó quieta unos pasos detrás, presa de una premonición atroz que no era capaz de concretar. Por fin, una intuición igualmente desconocida le obligó a alejarse calle arriba, dejando a sus padres solos y perplejos en el umbral.

Al final de la calle, a la orilla de un parquecito abandonado y sucio, se encontró con el peregrino. Esta vez, cubría su cabeza con un gran sombrero de cuero marrón. Aquella aparición no la sorprendía y, sin conocer su sentido, se ajustaba de modo particularmente exacto a sus intuiciones. Le detuvo con un gesto y él fijó en ella sus brillantes ojos oscuros.

—¿Se acuerda de mí? —preguntó Nonia.

El peregrino negó lentamente.

—Una vez me contó usted una historia muy triste: cuando encontró a su compañera como dormida. Luego, usted huyó por los montes.

El seguía negando, aunque una evidente tensión le sacudía. Sus narices estaban quemadas del sol.

—Está aquí —añadió Nonia, señalando imprecisamente al fondo de la calle, a sus espaldas—. Donde la catedral.

—¿Aquí? —preguntó el peregrino.

Pareció comprender. Luego, con la misma agitada resolución que aquella tarde lejana, volvió las espaldas y se alejó calle arriba, hasta desaparecer.

Aquél había sido un encuentro real, aunque a veces creía también haberlo soñado. Sin embargo, en la rememoración se mantenían muy claros determinados aspectos de la vigilia, la tarde había discurrido con la debida regularidad cronológica, los espacios se extendían en tres dimensiones, su mirada recogía la proyección única desde su propio rostro; era tiempo de invierno, el crepúsculo iba dorando las torres, las palomas aleteaban y los sonidos y las acciones tenían un significado preciso; llenaron el depósito de gasolina, tomaron café con leche y unas mantecadas, su madre estrenaba unos guantes negros y su padre, que no había dejado aún de fumar, aspiraba con delectación el humo de su faria.

El primer sueño tuvo lugar más adelante, aunque ella ya no recordaba concretamente cuándo, ni sus exactas características. Podía ser que ella se encontraba en el extranjero, en un viaje improvisado con otros profesores del conservatorio. Se topaba con el peregrino en los tejados de una de aquellas grandes catedrales: el hombre, manteniendo sujeto contra el cuerpo el largo cayado, estaba tumbado sobre la cubierta, con los ojos cerrados y los pies juntos. Una sombra grisácea unificaba los colores y los volúmenes de su cuerpo y podía pensarse, aunque se sabía siempre que era de carne y hueso, que se trataba de una estatua yacente o de alguna escultura de la fachada del propio templo, arrancada de su lugar por razones desconocidas para colocarla allá arriba.

Ella se acercó lo más posible a la figura y reconoció al peregrino. «Oiga», musitó, «eh», intentando llamar su atención varias veces. «Oiga, escuche.» Al cabo, él movió levemente la cabeza, haciéndola girar, y fijó en ella los ojos, pero con la misma impasibilidad de una estatua de piedra. Ella no dijo más. Sentía en su pecho un temblor peculiar. Se apartó de aquel cuerpo blanquecino, de cabeza greñuda y largos hábitos, y buscó las escaleras para bajar deprisa, a contracorriente de los visitantes, una masa innumerable de mujeres flacas y rubias y de hombres pálidos, tocados con un sombrerito de gabardina. La escalera se hizo al cabo muy oscura y el suelo y las paredes le dieron una ominosa sensación de blandura, como si descendiese por algún pegajoso tubo orgánico. Mucho tiempo después llegó al nivel de la calle. Se tropezó con la señorita Sisan en la misma puertecilla que daba acceso a las angostas escaleras. Quedaron apretadas una contra la otra, como dos piezas de algún rompecabezas que hubiesen encontrado la posición correcta. Las filas de turistas se detuvieron con resonar de suelas y golpeteo de aparatos fotográficos.

«Sisán», exclamó ella. Como en la figura vista en la realidad años antes, apenas habían cambiado el pelo rubio entreverado de canas, ni las arruguillas del rostro, ni los ojos en que brillaba la misma pena antigua. «El está arriba», dijo Nonia, y no supo si de sus labios habían salido esas mismas palabras o alguna otra frase cuyo significado era incapaz de entender. «Está arriba», repitió. «Tumbado en el tejado. Como una imagen yacente. Las palomas andan entre sus zapatos.» Entonces la señorita Sisán se separó de ella sin esfuerzo, con la misma facilidad exacta de una pieza de rompecabezas, y se alejó. Y ella se quedó viéndola marcharse, encorvado de pronto el bulto de aquel cuerpo, admirada de la simultaneidad con que contemplaba su imagen desde varios puntos de la calle y también desde lo alto y, a la vez, desde el propio ras de los adoquines que pisaban los pies que huían.

Pudo ser ése el primer sueño, o pudo transcurrir en la apariencia de una tarde de niebla espesa, junto a las grandes piedras que para la imaginación popular son la barca bendita y su vela, en un santuario de la virgen, frente al atlántico oscuro, cabrilleante. De lo hondo de la niebla llegaba el sonido profundo de la sirena, en aviso permanente a quienes surcaban las aguas cerca de las peligrosas escolleras, de las mortíferas restingas. El paisaje reproducía, con brillos más acusados, algún lugar de la costa donde ella había ido a pasar realmente los días de un verano, movida por una curiosidad añeja que, súbitamente, le habría acuciado.

La niebla se fue deshaciendo en largos trazos, como si un dedo invisible la deshilachase, y Nonia descubrió, inmóvil sobre una de las piedras sagradas, una figura que podría corresponderse con el bulto de alguna imagen, pero que sin duda era ella. Llevaba un largo chubasquero rojo y tenía la capucha echada sobre la cabeza, mas cuando volvió el rostro sus facciones se presentaron inconfundibles. Nonia se acercó a ella para hablarle, pero no pudo hacerlo: cada vez que abría la boca, el gran mugido de la sirena se apoderaba de ella y la hacía mugir también, con una resonancia que se dispersaba sobre las ondas grises del mar encrespado. Entonces, Nonia volvía la cabeza y comenzaba a andar velozmente por el sendero, con la seguridad de que pronto vería aparecer al peregrino. Al poco, oía unos pasos, que no parecían resonar en el sendero sino en una gran sala vacía.

Le vio venir, le veía venir, también con una visión simultánea y multiplicada que le recogía desde el cielo y desde los matojos, del lado del mar y desde la tierra. Se acercaba con zancadas firmes, recortado de pronto su cuerpo sobre el espeso torrente blanco. Nonia se colocó delante de él, le advirtió de la otra presencia con las breves palabras de costumbre, dichas ahora con la solemnidad de alguna admonición litúrgica, levantando ambos brazos sobre su cabeza. El se detuvo, la miraba en silencio. Un girón de niebla envolvía su cabeza como una gran bufanda, permitiendo sólo asomar sus ojos. Entonces, los ojos marcaban una mueca, un chispazo de asustada sorpresa, y ella le veía retroceder, vio cómo daba la vuelta y se perdía de nuevo entre la niebla, mientras los rápidos golpeteos de la contera de su cayado, resonando en las peñas, testificaban la rápida carrera.

Muchas veces más había sucedido el sueño. Nonia intuía que era un sueño continuo, y que dentro de él se repetía a su vez la imaginación de haber soñado infinitamente lo mismo, de haber vuelto a intentar aquella advertencia que no era sino la expresión formularia de alguna señal ignorada. Usualmente, los lugares de aquel encuentro soñado repetían también paisajes conocidos. A veces, los mismos paisajes que ella se sentía obligada a conocer en la realidad, como para preparar el escenario del futuro sueño, eran a su vez imaginados en alguna fantasía: acaso mientras pensaba en el tibio verano y, a la vez que se iba quedando dormida entre vagos proyectos para sus vacaciones, imaginando alguna de las lejanas playas cálidas, en el levante o en el sur, la borrosa figura de unas torres altas y picudas se interponía en su imaginación como el espectro de alguna ilustración perdida; así, por fin, acababa trocando sus proyectos y optaba por conocer alguna vieja ciudad de un país extranjero, un gran templo blanquecino rodeado de calles tortuosas, en un contorno de campos de alfalfa, viñedos y viejos nogales, a la orilla de un anchuroso río lánguido.

Permanecía allí delante, comprobando que las dos altas torres tenían menos colorido que las fotos que figuraban en los folletos turísticos y, sin embargo, mucha más densidad y volumen que las adivinadas en su premonición, que vaticinaba sin embargo con certeza los ecos suaves de aquella plaza limpia, vacía, que cruzaban algunos transeúntes silenciosos. Y entonces sentía una inquietud, una ansiedad súbita, premonitoria del sueño en que alguna vez se encontraría en aquel mismo sitio, antes de descubrir el bulto, de pronto familiar, de alguno de ellos, y buscar inmediatamente el lugar por donde, probablemente, el otro estaba a punto de aparecer, para aproximarse allí con decisión y, recuperando el hilo de aquellas mínimas entrevistas tantas veces soñadas, avisar con breves palabras de la otra presencia.

—Tres días antes de aquel encuentro nuestro —prosiguió el piloto— Nonia puede por fin conocer los milagros del libro. La vieja ama de don Agapito llega a su casa una tarde, trayendo un envoltorio que contiene un breve cuadernillo, reproducción fotográfica del libro famoso, propaganda al parecer de una empresa de transportes por carretera; lo que son las cosas. La edición incluye una transcripción de los textos originales. Nonia busca con afán la leyenda, pero no puede encontrarla. En algunos pasajes hay alusiones veladas, pero en ningún caso se narra una historia concreta, protagonizada por dos peregrinos, entre aquellas otras de juglares y sastres, monjas y caballeros. Visita de nuevo a don Agapito, pero el canónigo no puede aclararle nada: acaso el milagro que ella busca figura en otra de las copias del códice. Aquella posible duplicidad no era infrecuente. Los copistas añadían a veces textos de su propia cosecha. En cualquier caso, su memoria ya no podía ayudarla.

Ahora todo era negrura alrededor. A veces, la luz del modesto foco iluminaba el extremo de algún palo sobresaliente del agua, y el piloto daba un breve giro al timón para recuperar un rumbo que sólo sus ojos podían descifrar.

—Antes podía ir por aquí casi con los ojos cerrados —dijo—. Pero hace mucho tiempo que no tengo costumbre de hacer el trayecto, y apenas recuerdo las señales.

Las señales eran al parecer algunas cañas negruzcas clavadas en el limo de la orilla; troncos carcomidos que simulaban, al reflejo fugaz del foco, el lomo de algún animal; pequeñas quebraduras en la uniformidad vegetal de la ribera. El piloto suspiró y continuó hablando.

—Nonia, según su confesión, estaba muy inquieta. Intentó localizar en las distintas bibliotecas públicas y en las mejores privadas de la ciudad el libro, repitiendo la pesquisa que había llevado a cabo en los momentos iniciales de su curiosidad, pero no tuvo éxito. Aquel interés despertado en ella por la historia oída a medias no se disolvía en la inercia de las rutinas cotidianas. Pensaba en ello como en la clave de algún oscuro enigma que, más allá de su conciencia, le pertenecía. Al tiempo, sabía que aquellos peregrinos eran, desgraciadamente, seres tan vivos como ella misma, y no de fábula; que una pasión culpable les había unido y que sólo los complejos resquemores de un viejo remordimiento les hacían huir uno del otro de modo tan encarnizado. Sentía piedad por ellos: el tiempo les había llevado desde el amor hasta el pecado y la derrota. De algún modo, perdidas ya las lejanas esperanzas en un impreciso futuro donde el dominio del francés y su habilidad musical le harían salir del reducido entorno provincial y brillar en alguna nunca desvelada cumbre, ella también había recorrido un camino oscuro, y prefería no enfrentarse con la muchacha que fue años antes, ni recordar en su anciano padre a aquel hombre lejano, convencido de que su destino tenía un trazo seguro, aunque invisible, que también serviría para paliar su propia tristeza. Tenía piedad, pero ya no podía rezar sinceramente una oración intercesora. Para ella, hasta aquella fe sincera de su mocedad se había diluido en los claroscuros del uso. La confusión de sentimientos, sospechas y ensoñaciones la tenía, al parecer, muy desasosegada.

Serían las ocho. Interrumpiendo apenas su discurso, el piloto alzó un brazo y señaló a lo lejos, frente a la proa. Una luz diminuta brillaba en la negrura.

—Entonces fue ella quien, concluido otro cigarrillo, puso su mano sobre la mía. Me dijo que precisamente aquel día, aquella tarde, le había parecido verles entre la muchedumbre. Que no había podido acercarse a ellos y que, de pronto, se había sentido terriblemente apenada. Y tuvo un escalofrío que restalló entre nuestras manos.

El piloto modificó ligeramente la velocidad de la barca y sujetaba el volante con firmeza.

—Había viajado a Madrid para consultar el dichoso libro en la biblioteca nacional, pero tampoco lo consiguió. La tarde de aquel día, deambuló por las calles. En un momento determinado, le pareció ver al peregrino entre un grupo de gente que penetraba en un gran edificio. Había policías, colgaduras, un aire de fiesta oficial. Entró en un gran salón y pudo comprobar que, en efecto, el peregrino estaba allí, entre los personajes que presidían la solemnidad. Iba arreglado, con el pelo recortado y corbata, lejos de sus sayales y de su aspecto, pero era sin duda el mismo. Entonces sintió que estaba viviendo el suceso real del que su sueño tantas veces reiterado podía ser sólo un anuncio, un aviso.

De pronto, sonó sobre ellos un chasquido agudo que se repitió varias veces antes de extinguirse, para renacer al cabo con igual resonancia y sucesión, conformando un repiqueteo que, sin mantener una cadencia exacta, respondía sin embargo a un cierto ritmo, reproduciendo siempre igual sonido. Era un castañeteo sonoro, como el restallido amplificado de un tecleo mecanográfico sobre el papel que envuelve el tambor de goma. El volvió la mirada con sorpresa desde la negrura exterior al rostro del piloto, pero éste no parecía haber percibido nada, y tampoco su mujer ni los otros pasajeros modificaron su actitud. Ahora, el sonido del motor y aquel repicar alzaban en la noche una melodía austera.

—Tan apenada como si fuese a morirme. Así mismo lo dijo. Puso su mano sobre la mía, la dejó allí, reposando, y dijo que se sentía tan apenada como si fuese a morirse. Yo la miraba sin decir nada, desconcertado. Los peces recorrían su breve mundo y mi pensamiento era ya como ellos, había penetrado en la pecera y se componía también de una multitud de pequeños cuerpos errantes, irisados y rojos. Ella entonces se levantó, se acercó a la ventana y permaneció allí largo rato, quieta. Yo no sabía qué decirle. Ella tampoco habló más y, al cabo de un rato, se fue.

Parecía que el piloto había terminado su largo parlamento, pero enseguida continuó, con la misma voz opaca y recortada.

—La dejé irse. Me había acercado también a la ventana y la vi salir del portal y cruzar la plazuela. Me sorprendió que la calle estuviese tan vacía y solitaria. Ella andaba rápidamente, con la cabeza inclinada hacia delante, en un gesto aparente de decisión que desmentía la posición de los brazos, doblados, con las manos extendidas horizontalmente, como en una entrega temerosa. Y, de pronto, se desvaneció: al otro lado de la plaza había algo semejante a un enorme cúmulo amarillo y Nonia penetró en él. Entonces percibí que la plaza tenía un aspecto desusado, con todas las ventanas oscuras y las farolas extinguiendo lentamente su resplandor, pasando de la luz blanca, brillante, a otra cada vez más leve, mortecina.

La lancha había salido de la tersa negrura uniforme y entraba en una oscuridad interrumpida por pequeñas crestas blancas que el foco alumbraba en instantes breves, refulgentes como relámpagos. El repiqueteo agudo había dejado de sonar, como si perteneciese a alguno de los sonidos de la selva invisible que quedaba a sus espaldas.

—Es el río —dijo el piloto—. Ya estamos muy cerca.

La navegación, hasta entonces tranquila, se hizo más agitada. En los bamboleos, alguna salpicadura goteaba sobre el cristal del parabrisas.

—Ella había desaparecido y las fachadas de las últimas casas estaban desapareciendo también entre la misma niebla. Yo dudé entonces de que se tratase de niebla aquel vago fulgor amarillo, festoneado de finas protuberancias, que devoraba lentamente los edificios y las calles. Un escalofrío de alarma me hizo temblar: me parecía descubrir que aquella jornada cerraba el ciclo comenzado un atardecer ante los anaqueles, cargados de botellas, del Bar Castrillo, sujetándose a causalidades y coherencias que yo nunca podría alcanzar. Pero no me dejé abatir: tomé rápidamente mis cosas, mis papeles, la máquina de afeitar, y eché a correr también escaleras abajo, en busca del auto. Aquella ausencia, aquel vacío espeso como niebla se iba diseminando en grandes banderolas horizontales que borraban portales y balcones. Puse el motor en marcha y huí a toda prisa por las calles solitarias, sin transeúntes ni vehículos.

El manchón amarillo iba apoderándose especialmente de algunas zonas. En otras, sólo se adivinaba la incierta lechosidad. Yo iba buscando las calles que mantenían aún la perspectiva y el volumen, la luz y la sombra, hasta llegar al río, más allá del gran puente. Detuve el auto y miré atrás: la ciudad entera se fue diluyendo, la suave nubosidad se igualó con la espesa bruma y, al fin, Madrid desapareció. A mi alrededor, el puente iba también tornando más difusos sus contornos, de modo que subí otra vez al auto y huí desesperadamente.

El piloto hablaba con mucha tranquilidad, como si narrase un incidente que no hubiera tenido relevancia alguna.

—Conduje sin detenerme hasta la frontera. Dormí en una fonda. Dormí mucho tiempo seguido, porque me despertó el patrón, alarmado de mi larga inmovilidad, dos mañanas más tarde. Luego marché a Lisboa, anduve callejeando, vendí al fin el coche y embarqué. Sabía que otro hermano de mi padre, que emigró de muchacho, vivía aquí. Me recibió con gusto. Sus hijos eran ya mayores y se habían ido, uno a los Estados Unidos y el otro a Panamá. Le ayudé con las representaciones de licores. Luego construimos este barco. Mi tío murió el año pasado, de un ataque. Yo aquí sigo. Sólo echo de menos esas estaciones que cambian, la nieve. Por lo demás, tengo una novia morena, guapa, un buen carro y puedo bucear todo lo que me dé la gana. ¿A ustedes no les gusta bucear?

La lucecita iba creciendo sobre las aguas. Por fin, la lancha se fue acercando a la orilla, hasta detenerse junto a un barrizal que apenas salvaba una plancha de tablones podridos. Una bombilla muy alta iluminaba aquel lugar y alrededor revoloteaban las

mariposas. El piloto les miraba alternativamente.
Apagó el motor y se puso de pie.

—Ya sé que sigue saliendo en los periódicos.
Será otra ciudad. Aquella desapareció. Yo vi que
algo la devoraba. Un moco, un humo. Un vacío
amarillo.

Al cabo, dejó de sonreír, suspiró y se inclinó
fuera de la cabina, para recoger un bichero. Sus últimas palabras llegaron hasta ellos muy confusamente:

—Huí. Di vueltas de un lado para otro.
Hasta terminar aquí. Ya ni quiero saber cuántos
años hace.

Luego, pareció olvidarse totalmente de ellos,
mientras daba instrucciones para el amarre a un muchacho de color que se encontraba en el embarcadero.

Los pescadores recogían sus aparejos, comentando entre risotadas las incidencias del juego. El
ayudó a su mujer a saltar fuera de la barca, pero
evitaba mirar su rostro: en aquella larga crónica de
encuentros y desencuentros relatada por el piloto le
había parecido reconocer señales temerosamente familiares. Cargó los pequeños bultos y siguió el camino del hotel, que zigzagueaba por la sombra nocturna del jardín.

Los dormitorios estaban distribuidos en pequeños albergues de tejado de cinc que rodeaban la
gran nave central. Se asearon brevemente antes de
dirigirse al gran bohío de techo de palma, solado
de anchos tablones alisados y brillantes por la sucesión de innumerables noches de baile, que servía
también de bar y comedor. La luz era escasa, y ellos
eran los únicos ocupantes de aquella gran estancia,
sentados todos juntos a la misma mesa, aunque conservando la posición que habían llevado en el viaje:

los norteamericanos en uno de los extremos, en dos parejas enfrentadas; ellos dos juntos, y al otro lado, frente a ellos, el piloto, que guardaba silencio mientras cenaba, ensimismado.

Fue una cena copiosa, abundante en verduras y salsas. Pese al calor, todos comían con apetito, atendidos por dos gruesas muchachas negras. La soledad inmediata del salón, la oscuridad que se abría más allá de los grandes pilares de madera, la luz escasa, que daba extraños relumbres a los trofeos y aparejos que colgaban de las vigas, parecían obligar al silencio. Así, las conversaciones que se iniciaban entre los comensales tenían un tono contenido y susurrante y breve desarrollo.

Después de cenar, el gerente, un negro alto de bigote entrecano, les advirtió que, por lo avanzado de la hora, la producción de luz eléctrica estaba a punto de concluir, y el grupo se repartió en los albergues. Ellos dos se instalaron en una pequeña caseta con una ducha elemental, un retrete estricto y largas estanterías adosadas a las paredes donde se amontonaban colchas polvorientas. Había dos catres muy bajos y los huecos de las ventanas estaban cubiertos de fina malla metálica. Olía a pintura fresca.

—Ahora sí estoy cansada —dijo ella, sonriendo.

Se frotaba cuidadosamente el cuerpo con un ungüento a propósito para repeler los insectos. Luego, se vistió un camisón fino.

—Hasta mañana —dijo, acariciándole levemente la cabeza con una mano.

Le miraba sonriente, todavía ligeramente alzada en su lecho, como si esperase algún gesto suyo. Pero él apagó la luz y se acostó. Escuchaba los ruidos de la noche. Al poco tiempo, en el otro camastro, la mujer comenzó a respirar con el compás lento y profundo del sueño. El permaneció despierto un rato, con la mirada distraída en el leve resplandor que se escurría por las ventanas mosquiteras. Súbitamente se hizo la oscuridad total y, extinto el ronquido del cercano motor electrógeno, prevalecieron los suaves murmullos del mar y del río.

VIII. El dios lagarto

En la seguida del mismo sueño nebuloso, era otra vez el explorador perdido y fatigado de aquella vieja historia de la tía Marcelina y, al tiempo, el niño ágil y ligero que había salido de casa una tarde. El explorador había recorrido largas leguas de desiertos, de ciénagas y selvas; muy cansado ya, caminaba atónito a la orilla de un río de aguas lentas y verdosas. El niño bajaba corriendo por el sendero, acercándose a otra ribera oscura.

Era ambos y distinguía claramente las sensaciones de sus diferentes cuerpos, en el curso de las respectivas acciones, pero solamente unos cuantos segundos después se convertiría en un ser único. La percepción de la carrera, de su esfuerzo por sujetar la celeridad a que le obligaba la cuesta, casi volando sobre las zancadas vertiginosas del cuerpo infantil, se desvanecería por fin en la sustancia del otro cuerpo pesado y lento.

Había penetrado una vez más en el territorio del sueño. Se encontraba bajo el sol fúlgido y, a la vez, en la penumbra de un subterráneo. Delante de él se escurría un largo sendero que difuminaba al fin su resplandor entre la sombra de una ribera y, al tiempo, estaba en un lugar oscuro, húmedo, muy cerca de un bulto borroso. Mas la segunda imagen prevalecería y, cuando se acercó más, como si la cercanía hubiese disuelto tanto la luz resplandeciente como la espesa oscuridad, vio que el bulto era una gran escultura de piedra grisácea.

Pensó primero que se trataba de la reproducción de una figura humana, erosionada y mutilada por los indefinibles azares del tiempo. Tenía acaso diez palmos de altura. No estaba completa, ya que le faltaba la mitad de las piernas, desde un punto ligeramente superior al lugar que deberían ocupar las rodillas. Sin embargo, su posición era de rigurosa verticalidad, recordando alguna actitud hierática. Uno de los brazos se extendía a lo largo del costado derecho, pegado al cuerpo. El otro estaba doblado sobre el pecho, con la mano sobre la parte derecha del torso. Ambos brazos eran apenas bajorrelieves y las manos diluían sus volúmenes en la superficie de la escultura, como si el autor, perfilándolas apenas, hubiese querido dar una impresión de ambigua corporeidad. Esa falta de definición, de contraste, se manifestaba también en los rasgos del rostro, donde apenas se apuntaban los arcos supraciliares, el hueco de la boca, el bulto de las orejas y de los pómulos, y cuya única nota descollante era el relieve afilado de la nariz, larga y estrecha. La cabeza se afinaba y crecía en su parte superior. Entre los muslos, en el lugar del sexo, resaltaba otro promontorio picudo, más oscuro que el resto de la piedra, que recordaba la forma afilada del corte de un hacha.

El fijaba despacio su atención, como siguiendo la pauta de algunas instrucciones, hasta percibir que la apariencia humana estaba deformada por varios detalles importantes: aquel alargamiento superior de la cabeza tenía la forma de un cuerno, y detrás de él aparecían sucesivamente varios más, que iban disminuyendo de tamaño hasta perderse en el lugar de la nuca; a ambos lados de aquella especie de cresta, y en un sentido perpendicular a ella, el cráneo ofrecía una serie de largas hendiduras, que se repetían, aunque en sentido inverso, a la altura de la nuca. La escultura apenas tenía cuello. Unas finas muescas en la espalda y en ambas nalgas sugerían, más que adornos o tatuajes, una condición de la propia naturaleza del modelo. En la mejilla derecha, cerca de la nariz, y en la misma parte del torso, había dos anchas incisiones, perfectamente circulares, de acaso un centímetro de profundidad.

De aquella figura ciega, borrosa, se desprendía un aura vigorosa, familiar, en que se cruzaban sin armonía, pero con una secreta verosimilitud, lo humano y lo animal, para conformar algo que abarcaba y superaba las dos especies. Los brazos eran al tiempo flacas patas de reptil. El pecho era sin embargo un buche. En los rasgos del rostro se interponían ambas apariencias. Sujeto a la contradictoria interpretación, él también permanecía sin moverse, contemplando una y otra vez las peculiaridades de su forma, las escoriaciones y hendiduras, encontrando en aquel objeto una atracción sutil, una imprecisa conciencia de lejanísima intimidad.

No se sentía sorprendido: estaba inmerso en el sueño con conciencia plena de ello y una placentera sensación de reposo. Y como si este reposo fuese capaz de suscitar a su vez una segunda ensoñación, en su pensamiento se encendía simultáneamente la otra imagen: él era un niño que bajaba corriendo; allá arriba estaba la casa, abajo el río; él había descendido bastante cuando un brillo llamó su atención; detuvo instantáneamente el impulso de su carrera; algo estaba a sus pies, junto a un matorral, resplandeciendo al sol de la mañana.

Sabía —pero no por haberlo soñado otras

veces, sino con un conocimiento anterior y seguro—que aquél era el hallazgo que había buscado toda su vida. Sabía que todos los viajes habían concluido felizmente. Durante la jornada, había subido por la vereda que acompañaba un río de aguas verdosas y lentas. Los monos bramaban en las altas copas de los árboles, entre el cotorreo continuo de pájaros invisibles. Cuando atardecía, al pie de un árbol de tronco inmenso, en un lugar donde no se vislumbraba ninguna huella humana, encontró la primera esfera de piedra, comprendiendo que aquel objeto pertenecía al mundo de su búsqueda, a la vez incongruente y certero.

Se había desviado del torrente y seguía una senda, mientras iban apareciendo sucesivamente esferas de distintos tamaños. El valle se estrechaba entre una serie de pequeños cerros cubiertos de árboles que cruzaba el sendero serpenteante. La ladera del último cerro, descubierta de tierra y vegetación, mostraba un conjunto arquitectónico. El templo. Un largo friso remataba la parte saliente de un techo breve, sobre la boca rectangular de una entrada oscura. La abertura daba paso al interior umbrío. Penetró, encontró el bulto borroso, se aproximó más, allí donde el espacio se difuminaba hasta la negrura, y de pronto vio perfectamente la estatua, la cresta de los sucesivos cuernos que se iban haciendo más pequeños hasta desaparecer en un leve nódulo sobre el occipucio, los rasgos borrosos del rostro, que se afilaban en el escorzo geométrico y rectilíneo de la nariz; la forma borrosa de unos labios que sobresalían como cubriendo la avanzada de unas mandíbulas picudas; el brazo pegado al costado, ahusado en sus partes como la pata de un reptil; el sexo como un resalte triangular y puntiagudo.

Permaneció inmóvil, contemplando la imagen. Le rodeaba un denso aroma a barro, a hierba húmeda, a musgos escondidos, ablandándole en una gran lasitud. Poco a poco fue olvidándose del lugar y de la hora, hasta no ser siquiera consciente de su propio cuerpo, quieto allí frente a la figura de piedra.

Su lasitud era el acabamiento de una larga tensión que se perdía en sus primeros recuerdos y la recuperación de esa paz que, intuida algunas veces, se presentaba aquí redonda e inmensa. Sobreviviente de incontables viajes, permanecía frente a la meta de su búsqueda, en aquel espacio oscuro que estaba latiendo, como si las paredes transmitiesen las vibraciones del corazón de un enorme ser vivo, hasta que comprendió de nuevo que eran los latidos de su propio corazón, que él era el enorme ser vivo que hacía vibrar con el eco de sus latidos las entrañas del templo, los muros enterrados, los techos invisibles. Al cabo, dejó de percibir las sensaciones físicas que le transmitían sus ojos, su olfato, su oído. Sentía que estaba a punto de sufrir a la vez una disminución y un engrandecimiento. Comprendió que un simple gesto de su voluntad bastaría para introducirle para siempre en un mundo sin memoria. Se dejaba perder en aquel vértigo. Se empapaba con fruición en todos los olores de aquel refugio. El aroma de la tierra prevalecía al fin sobre los efluvios vegetales, y él lo aspiraba como un alimento.

Igualmente, su breve carrera de niño llegaba a su fin: había salido de casa y corría como si se le estuviese haciendo tarde para llegar a algún sitio. La cuesta era muy empinada y las zancadas, por la inercia, adquirieron gran rapidez. De pronto, vio algo brillante bajo una mata y reunió todas sus fuerzas para detener las piernas y cesar en su carrera.

Era una iguana muy hermosa. Estaba quieta, mirando fijamente algo por encima de ella, en los extremos algodonosos de las ramitas del matorral. Se dibujaban perfectamente los orificios de sus fosas nasales, las placas de su cabeza, los largos bordes de la suave hendidura de su boca, las manchas de su lomo, las espinas abatidas de su cresta, los brillantes ojillos inmóviles. El sol de la mañana les rodeaba por todas partes, con un fulgor sin sombras, un fulgor que penetraba en todos los rincones. Se inclinó sobre la iguana, extendió la mano. Sin duda, alguna música había cesado unos segundos antes y persistían los últimos ecos de la vibración. Los ecos se irían mezclando con los murmullos del campo, con los crujidos de las briznas, los zumbidos de los insectos, con los aleteos y los ecos de bestias y de hombres, a lo lejos, y él se alzaría al cabo, se apartaría de la iguana y continuaría su carrera cuesta abajo, hasta llegar a la orilla y seguir el sendero sombrío.

Y, sin embargo, sospechó una vez más, con una alegría sin temores, que no sucedería nada de eso, que no se alzaría, que no continuaría su carrera. Una sospecha convertida en certeza: no continuaría su carrera porque no iba a ningún sitio, porque no venía de parte alguna. Nunca había salido de casa, nunca había comenzado a correr ladera abajo. Supo esto y, al tiempo, muchas cosas más: supo que nunca sería un hombre y que nunca había sido niño. Que nunca había vivido en aquella aldea, ni recorrido los desiertos y las selvas en busca del oro y la gloria, en una peregrinación larga y penosa. Lo único cierto era la iguana inmóvil, y él inmóvil también, contemplándola bajo la luz cegadora de la mañana; la gran figura de piedra, en el cobijo del templo, y él contemplándola estupefacto. Aquella era la única realidad del mundo. Ciertamente, nada más que él y las figuras contempladas existían; y él no era un niño ni un hombre, como la iguana no era un animal ni una escultura, ni el ámbito era el espacio de la luminosa mañana o el seno de una edificación oscura.

Aquella sucesión de clarividencias y el acto de comprobarlas una vez más le mantenía en una expectación regocijada. Ahora sabía que él participaba también de la propia sustancia del animal vivo y del animal pétreo. Y poco a poco fue teniendo una comprensión más precisa: primero, era un niño que observaba una iguana; un hombre que contemplaba una estatua de formas borrosas, de reptil y de hombre. Luego, era una iguana viva, inmóvil bajo una mata, que observaba sobre ella a un niño que la miraba; la figura pétrea de un antiguo dios que sentía ante ella la presencia de un hombre absorto.

Al cabo, sentía que nuevos miembros empujaban en él hacia fuera, buscando crecer, y hacia dentro, con avidez de raíces. De su cabeza emergían, causándole leve dolor, los apéndices anchos y puntiagudos. Su piel se transformaba en una sucesión irisada y fría de escamas y él sentía su rigidez como una protección. Una telilla nació en sus ojos y su visión se hacía de pronto tenue y vagorosa. Pero también todo movimiento se le había hecho imposible: sus articulaciones le fijaban a una cadena de solidez mineral. Ningún hálito hinchaba su torso macizo. No la sangre, sino la vibración del planeta, transmitida a través de las cordilleras, entre los volcanes, llegaba hasta aquellos miembros.

Durante un tiempo fue a la vez el niño y el hombre, y un instante después el animal vivo y el animal de piedra; mas de pronto constituía una realidad única, exacta, en que se insertaban los dos reptiles y las dos personas. Y el ámbito abierto, soleado, que era del mismo modo el ámbito cerrado, oscuro, se incorporaba sólidamente a su sustancia. El conocimiento era ya absoluto: detrás de él no había precedente ni delante futuro. Era en efecto lo único existente y se mantenía así, eterno, sin principio ni fin. Comprendió una vez más. Suspiró. Permanecía sabio, absoluto, inmóvil, por los siempres de los siempres.

De modo súbito, y pese a aquella sensación de infinito, tuvo la certeza de despertar. Había cenado una carne magra, fibrosa, con sabor acusado a conejo de monte. Pero no era conejo: la tajada, muy grande, conservaba una piel gruesa sobre el denso almohadillado de grasa. Seguramente la digestión de aquel sólido manjar era causante de esta pesadilla. Recordó entonces con toda precisión el párrafo de un cronista de indias sobre algún animal que, muy distinto en la forma y costumbres del conejo peninsular, tenía sin embargo un sabor semejante. Intuyó la sorpresa de los hombres que, en florestas antes no imaginadas, cazaban un animal nunca visto y, al devorarlo, reencontraban el sabor familiar, con instantánea evocación de los tomillos entre los cerros rojizos y acaso de un suave resonar de esquilas. Luego, la rememoración del cronista le remitió a otros libros y a ciertas anotaciones que conservaba entre las fichas y apuntes sobre la tradición realista, reposando en aquellos mismos momentos dentro del maletín negro, sobre la superficie de la cómoda.

La difícil digestión de aquella carne y de su espesa salsa oscura, que habían llevado su imaginación por extraños vericuetos, sirvió pues de basamento para la capacidad de enredo que se desarrolla en los sueños por encima de los propios recursos del soñador. Esos pensamientos pensados por sí mismos, al filo de madrugadas que retornan. Sin embargo, entre todos aquellos vaivenes y rostros, era posible encontrar algunas referencias concretas: así, la francesa tenía la vaga sonrisa de Sus, como don Agapito aparecía de pronto bajo la advocación del criado de Phileas Fogg, en unas ilustraciones a plumilla del libro con que alguna vez se le premió un triunfo escolar; el piloto podía ser uno de los jardineros de su *campus* norteamericano; los rostros brillaban un instante y se apagaban después, como los chispazos de un fuego de artificio. Aquella Nonia ¿no resumía en los rasgos de su faz pálida todos los rostros de varias muchachitas de su tiempo mozo, que paseaban de un extremo al otro la calle de Ordoño Segundo?

Ya no pudo recordar las facciones de Sus. Intentó imaginarla otra vez en el tiempo que la conoció, cuando parecía que, para él, ya los enamoramientos eran también solamente una quimera moza, como el resto de los fervores juveniles, y sólo los libros persistían como el único mundo donde eran posibles todas las pasiones, las revoluciones y las utopías. Y sin embargo, entre Sus y él había brotado instantáneamente una atracción que recordaba los amores adolescentes. Ya entonces ella no tenía compromisos ni ataduras, y le acompañó al regreso de las breves vacaciones españolas. Encontró fácilmente trabajo en la universidad y compartieron durante unos años sus vidas, pero las dulzuras primeras fueron incubando una mutua rivalidad desde la que ambos intentaban prevalecer en la fortaleza y en la madurez, como si el otro fuese un menor necesitado continuamente de tutela y amparo.

La crisis final tuvo un motivo ridículo. A ella le habían regalado un gato birmano, de grandes ojos anaranjados, y su afecto por el animal le parecía a él cada vez más enfermizo e impropio de la razón adulta. Un día que ella estaba ausente, él metió el gato en una bolsa, recorrió la ciudad hasta el punto más alejado de su vivienda y lo abandonó. No confesó que había sido el causante de la desaparición hasta una semana más tarde, cuando le llevó al colmo del enfurecimiento la continua manifestación de pena de ella por la falta del gato. Ella le obligó entonces a retornar al lugar. Lo encontró difícilmente, pero el gato no estaba. Al otro lado del lago, el reflejo siderúrgico enrojecía aún más el atardecer. No se lo perdonó. Un día, le cerró la puerta de casa. Otro, inició alguna interpelación con un manotazo. De las dulzuras originales habían venido a una ferocidad tan tensa y persistente como la misma pasión amorosa. La última pelea fue una tarde de lluvia. El hizo la maleta, cargó sus libros en varias cajas de cartón y abandonó para siempre su compañía. En definitiva, volvió a su vida madura, tras corroborar que la armonía es imposible y que sólo el puro remolino de corrientes azarosas va determinando los rumbos personales y la historia de todos.

El vago rostro de Sus: la mueca de otra medusa. Sin embargo, no tenía acidez, ni más molestia que la sequedad de la boca. Decidió levantarse para beber agua. Pensó también que debía ser muy pronto, que aún quedaría la mitad de la noche, hasta el amanecer. Recordó con gusto que eran los últimos días de su misión; que estaba a la puerta de las vacaciones tan deseadas.

Era ya lo suficientemente juicioso como para ser insensible a todos los resquemores. Pues en un tiempo pensó que el mundo era moldeable, y todas sus cicatrices provenían de la práctica de tal pensamiento. Ahora pensaba que era precisamente al contrario, y que los apretones sucesivos, tras triturar las más finas articulaciones, los más pequeños cartílagos de la voluntad, acababan produciendo esa abulia benéfica y risueña de los que no esperan otra cosa que la lectura y el sueño.

¿No era la historia de los peregrinos sino la pura transcripción de una de esas lecturas apacibles? Mas de pronto no fue capaz de rememorarla, o recordó que no se trataba de un milagro, sino de la reseña de un viejo mito en que no figuraba la virgen, sino la gran madre, y tampoco dos peregrinos, sino el día y la noche, o la luna y el sol, cuya alternancia aseguraba el porvenir, cuya confusión sería la señal del cataclismo. Sin embargo, con la misma precisión que la exacta referencia del mito, le llegaba la rememoración de una leyenda medieval. Acaso la tenía reseñada entre sus notas. Pues aquellos milagros no abandonaban las fronteras de la convención realista: en ellos las postrimerías y las potencias celestiales formaban parte de la realidad de modo orgánico, y su funcionamiento se disparaba hasta un espacio superior, más maravilloso pero de la misma naturaleza que la propia realidad.

Pero se representó exactamente las cartulinas y los cuadernos con sus apuntes, hoja a hoja, y supo que esa historia no estaba allí, pues no era una historia realista, sino una historia donde el tiempo no estaba ceñido por calendarios y relojes. Ya que el uso del tiempo, entre todas las metamorfosis, es la que separa verdaderamente los dos planteamientos. Y, con la misma precisión que el párrafo del cronista sobre el raro conejo, vino a su mente el viejo milagro como si estuviese leyendo los letreros en cada una de las ingenuas viñetas: cómo dos peregrinos muy devotos de nuestra señora vivían en pecado, cómo ella supo que morirían una noche y serían condenados, y cómo rogó a su hijo que no ejecutase tal castigo; cómo él les castigó entonces a vagar separados y errantes por el mundo, para siempre, sancionando que un nuevo encuentro de ambos acarrearía el final de los tiempos y de la pecadora humanidad; y cómo ella, para prevenir tal catástrofe, pidió al señor Santiago que designase un ángel que, por los siglos de los siglos, habría de velar para que el encuentro fatídico no pudiese suceder.

Pensó luego que había otras versiones en que cada nuevo encuentro, cuando la intervención del ángel no resultaba eficaz, era del mismo modo sancionado y al fin perdonado, en una repetición innumerable del castigo y de la intercesión. Pero por más que intentó identificar la fuente, no le fue posible; y del mismo modo, todos los atisbos del sueño se iban desmoronando. Desde aquella casa con una criadita negra; desde el cafetal con un viejo criado y un perro flaco (¿y no tenía el criado los ojos del gato de Sus?); desde aquel viaje por una selva hacia las entrañas de un templo que era también, acaso, un viaje por un canal en compañía de una mujer cuyas facciones se confundían ahora completamente con las de la amable empleada de la recepción del hotel que, cada mañana, recogía su llave con un saludo sonriente, hasta las confusas historias del piloto. Todo se diluía rápidamente en el despertar.

Nombres, rostros, peripecias, se dispersaban de pronto como arrojados por el impulso de una explosión. La lógica que los había mantenido unidos en el decorado arenoso y efímero de los sueños quedaba destruida, y todo aquello volvía a la quietud sin forma de una larguísima duna. Así eran los sueños, pensó. En el viejo tema del dormido despierto, la propia creencia en que lo vivido había sido soñado dejaba aquello inocuo del todo y sin sustancia. Ese, sin embargo, era un tema realista, y usado a menudo con fines moralistas y de la apologética cristiana. ¿No había sido él mismo un dormido despierto a lo largo de su propio sueño? Pues la demasiada literatura puede producir efectos muy similares a los de la pesada digestión de la caza en el trópico. Y ya que la literatura es la otra crónica, la del deseo, la de las orillas oscuras, no se podía extrañar de que su pesadilla hubiese estado urdida con tantos disparates y que hasta relatos perdidos en las más lejanas estanterías de su memoria hubiesen tenido allí su acomodo.

Dormido despierto. Aquella borrosa fantasía sobre un autor apócrifo, que conectaba con algunos de sus breves apuntes —pues el apócrifo es, en cierto modo, una oscura y leve rebeldía fantástica frente a la voluntad acerbamente realista— tenía también connotaciones de ese carácter, o acaso del tema del soñador soñado. Una serie de referencias atravesaron rápidamente las galerías de su memoria: imaginó a Abul-Hassan abriendo los ojos en aquel lecho magnífico, cuyo cobertor estaba cubierto de oro, contemplando los ricos ornamentos de la sala y aquella muchedumbre de hermosas esclavas y lindos esclavos que le rodeaban, y detrás los visires, los emires, los chambelanes, y los músicos prontos a hacer sonar las armoniosas cuerdas. Le imaginó contemplando las ropas que le correspondía vestir: el manto y el turbante del emir de los creyentes. Le imaginó tal como el narrador lo había descrito: cerrando los ojos para volverse a dormir, persuadido de hallarse bajo los efectos de un sueño, y al gran visir saludándole como a califa, con triple reverencia, e informándole con el mayor respeto de que era la hora de la oración matinal.

El recuerdo de tal texto se enhebró con el de aquel prólogo en que un calderero, borracho de cerveza, despierta en la cama de un lord, vestido con su suntuosa camisa, y es halagado por un coro servil y obsequioso que como a lord le trata. Y también con el de aquel breve cuento —antecedente inmediato del drama de Segismundo— en que otro borracho, herrero, transportado durante su inconsciencia, por designio del duque Filipo, al palacio de éste, y atendido como duque al despertar, miraba desde unas ventanas su humilde casa y, sin comprender lo que había sucedido, se preguntaba cómo era posible haber llegado a tanta grandeza y que no fuese su hijo Bartolillo aquel muchacho que jugaba a la peonza ni su mujer Toribia aquella que hilaba a la puerta.

La memoria tan exacta de aquellas lecturas, tras esclarecer la realidad de su íntima biblioteca, confirmaba la seguridad de que los últimos atisbos de su sueño se habían desvanecido. Al fin, pensó que hasta el dichoso museo no era acaso sino una referencia más del sueño, que había conseguido —con su polimorfa capacidad de disimulo— disfrazar bajo otras hechuras los límites de la casa paterna e incluso las imágenes, apenas entrevistas en la realidad y más bien nutridas de cierta iconografía multicolor, de una selva abundante en toda clase de vegetaciones.

Pero cuando extendió la mano para encender la luz, resultó que aquélla no era la noche del hotel, turbada apenas por sonidos mecánicos o por el rodar de vehículos en la calle: la noche estaba llena de misteriosos crujidos, de aleteos, de breves carreras entre la maleza, de largos roces suaves. Junto a él, la negrura vibraba también con un leve crepitar de élitros y comprendió desolado que se encontraba en mitad de la jungla, perdido en un viaje sin fin. Pensó que era también un sueño, el borroso laberinto de espejos, pero se arrebujaba en la sábana con firmeza, como si el tejido y el sudor fuesen una coraza contra la negrura pululante que recorrerían las grandes cucarachas repujadas, las arañas de alargado torso, los lentos pulgones.

Escuchaba aquella otra respiración rítmica y, al mismo tiempo, salía de su pasmo. Ahora, a pesar del lugar en que parecía encontrarse, arrancada ya su memoria de los cepos que la sujetaban, sabía que la mujer, el viaje, las historias narradas por el piloto, eran solamente vagas fantasías suscitadas por la digestión de un animal peludo, que tiene el ombligo en medio del espinazo y de las pezuñas de los pies traseros no tiene dos, sino una en cada pie. Porque su identidad no era la de aquel hombre en vacaciones que recorría los canales con su mujer, en una lancha empujaba lentamente por un viejo motor diesel, que conducía un piloto borracho. Y, a pesar de la conciencia de la noche, a pesar del ruido del mar que batía a lo lejos con la precisión de lo verdadero y de los minúsculos roces de exacto sonido que rodeaban su cama, a pesar de la otra respiración, creyó firmemente que despertaría por fin en otro lecho, dispuesto a acudir a su trabajo en las aulas, hasta terminar el tiempo de su contrato y regresar al país natal por vez primera después de tantos meses.

Pero no despertaba. La mujer había comenzado a respirar agitadamente, murmurando frases ininteligibles, y se agitaba en su lecho como sacudida por un malestar imperioso. Al fin, lanzó un gran suspiro y le habló.

—¿Estás despierto?

El no contestó. Ella hablaba en voz baja, pero ansiosa.

—¿No estás despierto?

—Sí —dijo él.

—Enciende.

—No hay luz —dijo él—. Qué pasa.

—Tuve una pesadilla. El mismo sueño de ayer.

Un resplandor muy suave se había ido cuajando en las mallas y una brisa ligerísima, cálida, parecía anunciar el alba. En la lejanía se oyó el aullido retumbante de los monos.

—Estábamos en casa, durmiendo, y yo me despertaba porque me había parecido oír llorar a un niño —dijo ella—. Pero era algún gato, en la calle. Tú dormías a mi lado. Sólo veía tu bulto, pero no te movías. Intenté escucharte respirar, y sólo al cabo de un rato lo percibí, pero no de la manera habitual: en tu respiración se sucedían, aceleradamente, unos extraños silbidos. Entonces me di cuenta de que yo tenía en mi cuerpo una sensación distinta de la de todas las noches: y era que, de la parte de la cama donde estaba tu cuerpo, no me llegaba ningún calor. Tu bulto estaba allí tumbado, respirabas, aunque de un modo muy raro, y sin embargo, era como si aquel lado de la cama estuviese vacío. Entonces empecé a pensar que no eras tú; que alguien, o algo, te había suplantado. Y me asaltó un miedo terrible. Mi corazón retumbaba. El terror me impedía moverme: no podía levantarme, ni siquiera encender la luz. Por fin, extendí cuidadosamente un brazo, para notarte. Toqué una tela y algo frío debajo. Aparté la mano con susto. Pensé que había entre los dos algo extraño. Llevé la mano más allá, hasta notar los botones de tu pijama. Debajo, tu piel estaba también fría y áspera, como cubierta de escamas. Bajo el pijama había un cuerpo sin calor, escamoso como el de un lagarto.

El se había levantado con cuidado, recogió de la mesita su reloj, el pañuelo, la cartera, tanteando con asco pequeños cuerpos escurridizos. Buscó, también a tientas, la ropa, los zapatos. Se vistió y salió sigilosamente, mientras ella continuaba relatando su sueño. Fuera, la humedad calurosa lo impregnaba todo. La suave claridad permitía vislumbrar, unos pasos delante, los troncos esbeltos de algunos cocoteros y una mesa de madera con dos bancos, sobre una extensión de zacate macizo y mojado.

Ante la mesa había un bulto humano. Una figura sentada en uno de los bancos, con la cabeza sobre los brazos cruzados, respirando con suave ronquido. El se sentó enfrente. La iluminación progresiva alumbró al fin una botella vacía, los restos de numerosas colillas que se esparcían por las tablas y la cabeza despeinada del piloto.

Él, ahora, sabía claramente quién era y observaba estupefacto aquel entorno: su asombro era el de los personajes que, en los cuentos orientales, transportaba en su sueño, de un lugar a otro, el poder de los genios. Pero la situación aparecía tan absurda que, pasado el límite de cualquier temor, se encontraba tranquilo, como si fuese efectivamente el turista que, a lo largo de un viaje de recreo, madrugaba para descubrir el despertar de la selva.

El bramido de los monos sonó muy cerca, como si hubiese sido emitido desde las copas de los árboles inmediatos. Mientras el eco de aquel ronco grito se perdía en la espesura, el piloto despertó, sacudiendo la cabeza. La luz era ya suficiente para distinguir los rasgos del rostro, los cañones de una barba crecida, los ojos que se mostraban sanguinolentos y desorientados. Aquellos ojos se fijaron en él y, tras un titubeo, se abrieron con gesto de enorme sorpresa. El hombre había enderezado el torso y deslizó los brazos sobre el tablero, arrastrando las colillas y empujando la botella, que rodó por la mesa hasta caer sin ruido.

—Usted —exclamó.

Se alzó lentamente, como previniendo alguna acechanza. En su mirada había un reconocimiento infausto.

—No puede ser —dijo.

Se inclinó, agachó la cabeza contra la mesa y se la cubrió con las manos crispadas, en un ademán que le impedía ver y oír y que, a la vez, era muestra de una sordera y de una ceguera simbólicas, como actitud requerida por algún rito.

Él se levantó y echó a andar. Dejó atrás los albergues del hotel y cruzó el poblado dormido, junto a las casuchas de madera alzadas sobre pilotes, en todo similares unas y otras, con un largo porche barandal sobre el que se inclinaba el renegrido cinc de los tejados. Del otro lado del río, donde moría el canal frontero, perpendicular también a la gran corriente, el último brazo de agua quedaba separado del mar por una breve barra erizada de cocoteros. Del lado opuesto al mar, la gran pared de follaje verde cerraba las largas planicies de agua dulce.

Siguiendo la orilla del río, se encaminó al mar. El círculo rojizo del sol asomaba entre la lejanía lisa del horizonte. Llegó al fin a la playa y contempló aquellas olas violentas y sucias, que rompían con fuerza en las arenas negras. Muchos cocoteros estaban desmochados, y por el suelo se desparramaban algunos troncos carcomidos y montones de cocos resecos, pálidos como calaveras. Desnudas por la erosión de las olas, las raíces de los árboles más próximos a la orilla se mostraban como vísceras retorcidas. Del lado del canal, la arena era también negruzca, barrosa, y estaba cubierta de hojas secas, tiesas y crispadas como manos de momia. En el interior, cerca del agua dulce, estaba tirado el esqueleto de un cocodrilo en que las pezuñas rojizas, cubiertas por un resto de piel, mantenían un insólito aspecto vivo.

Aquel paisaje era el decorado justo de un sueño. Pensó en los sucesivos paisajes, desde aquella casa de las columnitas blancas hasta los largos canales de agua ocre bordeados por la tupida vegetación, considerando que tenían precisamente esa calidad, muy elaborada a la vez que evanescente, de las cosas soñadas. Cerró los ojos ante el sol: pronto esta luz violenta y directa se convertiría en indirecta y tenue: abriría los ojos y la vería depositada suavemente en los huecos y en los rincones; al otro lado de la ventana, las masas oscuras de las copas de los flamboyanes se recortarían contra un cielo gris como la lona de un enorme paquete que flotase allá arriba, encima del mundo; por un momento sospecharía que era un hombrecillo diminuto, uno de aquellos soldaditos de plomo guardados en el armario de su niñez, entre figuras geométricas y viejos álbumes de cromos, enredado en las casualidades de una aventura desmesurada, como algún soldado conquistador del dieciséis. Pero al fin, lograría despertar completamente.

Sin embargo, con los ojos cerrados ante el vivo resplandor blanco del sol, que se hacía rojo tras los párpados, atrapado en aquel sueño que ya se estaba haciendo demasiado largo, entre estas apariencias cálidas, húmedas, olorosas de lodos y espesas vegetaciones, tuvo la rememoración de otros momentos y ya no supo si habían sido reales o soñados, o si en aquel mismo momento su sueño se los inventaba como un pasado real. Como súbitos flujos en el hondón de su sentido, como remolinos imprevistos en que se le retorcía y desperdigaba la conciencia, imágenes de algunos momentos pasados: recuperó así situaciones que, brevísimas cuando las vivió, se hacían ahora también dilatadas, enormes, estáticas. Eran reflejos en un remanso y él estaba inclinado entre los juncos, observando el raudo vuelo de una libélula, mientras el mediodía mantenía inmóviles los chopos y hasta más apagado el sonido del agua; él estaba tumbado junto a una sebe, en la hierba fresca de un prado, mirando llenarse poco a poco de estrellas el cielo turquesa, más allá de las hojas; él estaba detenido entre los grandes peñascos, contemplando el valle silencioso hasta que las longitudes y las distancias perdían su habitual proporción y cobraban una dimensión diminuta que le hacía agigantarse como si él mismo estuviera en el centro del cielo, cubriendo todos los confines. Los recuerdos de esos momentos se revolvían uno a uno, vivaces como los cachorros de una camada.

Se producía la paradoja de que precisamente entre las mallas de aquel sueño interminable y laberíntico surgía una clarísima percepción de vigilia: pues aquellos instantes brevísimos, aquellas leves abstracciones, esos ocasionales vértigos de su pensamiento, significaban la propia sustancia del sentido vigil, del conocimiento alerta, alzando su seguridad sobre los espejismos. Era como si, en aquellos momentos de pasmo y anonadamiento, se concentrasen los antes dilatados y lejanos límites de una inmensa conciencia. Y comprendía que aquella estupefacta relación con las aguas del río, con la hierba, con las ramas, con las arrugas y promontorios desparramados hasta conformar el valle, no era una relación turbiamente umbilical, sino una muestra de que su pensamiento y el mundo mineral y vegetal formaban una sola identidad; que la percepción de aquella identidad estaba escondida, disimulada, por las servidumbres de su vestidura humana pero que, ardiente siempre en él, conseguía al cabo relumbrar un instante para indicarle que, en definitiva, era el agua del río quien pensaba dentro de sí, como los vegetales y los insectos y los pájaros, y hasta las propias montañas inmóviles.

Por eso era imposible que estuviese soñando. La memoria de aquellas conciencias instantáneas le arrollaba con la intensidad de lo verdadero. Aquella selva, aquel océano, eran sólo las emanaciones desdibujadas de algún lejano sopor.

Abrió entonces los ojos, pero no despertó: grandes mariposas revoloteaban en la frontera de la sombra, y él estaba perdido, ante el reverbero tropical de una pesadilla, sintiendo dentro de él la simultaneidad de aquellas rememoraciones verdaderas.

No despertó: abrió los ojos y el mar permanecía delante, golpeando con fuerza entre espumas negruzcas.

Regresó al poblado, pero no siguió el camino del hotel. Los humos y los olores anunciaban el rebullir de la vida diaria. Asomaban los primeros niños. Husmeaban los perros. Las gallinas picoteaban junto a los pilotes de los edificios. Desde los ramajes de los árboles cercanos, las arañas habían tejido infinidad de telas que celaban brumosamente las paredes de los bohíos.

A su paso, aparecían brevemente en los cobertizos algunas mujeres curiosas, y le miraban mientras él recorría la larga calle de barro, que sólo en determinados puntos estaba pavimentada con pequeños islotes de cemento que salvaban los niveles más abruptos. Al final de la calle, más allá de las últimas construcciones, había un pequeño aeródromo de tierra, una gran explanada casi cubierta de vegetación reseca y rala.

Se quedó quieto. A un lado de la explanada, una manga rojiza pendía lacia de un largo mástil despintado. Como si su atención suscitase un agónico esfuerzo por dar testimonio de su naturaleza, la manga se hinchó levemente, antes de desplomarse de nuevo. Tenía aquel paisaje un aspecto de impenetrable reposo, soñoliento como un éxtasis. En el lado contrario a la manga había un barracón pajizo y él se acercó hasta su puerta.

El pequeño barracón cumplía las funciones de bar, despacho de billetes, almacén de mercancías, depósito de carburante y sala de espera. Tras un mostrador hecho con una gran tabla apenas desbastada, un muchacho cumplimentaba trabajosamente algún formulario. Su entrada no le hizo distraer la atención del trabajo. Al cabo de un rato, él dio una leve palmada sobre el mostrador.

—A su orden —dijo al instante el muchacho, levantando apenas los ojos.

—¿Hay algún vuelo para la capital esta mañana?

El muchacho abrió la boca en una mueca grande como una sonrisa. Tenía los dientes pequeños y roídos.

—Como a la media llegará la avioneta. Carga y regresa. ¿Quiere un pasaje?

—¿No se retrasará?

—No tenga pena. Ya trae dos horas. Ya no puede atrasarse más. Como a la media llegará.

—Bueno —dijo él—. Dame un pasaje.

El muchacho buscó un talonario de colores, desvaídos acaso por el sol, y comenzó a rellenarlo.

—Hoy hace escala en Santa Margarita —dijo.

—¿En Santa Margarita?

—Hay otro pasajero. Una señora que se queda allá.

El muchacho señaló ligeramente a la gran puerta que asomaba sobre el campo de aterrizaje, permitiendo que el nivel del suelo se prolongase en una terraza sombría. A un lado de la puerta se podía vislumbrar un cuerpo humano, reclinado sin duda en el balaustre. A sus pies brillaba con vivos colores una mochila.

Mientras el muchacho continuaba haciendo trabajosas anotaciones en un listado, él observó el cargamento preparado para el vuelo, del que formaban parte dos enormes róbalos. Uno de ellos todavía alentaba, y en sus ojos había una expresión de agonía tan evidente y desesperada, que aquellas últimas boqueadas parecían más propias de un ser humano que de un pez. Ajustó todos los extremos del viaje y salió al exterior. La pasajera no se volvió, pero su escorzo le había sobresaltado. Efectivamente, tenía los brazos cruzados sobre el tronco que servía de barandal e inclinaba el cuerpo hacia delante. Llevaba una blusa clara, de mangas cortas, unos pantalones verdosos, de corte guerrillero, y unas botas de cuero amarillo.

Era una mujer de pelo claro y desordenado. Aunque no podía verle la cara, él creyó saber inmediatamente de quién se trataba. Iba a decir su nombre, cuando ella volvió el rostro y, tras un titubeo, abrió también los labios y movió el cuerpo en un breve impulso, detenido al instante.

—Sus —exclamó él.

Sintió un gran temor. No por volver a verla después de tanto tiempo, lo que en principio podía ser otra de las añagazas de su pesadilla, sino porque ella tenía la presencia indudable de lo verdadero, como la explanada llena de sol y el barracón crujiente, oloroso a frutos fermentados, mientras él se sabía preso del otro lado de un umbral que no podía cruzar.

—Pero qué haces tú aquí.

—Estoy dirigiendo un seminario en la universidad —repuso él tras un esfuerzo por mostrarse sereno—. Ahora estaba aquí, en los canales, pero ya regreso.

Consiguió concluir su parlamento. Ella seguía

teniendo aspecto juvenil y los ojos muy vivos. Le besó en ambas mejillas con afecto amistoso.

—Te encuentro mala cara —dijo—. Muy ojeroso.

—No he dormido bien últimamente.

Ante la tranquilidad de ella, se sentía más relajado. Comprendía que aquellas llamadas que suscitaron la ira del porteño se dirigían a un fantasma desaparecido para siempre. Sus estaba ante él, tostada del sol en los pómulos, con el pelo tan descuidado como de costumbre, y él comprendía que cualquier pasión entre ellos era, en efecto, algo ya muerto años atrás, aunque persistiese ese afecto de los viejos compañeros que, por haberlo sufrido juntos, acaban cargando a las circunstancias las causas del malestar que ellos mismos, recíprocamente, se provocaban.

—¿Sabes? Te llamé estos días.

—¿Me llamaste?

—Estaba algo neurótico, y aquel dichoso número de teléfono apareció en mi memoria con una precisión y una insistencia verdaderamente insoportables. Te llamé varias veces, pero no estabas.

Ella le contemplaba plácidamente.

—¿Sigues casada con el argentino?

—Sí —dijo ella.

Había apoyado su afirmación con un gesto enérgico de la cabeza.

—La última vez que te llamé se puso furioso.

Sus se echó a reír.

—¿Qué querías?

—Nada —repuso él—. Yo creo que algo me sentaba mal. Tuve unas alucinaciones. Te llamaba por conectar con la realidad.

—¿Yo soy la realidad?- —preguntó ella.

—La primera vez, él me recordó que lo nuestro había terminado hace tres años. Me dijo que estabas muy bien.

Ella no repuso nada.

—La verdad es que te encuentro muy bien —confirmó él.

Ella suspiró.

—Sí, estoy muy bien, francamente. El piensa que tú fuiste malo conmigo. Por eso se enfada.

Un pequeño golpe de brisa cálida sacudió la manga, que cabeceaba torpemente sin conseguir elevarse. A él, las palabras se le hacían tan difíciles de articular como la ascensión a aquel artilugio descolorido. Sin embargo, el diálogo se le ofrecía como lo único capaz de enlazarle con el exterior de la pesadilla.

—¿De verdad me porté mal?

Sus se encogió de hombros.

—Ya todo pasó. Yo ni me acuerdo. La verdad es que nos hacíamos la vida difícil, tú y yo.

El había apoyado los codos en el barandal, en una actitud similar a la de ella, y mantenía los ojos fijos, casi sin parpadear, en los matojos abrumados bajo el ardiente sol. Un grupo de zopilotes sobrevolaba los árboles limítrofes de la explanada, en el lado del poblado. Siguiendo la línea de los árboles, masas verdes de follaje menos alto, anchos grupos de cañas, continuaban acotando el campo de aterrizaje y, por fin, asomaban la superficie verdosa del río y la mancha grisácea de la barra.

—¿Y qué hay en Santa Margarita? —preguntó él.

—Estoy muy bien —repitió ella, como si no le hubiese oído—. He venido sola porque tenía unos días de vacaciones y me apetecía este viaje. Pero no tenemos ningún problema.

Sus hablaba con lentitud, como buscando previamente en su memoria cada una de las palabras utilizadas. Al terminar, pareció comprender que no había escuchado su pregunta.

—Perdona —dijo apresuradamente—. ¿Qué decías?

—Preguntaba por Santa Margarita.

—Se conmemora la fundación de la misión —respondió ella—. Fue muy importante: la primera cristiana en una zona de cultos ofiolátricos.

Lanzó una breve risa:

—Y hago un poco de turismo barato.

La brisa era ahora como un fluido que les arrollase en lentas oleadas pringosas. El se secaba el sudor de la frente y del cuello.

—Por aquí, hacer turismo es tarea bastante esforzada —repuso.

Entonces se oyó el ruido de la avioneta, y en pocos instantes el aparato se cernía sobre el espacio inmediato, y fue aproximándose hasta aterrizar. La apariencia brillante que mantenía en el cielo se vio pronto desenmascarada; pero los suaves ribetes orinientos que deslucían su brillo la igualaban con el aspecto de todos los objetos, devolviéndole a la coherencia de lo cotidiano. El piloto de la avioneta y el muchacho que atendía la oficina fueron descargando las mercancías y luego cargaron los róbalos, cestas y paquetes. Por fin, Sus y él mismo se colocaron en la diminuta carlinga, sobre unos asientos duros y muy sobados. El róbalo moribundo continuaba su agonía, y él pensó que esa era otra de las anormalidades que sólo por efecto del sueño subsistían. Buscó en el suelo una hoja de periódico y tapó con ella la cabeza del pez.

Ya no hablaron más. Cuando la avioneta descendió en Santa Margarita —un claro entre la selva en forma de doble círculo contiguo— ella recogió con rapidez su equipaje y volvió a besarle en las mejillas. El periódico había resbalado y la cabeza del pez quedó al descubierto. Había muerto ya: sus ojos perdían la transparencia y la boca quedó abierta en la última boqueada, símbolo acaso de algún grito oscuro. Sus descendió sin hablar y él la vio alejarse y se sintió desasosegado, pues aquella ausencia le devolvía plenamente a su pesadilla, sin posible resguardo.

Alzaron el vuelo otra vez. Tenía sueño, pero no quería dormirse e intentó hablar con el piloto, un hombre flaco con una nubecilla de carne en el ojo derecho, que le cubría la cuarta parte del iris. Sin embargo, el motor era muy ruidoso y el diálogo resultaba difícil, apenas trabado por monosílabos intermitentes que rematahan frases mal oídas y casi ininteligibles. Pero volaban a poca altura y la visión de los cursos de agua, de las pequeñas casitas desperdigadas, de las quebradas que iban ascendiendo hacia el valle central, de todo el panorama diminuto que se deslizaba bajo la avioneta, fue al cabo como el remedo gratificante de un sueño de volar que surgiese para aplacar su ansiedad.

IX. El regreso

Cuando llegaron, había recuperado la conciencia plena de su identidad; pero seguían subsistiendo en él, con la fijeza de una quemadura, los recuerdos del personaje que había soñado ser: la casa blanca del largo porche; la textura de los cabellos de la mujer y el olor de su cuerpo; el tacto de la guitarra y el sonido del barrio en el crepúsculo. De manera maquinal, subió, pues, a un taxi e indicó la dirección. Y cuando el taxi le dejó ante la casa, aquella imagen plácida del porche de las finas columnas le devolvió la firme premonición de un hábito y, con ello, la convicción temerosa, la seguridad casi desesperada de que, absorto para siempre en el sueño, debía asumir definitivamente aquel lugar y aquella familia, sin posibilidad de otros paisajes ni otros lazos.

Subió las escaleras que daban acceso al porche, cruzó el corredor y se detuvo ante la puerta, pero al punto se apercibió de sutiles modificaciones: suciedad en las ventanas, un desusado aspecto de descuido en el pavimento, desconchones y deterioros antes inexistentes, herrumbre en las grandes clavijas donde solían colgarse los chinchorros. Nervioso, golpeó con fuerza las hojas, pero sus llamadas retumbaron con sonoros ecos en el fondo de la casa sin que nadie acudiese.

Entonces acabó de comprender que aquella no era la casa; sin duda el taxista se había equivocado de calle y a él le había confundido, también, el aspecto general del edificio, tan parecido. Salió a la calzada, buscando orientarse, y echó a andar hasta el cruce inmediato, convencido de haber encontrado el camino. Pero cuando llegó a la calle siguiente, ninguna de las casitas que la flanqueaban se correspondía con la que intentaba encontrar. Continuó andando y descubrió que aquella apariencia que, cuando atravesó la ciudad en el taxi, le había parecido tan conocida, resultaba ahora bastante ambigua, e incluso extraña en algunos puntos, cuando topaba con callejones inesperados y plazuelas que nunca había visto anteriormente.

Durante varias horas recorrió las calles, pero no localizó la casa. Se sentía perdido, cada vez más ignorante del lugar en que se encontraba. Y, junto a aquella sensación náufraga, también le asaltaba un nuevo temor: encontrar realmente la casa y que, tras abrir la puerta, resultase acaso que tampoco el acomodo primero de su pesadilla seguía subsistiendo; pues tal vez él era ya un hombre distinto, con diferentes recuerdos y quién sabe qué nuevos acechos esperándole.

Por fin salió del barrio, atravesó el mercado y penetró en la ciudad vieja. Ahora estaba más allá de la perplejidad y del temor. Se sometía a todo, pues comprendía que se trataba de uno de esos sueños que el durmiente, tras debatirse por apartar, incapaz tanto de huirles como de ahuyentarles, debe acabar aceptando con dolorosa fascinación: sin duda esta ciudad no era sino un sueño insistente, y sólo por el sueño se había podido presentar como existente y real lo que, sin embargo, no lo había sido nunca. Los recuerdos de infancia y juventud no eran sino otro engaño de sus sentidos; la creencia, también basada en puras ensoñaciones, en secretas pesadillas, de que había sido alguna vez un profesor cosmopolita, y el modesto industrial cafetero, descendiente de un antiguo emigrante español. Durante unos instantes consideró aquellos brillos, repasó minucioso rostros, movimientos, claroscuros, olores y sabores. Sonrió de nuevo. Era aquellos hombres, y muchas más cosas: era un dios de piedra, inmóvil en el infinito, que a veces veía sacudida su estupefacta quietud por vagos sueños mortales; era un niño que contemplaba un pequeño reptil bajo el sol del mediodía.

Bajo el mediodía, sus piernas se movían automáticamente, en un paseo que le recordó otro lejano, un anochecer, cuando seguía inconscientemente, por vez primera, el rumbo de la casa de las columnitas.

Sus pasos le llevaron, por fin, ante la antigua fortaleza. Bajo la portada no había nadie, pero la silla de madera en que se sentaba el guardián permanecía allí, como muestra de que la ausencia era transitoria. Penetró en el patio, inundado por el sol. Se detuvo un instante, mas luego lo cruzó sin titubeos, encaminándose a la sala donde se encontraba el retrato. En el centro del patio, la gran esfera de piedra, con su volumen rotundo y su antigua pátina negra y amarilla, bajo la iluminación vertical, parecía flotar sobre la gran masa convexa de la hierba, como un planeta que recorriese su órbita, como la figura del propio planeta que, siguiendo su desconocido camino, le llevaba a él, con sus sueños, a través del espacio.

Nuevamente pudo contemplar aquella imagen en el interior de la sala y tuvo otra vez la impresión de que, entre la suavidad de una penumbra que contrastaba con la violenta luz exterior, un hombre inmóvil le estaba observando. Penetró en la sala y reconoció el retrato: las inconfundibles facciones familiares en el silencio espeso, esponjado entre los viejos muebles, los legajos polvorientos, los instrumentos descoloridos.

Se acercó. Todos sus recuerdos se agitaban a un tiempo, igualmente reales y vividos. Sin embargo, sabía que muchos de ellos eran solamente ensoñaciones, y que sólo el despertar podría marcar la instantánea separación, aniquilando sin resistencia todas las quimeras ahora beligerantes. Estaba justamente frente al cuadro, muy próximo a él. Comprendió entonces que el personaje retratado, aquella vetusta reproducción imposible del rostro paterno, miraba más allá, a un punto que estaba fuera de la sala. Volvió la espalda y miró a su vez. El resplandor purpúreo creaba en el centro de la estancia un cuerpo luminoso, esférico. Más lejos, el rectángulo del vano daba paso a otra luminosidad, a la sombra azulada del corredor donde las columnas, adornadas con sucesivas matas trepadoras, llenas de flores, enmarcaban como otro cuadro un paisaje repartido en diferentes motivos: abajo el patio, una inmensa masa de luz sostenida sin esfuerzo por el hemisferio superior de la gran esfera y la superficie barriguda del césped; más arriba, a media altura, la leve crestería blanca sobre el soportal; luego el tejado, donde la luz resbalaba sin brillos; a la derecha, en el mismo nivel que los soportales, más allá de las almenas, cumbres azulverdosas sobre las que se desparramaban las nubes.

Era la quietud. Sonó entonces el tañido lejano y lento de una campana muchas veces, como dando las notas de alguna hora. Luego, el silencio nítido volvió a llenarlo todo. Pensó que había sido la señal de la última hora, el signo de que el tiempo mismo había concluido. Sospechó que estaba en un edificio vacío, en una vieja ciudad muerta, destruida por los terremotos muchos siglos antes; una ciudad abandonada para siempre, en un mundo desierto también de toda presencia viva. Los recuerdos, al tiempo verdaderos y soñados, se esfumaron hasta que, por fin, los pensamientos fueron sustituidos por la simple visión del paisaje. Luego, las imágenes del patio, de la esfera, del soportal, del tejado, de las cumbres, desaparecieron también y sólo se mantuvo la mera sensación de la luz que reflejaban: una masa de diferente intensidad que, al cabo, se fue disolviendo rauda en una opaca nebulosa. Era como si a las variadas naturalezas que se confundían en él se uniesen otras, y se viese también identificado con aquel objeto inerte que colgaba de la pared. O acaso, como si se tratase de un viejo tronco carcomido donde, como larvas innumerables, tenían su cobijo muchas otras identidades: quizá la pesadilla le iría luego metamorfoseando de distintas maneras y, en lugar de ser un personaje que deambulaba desconcertado, se convertiría en la propia ciudad, en el museo con su guardián, en una última mezcolanza sin diferenciación ni despertar posible.

Se sentó en el pequeño banco que ocupaba el centro de la estancia y cerró los ojos. Su pensamiento y su visión se extinguieron mientras comprendía que el tiempo de aquella percepción se había borrado en el instante mismo de suscitarse. Y ya no sentía nada. Efectivamente, ya era sólo un objeto más en la sala solitaria, acaso el retrato tosco de aquel hombre de rasgos familiares, ceñido por un ancho marco negro, colgado del muro del fondo, entre un armario oscuro de cuarterones macizos y un escritorio voluminoso.

Pero un breve sonido cercano le sacó de su estupor. Abrió los ojos y volvió el rostro. Sentado junto a él, el lejano pariente ultramarino le miraba con un gesto de sorpresa que, sin duda, reproducía con exactitud el suyo propio. Se contemplaron inmóviles, sin parpadear, respirando suavemente, hasta que su mirada respectiva se aseguró de que el otro rostro no respondía a una nueva alucinación. Al cabo, ambos se alzaron a un tiempo, sin hablar, con un ademán inhábil de pretendida naturalidad, como concluyendo una cita en la que no se había planteado nada extraño, como si este encuentro de hoy formase parte del mismo panorama regular y cotidiano en que pudiera inscribirse la reunión en el café de la plaza, bajo los soportales, que inició su relación.

El sintió que su ánimo se iba desperezando, con ansia de ocupar de nuevo el vacío abierto por su larga congoja. Aquella visita, juntos, al retrato que les unía, era también un gesto de familiaridad ajustado a las pautas de una realidad habitual, sin sorpresas ni sucesos insólitos.

No era mediodía, sino la hora del atardecer, la hora del cierre, y los últimos visitantes del museo abandonaban también lentamente las salas. Salieron de la gran portalada y bajaron hasta la avenida central. Sin duda ambos, con las manos en los bolsillos y ligeramente cabizbajos, iban rumiando el mismo pensamiento. Sentir cada uno al otro, separado y diferente, era para los dos un motivo de esperanza.

Al llegar a la avenida central se despidieron con grandes abrazos. Había temor en los ojos de ambos, pero se prometían mantener los vínculos de su relación. Luego, él se quedó mirando al otro mientras se alejaba. Le vio cruzar la calle y, de pronto, su esperanza se convirtió en alegría: un viandante había detenido a su lejano pariente, le saludaba con cordialidad, le hablaba con la seguridad del hábito. Cuando les vio separarse y su pariente siguió caminando, comprendió que nada podía impedir el reencuentro de cada uno de ellos con su verdad respectiva.

Las luces de las calles se sobrepusieron a la iluminación del crepúsculo y él se dirigió al hotel. En la recepción, aquella mujer de pelo muy negro, le alargó su llave con la triple rutina tranquilizadora del gesto, la sonrisa y el saludo. El informó que su estancia concluía ya, puesto que el seminario había sido clausurado, y recibió la cuenta de los últimos días. Se entretuvo charlando, alargando las instrucciones para su partida del día siguiente. Todo se ajustaba a la más exacta normalidad y aquella noche durmió sin sueños, en un anonadamiento oscuro y perfecto.

Faltaban todavía casi setenta y dos horas para el vuelo, pero se dirigió al aeropuerto, dispuesto a no salir de allí sino embarcado. Estaba instalado en la sala de espera con decisión de permanencia: dormía reclinado en los asientos, consiguiendo, por fin, asumir todas las incomodidades de la postura como una condición aceptable del difícil lecho; se alimentaba con las vituallas de la pequeña cafetería, alternando refrescos y cafés con dulces elementales y bocados insípidos; se aseaba en las horas iniciales del día, cuando el fuerte olor a desinfectante aromatizaba los lavabos oscuros. Rodeado de revistas y de libros seleccionados en el estrecho campo de opción de la pequeña librería, había momentos en que llegaba a abstraerse verdaderamente en la lectura, hasta perder, incluso, el hilo del propio contenido del relato; olvidado su sentido, las palabras adquirían una realidad puramente física, como objetos materiales, pequeños dibujos que sólo se diferenciaban entre sí por su longitud y por la forma de sus letras; y si consideraba el modo de pronunciarlas, lo hacía sin permitir que éste transcendiese a otro nivel que el puramente sonoro, igual que si se tratase de notas musicales. Aquel ejercicio tranquilizaba su mente.

Mientras tanto, muchos viajeros iban sucediéndose en el resto de los asientos. Su movimiento, el cambio continuo de rostros, la ordenación sucesivamente distinta de los cuerpos, el trasiego de los equipajes, contemplados desde la inmovilidad de su espera, le suscitaban una idea peculiar del tiempo: como si éste hubiese modificado sus medidas, haciéndose mucho más extenso. Pues aquellas horas adquirían, con el cambio continuo de todo lo que le rodeaba, la consistencia de períodos muy largos, de ciclos lentísimos en que él, ceñido al eje inmóvil de la gran rueda, contemplaba el paso efímero de las maletas y de las gentes.

Algunos pasajeros provenían de otros países de la región y él intentaba diferenciarles por los matices e inflexiones de sus hablas, buscaba en sus rostros y en sus trajes los signos del lugar de origen. Otros habían cruzado el océano o se preparaban para hacerlo. Viajeros cansados y soñolientos esperaban los transbordos que les trasladarían a un nuevo punto. Pasaban también japoneses, hindúes, mientras el gran reloj que presidía la sala continuaba marcando el paso de las horas, y un cambio en la iluminación de los altos ventanales le indicaba la proximidad de la noche y la conveniencia de tomar alguna cosa antes de echar una cabezada, sintiendo que aquel bullicio tenía, sin embargo, una recóndita resonancia festiva.

El segundo día, una pasajera recién llegada de un vuelo trasatlántico le preguntó por el enlace con Santa Margarita. Era una mujer joven, delgada, de melenita corta y negra que le daba cierto aire oriental. Inmediatamente la relacionó con la caterva de sus sueños, pero no perdió la tranquilidad. Su lucha por la vigilia era desesperada, como cualquier acto de pura subsistencia. Sabía que no debía perder los nervios, e incluso sonrió. Ella se había sentado cerca de él y hojeaba unos papeles.

—¿Y ha cruzado el océano sólo por ir ahí?

Ella miraba con evidente prevención su barba crecida, el pelo revuelto, el aspecto arrugado y sucio de sus ropas.

—No —dijo, como excusándose—. Esto es simple curiosidad mía. El recorrido es mucho más amplio. Esto es una excursión particular dentro del viaje.

—Claro —dijo él—. La conmemoración.

—Sí —repuso ella.

El estaba a punto de reír a carcajadas, de llamarla por su nombre, de decir: «Estás aquí porque te he soñado. Eres sólo un elemento en la complicación de una pesadilla». Pero no lo hizo. Al contrario, adoptó un aire de gran seriedad.

—Tenga cuidado —dijo—. Allí hace mucho calor. Hay horribles insectos. Serpientes muy venenosas. Por las noches, se oyen aullidos escalofriantes.

La muchacha se levantó, con aire de desconcierto.

—Es un lugar apropiado solamente para las pesadillas. Para soñar encuentros nefastos.

Se echó a reír, mientras la muchacha se alejaba cargando su gran bolsa.

Mas por fin, embarcó. Arrellanado en su asiento, continuaba recuperando, de modo cada vez más pleno y diáfano, la conciencia separada de sí mismo. Cuando el aparato se elevó, y mientras se inclinaba en su giro en busca del rumbo, pudo contemplar el ajedrezado de aquellas manzanas, ocultas apenas por un lento tapiz de nubes ligeras. Pero las nubes eran sólo nubes, no extrañas brumas, no viscosos jugos de un estómago ominoso. La ciudad desaparecía por efecto de la distancia y de su propio alejamiento.

Se sentía ya casi despierto del todo, y la aeronave, en cuanto decorado neutral que no hacía prejuzgar la interpretación de su propio papel allí dentro, permitiéndole ser un viajero más, sin otras implicaciones, facilitaba su recuperación, reclinado dentro del gran regazo circular, mientras en la suave penumbra se proyectaba una película y, ajeno a las imágenes, él iba considerando que el espacio negro que cruzaba aquel gran avión, llevándole en sus entrañas, estaba hecho de una materia mucho más densa y bullente que el cielo infinito sobre las aguas salobres, como si se tratase de una misteriosa parte de sí mismo que era preciso atravesar cumpliendo las pautas de algún arcano protocolo. Mas, por encima del umbral misterioso de su propia intimidad, sentía también que aquél era un viaje del todo verdadero; que volaba sobre el océano real, abandonando vertiginosamente un día cierto para cruzar una noche que era el lado oscuro del planeta, a diez mil metros de altura y mil kilómetros por hora, sobre un abismo que no estaba construido de ensueños ni de sensaciones.

Buscó en su maletín el papel y la pluma. Tenía la mente limpia y renovada. Iba camino de la vacación, pero también de un tiempo para dedicarse intensamente a pensar en su nueva obra. Entre las fichas estaban su permiso de conducir, los cheques de viajero, sus tarjetas de crédito. Ahora ya no le daba miedo leer el nombre del titular de tantos documentos: sabía que, cualquiera que fuese la persona a que se referían, su propia identidad estaba para siempre elucidada.

Estaba tan despierto que, ahora, sus sueños anteriores le causaban regocijo, como peripecias inofensivas que carecían de otro significado que el puro juego del ánimo de los diversos cuerpos que el hombre terrestre habita: el de la tierra, el del universo, el suyo propio. Recordaba de pronto muchos de los sueños que había tenido en su vida, desde niño, con la misma intensidad, con toda su estridente y compleja verosimilitud. Sólo el despertar los devolvía otra vez a su territorio inaprensible, a la invisible guarida donde reposaban durante la vigilia, y entonces era posible sentirse de verdad vivo y libre. Del mismo modo, ahora sentía que quedaba definitivamente atrás, quieto y fijo como un objeto en un museo, con sus fulgores y sus temores, el sueño que le había parecido interminable y que, sin embargo, acaso todo él se había suscitado en una breve y reciente cabezada en el propio avión: porque ahora recordaba su estancia en aquella universidad del hermoso patio barroco, las rutinas académicas de su trabajo, la vuelta a casa, y todo lo demás figuraba con el progresivo emborronamiento de las ensoñaciones, sin que siquiera fuese posible precisar el momento en que se había producido. Recordó claramente los días de su estancia, días de trabajo con breves momentos para un turismo plácido y convencional. Ningún suceso estrambótico los había turbado. Aquellos sueños no tenían su lugar allí.

La película había concluido y los pasajeros acomodaban las cabezas en las pequeñas almohadas, se acurrucaban bajo las mantas. La pantalla refulgía suavemente, como velando aquella inmovilidad general. Así, despierto pero absorto, fue adormeciéndose. Pensaba en los caminos de los sueños y se quedó dormido recordando alguno de los lejanos embelesos soñados muchos años antes, cuando era todavía adolescente. «Pero ya tienes cuarenta y cinco», pensó vagamente.

Cuando despertó, los altavoces anunciaban el desayuno y desde la parte delantera de la cabina, bajo el blancor de la luz súbita, los carros metálicos avanzaban con tintineo de vidrios. A la luz se unía la suave musiquilla, proclamando que el tiempo nocturno había concluido. Nuevas precisiones de la voz que llegaba desde el techo señalaban la hora, la temperatura, la velocidad. El se incorporó lentamente, admirado de haber dormido tanto tiempo: sin duda la ausencia de viajeros en los asientos limítrofes, al permitirle acomodarse, había propiciado aquel reposo tan largo y tranquilo.

Le sirvieron el desayuno y comió con apetito. Por la ventanilla iba atisbando la bóveda del cielo: frente al charco leve del amanecer, la negrura azulada del espacio se encendía con un resplandor rojo, levemente difuminado hacia el naranja y el amarillo. La aurora, el cielo infinito aclarando su espesa oscuridad, tenía el sentido de las premoniciones gratas, era el aviso de un despertar hacia el tiempo luminoso de descanso y vagabundeo por la tierra natal, y lo aceptaba con una emoción similar a la del superviviente que, tras una batalla con las tinieblas mortales, reencuentra la naturaleza cálida de los días vivos.

Al fin dejaron atrás el océano. El cielo, ya suavemente azul, estaba limpio de nubes. Intentaba descubrir en aquella superficie arrugada las señales de pueblos, pero la altura lo hacía figurar todo como un desierto uniforme, terroso, vacío, que sólo interrumpían, entre las asperezas ocres, las sombras alargadas de las montañas y los tajos de los ríos, entre finos harapos de bruma lechosa y nubes que se ceñían a las vaguadas como largos dedos blancos.

Ya no podía haber dudas, y cuando el avión aterrizó por fin en el punto de destino, su cansancio tenía unos límites precisos. Mas el cansancio no consiguió vencer su impaciencia, y el esfuerzo con que se sobrepuso a él, tras la decisión de encaminarse sin más pausa a la casa paterna, era el propio de un hombre vigil, personaje de la realidad donde las molestias y los quebrantos tienen el tacto inconfundible que no puede siquiera simularse en el mundo de los sueños. Sin mayor espera, se dirigió directamente a la estación de ferrocarril y tomó el primero de los trenes que debía llevarle a su casa. La suave vibración del avión fue sustituida por el rítmico traqueteo sobre las vías, que le hizo adormilarse de nuevo.

De modo que tomó el tren y atravesó la mañana plácida de la meseta, sobrevolada de milanos, polvorienta y ocre bajo un cielo inflamado y lejanísimo.

Entreabría los ojos y se sorprendía de reconocer tan claramente los paisajes. Habían pasado muchos años desde que esta misma línea le llevaba a casa en vacaciones, para cumplir con los rituales festivos, y muchas cosas habían cambiado: el propio tren, las carreteras llenas ahora de autos, la estructura de las poblaciones y de las viviendas. Sin embargo, en sus esporádicas visitas, sus ojos volvían a descubrir algún cerro, un paredón en ruinas, la curva de un regato contra los matorrales bajeros de una ladera, y la imagen reproducía exactamente las de su recuerdo juvenil: la suave forma del cerro blanquecino, el muro rojizo, el regato que cruzaba un pequeño puente de madera y piedra eran los mismos, e incluso su regocijo al reconocerlos conservaba también, en el hombre que era, las brasas de los fuegos sentidos cuando era tan joven y la vacación se abría delante como un tiempo inagotable.

Fue penetrando en la media tarde cuando las largas hileras de chopos anunciaban las extensas riberas. Sobre las copas afiladas resplandecía la luz.

Llegó por fin a la ciudad mientras el atardecer se vertía en las plazas como un licor amarillo, sumergiendo las calles en un resplandor donde se alternaban los brillos dorados y las penumbras azules. El día había sido caluroso; desde las montañas, siguiendo el cauce de los ríos, bajaba un aliento estival, cargado de aromas campesinos.

Habitualmente, a estas alturas del verano, sus padres estaban ya en el pueblo. Expresó su duda en voz alta al conductor del taxi, un hombre de cuello tan ancho como la gran cabeza que sostenía.

—¿Al pantano? —preguntó el hombre—. ¿Vamos al pantano?

Quedó desconcertado. Volvió a repetir el nombre del pueblo y aclaró que no sabía si su familia estaría allí. Le indicó entonces la dirección de la ciudad.

—Le había entendido mal —dijo el taxista.

Sin embargo, el desconcierto suscitado por la pregunta le había hecho concebir la sospecha de algún desastre.

—Pero allí no hay ningún pantano —exclamó.

—Ya le digo que le entendí mal —insistió el hombre.

La pregunta del taxista le había hecho imaginarse de pronto el lugar natal cubierto por uno de aquellos embalses hidroeléctricos que habían ido anegando otras comarcas montañesas. Fue una visión instantánea, en que una inmensa masa de agua ocupaba todo el espacio de los valles, y un mar del que sólo emergía un gran peñón ocre —el remate del cerro que se alzaba por encima de la ermita de san Pelayo— sustituía sin ambigüedades el paisaje de la infancia. El limo oscuro lo cubriría todo. Inmersos en la suciedad opaca, estarían los lugares de sus primeros recuerdos, las alcobas en que retumbaba el eco de los péndulos, los pasillos marcados por largas banderas de sol, la sala en que convergían reflejos y reverberos de espejos y cacharros, sobre los pañitos de encaje y las bandejas, hasta componer una imagen rotunda de habitación, de morada. El lavadero húmedo, donde el chorro incansable de la fuente conseguía unir en un mismo entorno lo doméstico y lo silvestre; la despensa oscura, con aquel orden prolijo de fardeles, botes, ollas y embutidos. Entre aquellas sombras y aquellas luces, el espacio cerrado por las paredes y los techos, ceñido a los muebles, testimoniaba el sólido equilibrio de límites que, supuestos alguna vez infinitamente mayores, habrían quedado ahora aniquilados, del mismo modo que los senderos y los caminos, los árboles y las sebes, las cancelas y los huertos y todos los puntos posibles desde donde divisarlos.

—Nunca se habló de hacer allí un pantano.
—Ya le dije que me confundí, hombre —exclamó el otro, mirándole por el retrovisor.

Pero él, aunque se fue tranquilizando mientras recorrían las calles bajo la luz dorada, había tenido miedo de alguna nueva e inesperada transformación.

—¿Está haciendo mucho calor?
—La verdad es que sí —dijo el hombre—. Apenas refresca por las noches.

Su aprensión había desaparecido cuando llegaron a la calle, y se sintió impregnado de una alegre confianza al reconocer el quiosco, los rótulos de la farmacia y la autoescuela que se enfrentaban como dos banderolas, la cuesta de san Isidoro que asomaba al fondo. En uno de los extremos estaban levantando un edificio nuevo; por lo demás, ni la forma de la acera ni la colocación de las farolas habían cambiado.

—Espere un momento.
—¿No se queda aquí?
—No lo sé. Voy a ver.

Cruzó la puerta cristalera que separaba el portal del último rellano y llamó al ascensor. El pequeño aposento del portero estaba vacío y había en el edificio una tranquila quietud veraniega. En la pared del chiscón estaba clavado un cartel de la semana santa y, bajo él, colgaba un calendario con la imagen de una muchacha semidesnuda. Una voz sonó a sus espaldas.

—¿Quiere algo?

De la escalera del sótano, envuelta en la suave penumbra, emergía la inconfundible figura de Hilario, con las manos atrás y la boina apretada contra la frente.

—¿Ya no me conoce?

El hombre mostró una torpe sorpresa y le saludó con alegría desmesurada, como si su llegada fuese un acontecimiento en las usanzas del portal. Luego, le dijo que sus padres no estaban.

—Me lo figuraba —dijo él.

Hilario dejó aparecer sus manos. El recordó entonces que le faltaba la primera falange del meñique de la mano derecha. Con ambas accionaba ahora, explicando aquella ausencia.

—Marcharon enseguida. Este año hace mucho calor aquí. Vino a buscarles doña Carlota y se fueron todos juntos. También los sobrinos, con las bicis, y la perrina. Tres coches. Menuda caravana.

Sí, la normalidad estaba del todo recuperada. Incluso estas palabras lo corroboraban.

—Yo tengo la llave —añadió el portero—. Por eso no se preocupe.

El conductor del taxi, que le miraba desde

el extremo inferior de las escaleras del portal, encendió un cigarrillo.

—Voy a subir un momento —le dijo él.

El conductor le respondió con un gesto de confianza. Volvió el rostro a la calle y se apoyó en la meseta anexa a los escalones del portal.

—Le doy la llave y usted se acomoda. Mañana sube mi mujer a arreglarle la casa.

El no repuso nada. Calibraba la conveniencia de dirigirse ahora mismo al pueblo, para terminar de un tirón el largo esfuerzo, en la seguridad de que llegar a su destino verdadero tras un viaje tan largo e incómodo sería una gozosa liberación.

—¿No le dejaron ningún recado para mí?

—Yo creo que pensaban que se iba a retrasar. Este año ha escrito usted muy poco.

Parecía un reproche. Se sintió culpable como cuando, de niño, le afeaban alguna falta. Palmeó el flaco cuerpo del hombre sobre la vieja chaqueta de dril. Hilario entró en el chiscón y revolvía entre los diversos papeles desperdigados por el cajón de la mesita. Una mariposa blanca revoloteaba alrededor de la bombilla.

—Dejar no dejaron nada dicho. Pero aquí hay una carta para usted. La trajeron después de que ellos se fuesen.

Guardó la carta en el bolsillo, tomó la llave y llamó al ascensor. La vieja cabina conservaba su aspecto oscuro y las maderas del armazón crujían con chillido familiar. Cuando llegó, el descansillo se mantenía en la penumbra inconfundible, cotidiana, de sus recuerdos; la misma lámpara polvorienta iluminaba las escaleras desde lo alto, y encima del listón de madera que separaba la parte oscura, inferior, de la zona blanca de la pared, la pintura reciente no lograba ocultar viejos garabatos conmemorativos. Era el descansillo de su infancia, de su adolescencia. El vestíbulo de sus sueños mozos.

Entonces recordó sus ensoñaciones del hotel, cuando se imaginaba haber quedado reducido a un diminuto hombrecillo, objeto de misteriosos tráficos, guardado en gigantescos almacenes: aquella fantasía que era sin duda fruto de la memoria de los soldaditos de plomo que aún ahora reposarían en las baldas superiores del armario de su cuarto; fusileros, jinetes, infantes. Un soldadito en su caja, incrustado en su cartón, era exactamente la imagen de aquellas duermevelas; aquí, en esta casa, tras esa puerta. El soldadito que tenía el mismo uniforme que los hombres de Cortés. Y del mismo modo recuperó la imagen del globo terráqueo que todavía debía permanecer en el armario, o sobre el viejo pupitre, en el cuarto de estudio, y cuyos meridianos y paralelos le sirvieron para localizar los pasajes de las aventuras leídas en los libros. De acuerdo también con aquellas ensoñaciones, él estaba ante la puerta como cuando era muchacho, como si fuese el mismo muchacho que había salido aquella mañana para ir al instituto y regresaba por fin a casa.

Abrió la puerta, a un lado del descansillo, y la oscuridad silenciosa y tibia se le echó encima como un pequeño animal doméstico. Instintivamente, buscó la clavija que conectaba la electricidad y luego dio la luz: unos pasos delante de él se encendió la pequeña lamparita que iluminaba un bajorrelieve plateado y piadoso, marcando de pronto la perspectiva quebrada del pasillo, tan conocida. Al fondo, la suave claridad asomaba tras la puerta entreabierta de la galería. Cerró a sus espaldas y dio lentamente dos pasos. Y en aquel momento, una visión múltiple le hizo detenerse: pues al cerrar la puerta, había cruzado acaso el invisible límite de un claro, y la selva se hacía de nuevo espesa y sombría. La cómoda era el enorme tronco grisáceo de un árbol inmenso. Más allá de la cómoda, el pasillo se alejaba bajo dos cuadros oscuros, entreverado por una senda que flanqueaban matorrales voluminosos. La sonoridad de una gota de agua repiqueteando en algún lavabo (¿o era un tictac de reloj?) desmenuzado por el eco su ritmo sonoro y exacto, se convertía en un susurro de aleteos, en un vago retumbo de graznidos. Pero, además, el pasillo era la gran sala de un museo. Sobre la cómoda se ofrecían estampas de veleros, de vasijas, de flores. La lámpara iluminaba una solemne placa conmemorativa de alguna inauguración, de una efeméride. Reliquias civiles de un tiempo muerto, los objetos domésticos eran objetos históricos, entre los chasquidos de la fronda y los murmullos de los torrentes vírgenes.

Avanzó un poco más, hasta llegar a la altura de la lamparita, el gran foco, una enorme flor rosada. Al fondo, el resplandor de la galería tenía un tono fosforescente, como el brillo fungoso de la gruta. El resplandor se derramaba entre las arrugas de una cortina parda, entre un espacio sin vegetación, donde el follaje espeso mantenía sin embargo el poder de su sombra. Supo entonces que aquella era la entrada del templo. Supo que el dios lagarto le estaba esperando. Llevaba esperándole desde el principio del tiempo, desde las postrimerías. En el sueño y en la vigilia, agazapado allí en la galería, en aquella sala, entre una escribanía abollada y varios sillones frailunos.

Comprendió que ya nunca podría salir de allí, que esta vez su transformación y su sueño serían definitivos. Y avanzó otros dos pasos, asumiendo con resignación su destino.

Pero no entrarás en esa galería. De pronto, olvidarás el dios lagarto, el retrato del antepasado similar al padre que parecería el arquetipo de todos los antepasados. Olvidarás la iguana, que acaso es realmente un basilisco —pues con el nombre de basilisco se conoce en algunos lugares a ese reptil que tiene en el lomo una cresta eréctil— aunque, menos exótico, podría tratarse de una sencilla lagartija que, inmóvil por alguna razón en un sendero de tu niñez, habría permanecido para siempre en tu recuerdo conservando puros y luminosos los anchos espacios de tu mirada infantil. Olvidarás el museo donde de modo tan extraño se agrandaban los espectros del hogar.

No entrarás en la galería, no te capturarán esas sombras acechantes, ninguna metamorfosis hará crujir tus huesos ni resecará tus vísceras. Nada de eso puede suceder, porque un leve suceso distraerá tu atención: a la altura misma de la lamparita, justo enfrente de esa virgen de alpaca rodeada por un ancho marco negro, la percepción confusa de un movimiento te hará volver la cabeza. Te detendrás. Detente. Te detienes. Girarás el cuerpo a la izquierda. Allí permanece el cuarto de baño. Tras la puerta abierta, una confusa umbría de azulejos, papeles pintados y lozas sanitarias. Al fondo, el espejo donde tu paso se reflejó y tu bulto sigue reflejándose ahora. Entra por la ventana de cristales traslúcidos el destello difuso de la tarde, tan escaso en el patio de luces.

Encenderás. De allí partía el sonido sucesivo. Ningún susurro entre el follaje, ningún gorjeo; no había un tictac de reloj ni un aleteo tras el eco insistente. Ningún tecleo. Sólo era una sucesiva gota de agua cayendo del grifo, tras filtrarse a través de las viejas zapatas, que ha dejado pintado de orín el cuenco del lavabo, con una mancha forroñosa que parece la señal de alguna sangre antigua.

Enciendes, ves claramente la mancha en el lavabo y, sobre ella, en el espejo, tu cabeza, el pelo enmarañado, el bigote tapándote casi el labio, la barba de días, erizada como un sembrado tras la siega. Titubearás, pues ahora eres consciente del silencio que cubre el piso, el edificio, la tarde. Cubierta de silencio como de una tierra espesa e invisible, la casa es solamente lo que parece. Desde el lugar en que te encuentras, la visión del pasillo es breve, pero ofrece una placidez inocente, un relumbre nacarino y simple, el gesto de los lugares cuyas dimensiones carecen de secretos e, inertes a la vista, mantienen el ademán cansado de una leal servidumbre añeja.

Así pues, tranquilízate. Abrirás el paso del agua, dejarás correr el chorro achocolatado y, cuando se clarifique, te enjuagarás el rostro. Te enjuagas el rostro recibiendo el tacto fresco del agua como un mensaje de serenidad. Es una ablución lenta, insistente, hasta sentir con precisión los pelos de tu barba raspándote las palmas. Ahora estás tranquilo. Abres el pequeño armario blanco y contemplas su interior con curiosidad y, al tiempo, seguro de no tener sorpresas: pues, en efecto, allí se mantienen viejos frascos de yodo, vetustos callicidas, una tijera oxidada, botellines de antiguas medicinas, cajitas, pinzas, peines. También hay crema de afeitar, y maquinillas.

Te quitarás la camisa y, tras dejarla sobre el taburete, te enjabonarás cuidadosamente las mejillas, la barbilla, el cuello, para afeitarte luego con parsimonia y reencontrar en esos movimientos que van eliminando, no sin un dolor ligero, los pelos crecidos y la blanca espuma, las señales de una paz que luego la loción paterna con que te friccionas envuelve en el aroma de un tiempo lejano, exactamente reconocido.

Después, devuelto el pequeño instrumental a su lugar del armario blanco, serás realmente tú quien se contemplará en el espejo. Te peinarás, te pondrás la camisa, apretarás fuertemente el volante de la llave de paso para eliminar aquel goteo, dispuesto ya a apagar la luz y entrar en el pasillo de esa casa que es solamente un pasillo, el acceso a las distintas habitaciones, que no es una selva ni un conjunto de grandes salas históricas; porque intransferibles, inequívocos, vigilan los objetos de la vieja costumbre.

Ya no entrarás en la galería. Desde tu ropa, algo cae al suelo y descubres el reflejo blanco de la carta. Bajo la lamparita del pasillo, leerás el nombre del remitente, que debe resultarte totalmente desconocido. No sabes de quien se trata. Sin embargo, una impaciencia súbita hace que, sin buscar un instrumento más apropiado, abras el sobre con el dedo índice de la mano derecha, produciendo un corte irregular, aserrado en grandes desgarrones alternativos.

El sobre guarda un folio doblado dos veces, escrito con buena caligrafía. Respetado maestro. Un encabezamiento reverente, bajo la fecha rematada con números romanos. Al parecer, es un joven lector quien te manifiesta esa admiración fervorosa. He ahí un desconocido enaltecedor de tu obra. Brevemente, manifiesta sus deseos de conocerte, de darte su saludo personal. Se despide con sumisión concisa. Firma con los dos apellidos, sin rúbrica. Los pequeños excrementos del bolígrafo son ya tildes desvaídas.

No entrarás en esa galería. Ya no hay selva, ni museo. No hay un templo donde acechaba un dios antiguo, ni una sala que conservaba un retrato enigmático. Los espacios de esta casa tienen la impenetrable fisonomía de una realidad única, donde nada distinto yace tras la apariencia. Unirás otra vez los desgarrones del sobre para darte cuenta cabal de la identidad del remitente. Pero debe resultarte desconocido. Y, ciertamente, no sabes quién es.

Ahora, se suscitarán en ti variados sentimientos. Se suscitará una inicial simpatía por ese joven deferente que, en el silencio que ante tu persona suele manifestar el país natal y la ciudad originaria, te expresa su afecto a tu obra; la simpatía se une con el impreciso halago que debe haber despertado en ti el homenaje; luego, un impulso también de signo juvenil, aventurero, te incitará a buscar sin más al remitente de la carta, habitante al parecer de la ciudad, para manifestarle tu cordial acogida; y, al tiempo, se despertará en ti la conciencia de que podría tratarse de algún contacto capaz de ampliar el campo de tus escasas conferencias españolas y, por tanto, la siempre menguada cuantía de tus rentas profesorales.

No entrarás en esa galería: a la altura justa de la mitad del pasillo, desde la lamparita de bronce que sostiene una bombilla alargada y débil, frente a la virgen de latón plateado que rodea un gran marco negro de abigarradas molduras, te dirigirás directamente a la puerta de la salida.

Desconectarás la luz, darás dos vueltas a la llave, llamarás al ascensor. En el portal no hay nadie. Sin duda Hilario ha regresado a sus quehaceres del sótano, que resuenan con ecos de aserradura. Dejas el portal y sales a la calle. El conductor está dentro del taxi, y te mira con una mezcla de extrañeza y alivio.

«Perdone», dices. «Aproveché para asearme un poco. Llevo dos días de viaje». El no dice nada, en actitud circunspecta. «Oiga», exclama al fin, soltando las manos del volante y volviendo el cuerpo. «¿Quiere ir ahora al pueblo?» Sus facciones son también grandes, toscas, y tiene un colmillo dorado que resplandece cuando habla. «¿Por qué?», preguntarás tú. El mueve las anchas manos en ademán de excusa: «Mire, es que a mí ya se me ha hecho tarde. Yo encierro a estas horas. Salvo que me hayan advertido, claro está».

Tú no contestarás nada. Sacarás el sobre del bolsillo. «No, hoy ya es tarde para ir al pueblo». Leerás la dirección en voz alta. «¿Puede llevarme aquí?» «A ver si me entiende, yo le dejo donde me diga. Con tal que no sea un viaje de más de veinte kilómetros». «Esto está en Trobajo». «Pues vamos».

La casa está bastante más arriba del Crucero. Recoges tu equipaje, pagas al taxista, ves alejarse el auto. Es una construcción de una sola planta, antigua, de paredes ventrudas y un tejado ancho que gravita pesadamente sobre el alero, obligándole a alabearse. Los vencejos cruzan la calle entre chillidos. El último resplandor aclara apenas la sombra de las fachadas.

Tiene una puerta de tablas gruesas, repintada recientemente de marrón. En su parte inferior hay una gatera redonda. Golpearás varias veces la aldaba de hierro. Por fin, la puerta se abrirá y un muchacho de cabellos revueltos aparecerá en el vano.

Ambos os quedaréis inmóviles, contemplándoos con detenida curiosidad. No será un instante, sino largo tiempo. Parecerá un instante, pero tú sabrás que es un tiempo inmenso, al margen de los relojes y de los latidos. El tiempo que se tarda en cruzar las fronteras de los sueños y de las vigilias. El muchacho dirá algo. Y tú, cuando respondas, sabrás que estás a punto de despertar. Pues así termina, así comienza verdaderamente todo.

ESTE LIBRO
SE TERMINO DE IMPRIMIR
EN LOS TALLERES GRAFICOS
DE ROGAR, S. A.
FUENLABRADA (MADRID)
EN EL MES DE MARZO DE 1995

TÍTULOS DISPONIBLES

CIUDADES DESIERTAS
José Agustín
0-679-76336-8

EL FISCAL
Augusto Roa Rastos
0-679-76092-X

LA TREGUA
Mario Benedetti
0-679-76095-4

DUERME
Carmen Boullosa
0-679-76323-6

LA GUERRA DE GALIO
Héctor Aguilar Camín
0-679-76319-8

LAS ARMAS SECRETAS
Julio Cortázar
0-679-76099-7

KONFIDENZ
Ariel Dorfman
0-679-76333-3

EL NARANJO
Carlos Fuentes
0-679-76096-2

VIEJO
Adriano González León
0-679-76337-6

EL FANTASMA IMPERFECTO
Juan Martini
0-679-76097-0

ARRÁNCAME LA VIDA
Ángeles Mastretta
0-679-76100-4

BAILE DE MÁSCARAS
Sergio Ramírez Mercado
0-679-76334-1

LA ORILLA OSCURA
José María Merino
0-679-76348-1

EL DESORDEN DE TU NOMBRE
Juan José Millás
0-679-76091-1

LOS BUSCADORES DE ORO
Augusto Monterroso
0-679-76098-9

CUANDO YA NO IMPORTE
Juan Carlos Onetti
0-679-76094-6

LA TABLA DE FLANDES
Arturo Pérez-Reverte
0-679-76090-3

FRONTERA SUR
Horacio Vázquez Rial
0-679-76339-2

LA REVOLUCIÓN ES
UN SUEÑO ETERNO
Andrés Rivera
0-679-76335-X

LA SONRISA ETRUSCA
José Luis Sampedro
0-679-76338-4

NEN, LA INÚTIL
Ignacio Solares
0-679-76116-0

ALGUNAS NUBES
Paco Ignacio Taibo II
0-679-76332-5

LA VIRGEN DE LOS SICARIOS
Fernando Vallejo
0-679-76321-X

EL DISPARO DE ARGÓN
Juan Villoro
0-679-76093-8

Disponibles en su librería, o llamando al:
1-800-793-2665 (sólo tarjetas de crédito)